Schwert und Waage

Rudi Jürgensen

Schwert und Waage

Ein Roman über die denkwürdige Reise des

ADAM OLEARIUS

1633 - 1639

MOHLAND-VERLAG

Die Deutsche Bibliothek - CIP-Einheitsaufnahme
Rudi Jürgensen
Schwert und Waage : ein Roman über die denkwürdige Reise des Adam Olearius 1633 - 1639 / Rudi Jürgensen. - 1. Aufl. - Goldebek : Mohland, 1996
ISBN 3-932184-03-3

1.Auflage September 1996

Printed in Germany

Satz: Kirsten Hamel
Umschlaggestaltung: Fred Mehl
Illustration : Fred Mehl
(frei nach zeitgenössischen Kupferstichen)
Verlag: Mohland-Verlag Detlef Peters Nachf.
Inh.Gisela Eichhorst-Kaltenbach
Dorfstr.9 - 25862 Goldebek
Gesamtherstellung: Clausen & Bosse, Leck
ISBN 3-932184-03-3

Inhalt

AUF NACH ISPAHAN

Kennen Sie Adam Olearius? Nie von ihm gehört? Olearius war Sekretär des Herzogs von Schleswig-Holstein. Des Gottorfer Herzogs, Friedrich der III. Und vorher war er Sekretär jener Reisegesellschaft, die im Auftrage Friedrichs von 1633 bis 1639 nach Ispahan reiste. Wo Ispahan liegt? Das wollte ich ja wissen. Und ich lieh mir das Reisetagebuch des Adam Olearius. Das war gar nicht so leicht. Ich konnte das Buch nicht einfach mit nach Hause nehmen. In der Bücherei mußte ich es lesen, immer unter Aufsicht des Bibliothekars. Und fotokopieren durfte ich nichts, wegen der möglichen Schäden an Einband und Papier. So alt und ehrwürdig ist das Buch. 1656 wurde es herausgegeben. Wenn ich mich nicht irre, gibt es nur noch das eine Exemplar.

Ich fand in dem Buch Antworten auf viele Fragen. Aber jede Antwort die ich fand, warf zwei oder auch mehr neue Fragen auf. Was veranlaßte den Gottorfer Herzog diese Reise zu befehlen? Was sollte mit dieser Reise erreicht werden und was wurde tatsächlich erreicht? Wie lebte man damals in Schleswig Holstein?

Ich dachte an die großen Wahlschlachtreden schleswig-holsteinischer Ministerpräsidenten, die über Jahrzehnte die miserable wirtschaftliche Entwicklung des Landes, Arbeitslosigkeit und Armut mit der isolierten Lage des Landes zwischen den Meeren begründeten. Der Gedanke, dieses Land als Drehscheibe des Handels zwischen Ost und West zu nutzen, wurde von ihnen in das Reich der Träume verwiesen. Aber offensichtlich wurden diese Träume bereits vor dreieinhalb Jahrhunderten geträumt. Man wollte Schleswig-Holstein aus der 'Randlage' herausreißen, es zum Handelszentrum machen, wie es schon einmal, noch viel früher, Haithabu war. Handelsbeziehungen zum Orient und die Verlängerung der Eider durch einen Kanal bis zur Ostsee sollten diesem Zweck dienen.

Ich wälzte alte Geschichtsbücher, noch ältere Karten. Ich versuchte den Lauf des geplanten Eider-Kanals nachzuzeichnen.
Der Gedanke war großartig.
Wege von der Ostsee in die Westsee gab es einige.

Da war der natürliche Weg durch den Sund oder die Belts durch das Kattegatt. Aber der Weg war weit und in der 'Jammerbucht', da wo Ost- und Nordsee zusammenstoßen, gab es schlimme Stürme. Und der König hatte die Hand drauf, verlangte Sundzoll und ähnliches.

Dann gab es den Weg von Lübeck nach Hamburg. Ein kurzes Stückchen durch den Kanal, den die Hansestädte gegraben hatten und der eigentlich nur ein Graben war. Aber dabei gediehen natürlicherweise vor allem die Hansestädte. Dazu hatten die ja auch den Kanal gebaut. Selbst als sich Hamburg und Lübeck in der Hanse stritten, über den Kanal waren sie einig: da kam kein anderer ran.

Ja, und es gab die Möglichkeit Eckernförde anzulaufen. Von dort ging es auf Fuhrwerken nach Rendsburg und dort auf der Eider weiter, seit 1621 nach Friedrichstadt. Dieses kleine holländische Städtchen hatte Friedrich extra zu diesem Zweck bauen lassen. Aber die Sahne hoben die Rendsburger dabei ab und damit hauptsächlich der König. Die Rendsburger hatten sich für diesen Handel in Eckernförde Speicher gebaut, die 'Rendsburger Speicher'.

Und noch einen vierten Weg gab es. Die Schlei hinauf bis Schleswig, auf Karren bis Treia und weiter auf der Treene bis Friedrichstadt. Die letzten beiden Wege gingen wohl durch herzogliches Gebiet. Aber beide waren beschwerlich. Und Rendsburg unterstand dem Herzog nicht.

Der Gedanke, einen durchgängigen Wasserweg anzulegen, den die größten Schiffe befahren konnten, drängte sich förmlich auf. Mit kleinen Kähnen konnte man so schon bis zum Flemhuder See fahren. Von dort einen Kanal bis zur Holtenau zu bauen sollte nicht unmöglich sein.
Man stelle sich vor: Ein Schiff in Ladoga* beladen mit Pelzen, Erzen, Roheisen, feinsten Stoffen aus dem Orient, fährt über die Ostsee, durch die Eider, gleich weiter nach Antwerpen, London, Manchester um dort Tuche, Eisenwaren und anderes zu laden und wieder zurück nach Ladoga, um dort zu verkaufen.
Ein bestechender Gedanke.
Und warum sollte das nicht gehen? Es war doch auch gegangen, den nördlichen Abfluß der Eider und der Treene zusammen zu legen, aus den drei Inseln Eiderstedt, Everschop und Utholm eine Halbinsel zu machen. Alles war möglich.

* Ladoga - alte Handelsstadt am Ladogasee

Ich lehnte mich zurück und träumte.
Das Wasser der Nordsee vermischte sich mit dem der Eider und der Ostsee. Ich hörte ein Rauschen, wie von Wind und Wellen. Und klang dazwischen nicht auch das Rauschen der großen russischen Wälder? Das eisige Wasser des Ladogasees strömte in die Wolcha, stromaufwärts, erreichte die Wolga und floß in breitem Lauf in das Kaspische Meer. Wie hier, so folgten auch woanders die Händler den natürlichen Gegebenheiten. Generationen vergingen, neue Wege wurden gefunden, die alten Handelsstraßen jedoch nicht vergessen, nie ganz aufgegeben. Und eine der Routen, die ein halbes Jahrtausend vor Olearius die Haithabuer Wikinger für ihren Orienthandel bereisten, wollte der Herzog wieder neu beleben.

Träume sind Schäume.
Ich reiße mich los von den alten Karten. Dreieinhalb Jahrhunderte sind vergangen, seit Olearius mit den Gesandten Philipp Crusius und Otto Brüggemann und vielen weiteren Männern aus West- und Nordeuropa nach Ispahan reiste. Wen interessiert das heute noch?
Aber gäbe es den heutigen Handel, hätte man nicht aufbauen können auf den Erfahrungen der Alten? Das Gestern hat, im Guten und Bösen, Auswirkungen auf das Heute und Morgen. Also ist es doch angebracht, das Vergangene auszugraben, darüber nachzudenken - vielleicht auch Lehren daraus zu ziehen?
Was war dem Herzog und seinem Kanzler Adolf Kielmann eigentlich durch die Köpfe gegangen, eine Gesandtschaft nach Persien zum Schah zu entsenden? Hatten sie dafür handfeste, ökonomische Gründe? Oder waren es Visionen, solche Gedanken, wie sie mir jetzt eben durch den Kopf gehen?

Vor meinen geschlossenen Augen tauchen Gestalten auf.
Der Graf und sein Kanzler, a' la' mod' gekleidet, mit zierlichen Degen an der Seite, dann kommen die Gesandten, Crusius, eine gepflegte Erscheinung, an der Seite einen richtigen Raufdegen, Brüggemann, groß, hager, langes, strähniges Haar und eine überlange Nase zwischen den engstehenden Augen, an der Seite ein breites, halblanges Schwert, wie es ähnlich die Kaufleute der Hanse trugen. Und da kommen Hanseaten auf dicken, hochbordigen Koggen, die die Ost- und Nordsee, von Ladoga bis Bergen und London beherrschen. Die ihre Handelsplätze mit aller Kraft, wenn nötig, mit Feuer und Schwert verteidigen. Und dann sehe ich Männer in schlichten Lederkappen, manche Kappen mit Metall bestückt, weniger der Zierde, als mehr des Schutzes wegen. Wikinger, die auf ihren seetüchtigen Schiffen über die Meere fahren, von Ladoga bis Island und weiter nach Grönland und Amerika, die überall handeln und rauben, wie es gerade kommt. Dahinter tauchen Römer auf, römische Händler, die an der

Bernsteinküste Schwerter, Messer, Äxte, Stoffe gegen Bernstein, blonde Haare und Sklaven eintauschen wollen. Und zwischen den Perücken, Zöpfen, Kappen, Helmen sehe ich hohe russische Pelzmützen, turbanbedeckte Köpfe, Seidentücher, Spitzhüte.

Römer, Wikinger, Hanseaten, Russen, Tataren, Araber, Perser und die Reisenden aus Gottorf, alles wirbelt in meinem Kopf herum, verdichtet sich, alte Häuser, alte Schiffe, fremde Produkte, fremde Menschen und mittendrin Christoff Glantz, Kaufmannssohn aus Eckernförde.

Dann klärt sich das Bild vor meinen Augen. Ein Stadttor ist zu sehen, auf einer hölzernen Brücke. Über den Dächern der Stadt ein Kirchturm. Ich sehe einen Hafen, Schiffe, Gebäude, Speicher, einen Gebäudekomplex.

Und ein feiner, häßlich-kalter Nieselregen fällt Stunde um Stunde auf die Stadt. Auf der langen Schiffbrücke sind kaum Menschen zu sehen.

ZWISCHEN OST- UND WESTSEE

Die Last der Erde ist der Berg,
die Last der Völker der Fürst.

Persische Spruchweisheit aus dem
Buch Mahmud al -Kaschgari

Die 'Landbede'

Das Haus des Zolleinnehmers lag direkt an der Schiffbrücke. Mißmutig saß der Mann des Herzogs, Hans Garbsen, auf der breiten Bank und starrte aus dem Fenster hinaus in den Nieselregen. Er hob die Bierkanne, hielt sie etwas schräg und sah traurig auf den Grund. Dann setzte er die Kanne an den Mund, aber die Tropfen reichten kaum, um seine Lippen anzufeuchten. Die Kanne war leer. Sein Blick ging über die Lange Brücke, vorbei an der Burg, hinaus über den Pferdemarkt und der Schinderkate zu den Straßen, die nach Gottorp und nach Flensburg führten. Aber keine Ochsenherde kam in Sicht. 20 Ochsen waren avisiert, sechs davon sollten morgen früh auf Ottens Schiff verladen, der Rest über Kiel weiter getrieben werden.
Die Augen Garbsens, die fast unter den fleischigen Backen des Mannes verschwanden, gingen nach rechts. Das Haus war so gebaut, das Fenster so eingesetzt, daß er von seinem Platz aus den ganzen Hafen und das gegenüberliegende Ufer überblicken konnte. Kaum, daß er den auf einem feisten Nacken sitzenden Kopf dabei wenden mußte.
Obwohl er seinen massiven Körper nicht rührte, schien plötzlich etwas Bewegung in ihn zu kommen. Hein, der Knecht, steuerte das Gebäude an. 'Endlich', dachte Garbsen. Da bog Hein ab und ging zu den Ställen rüber. „Son Dösbaddel!" knurrte Garbsen und es sah so aus, als fielen die Fleischmassen wieder in sich zusammen.

Hans Garbsen hatte allen Grund für seinen Mißmut. Da saß er vor der leeren Kanne, obwohl auf der anderen Seite des Hofes seine Schwester und sein Schwager Lavrenz ein Gasthaus führten. Er könnte fast hinspucken, wenn er nicht so einen verdammt trockenen Hals hätte. Und an dem Wirtshaus 'Zum Ochsen' war er auch noch beteiligt. Jeder Krug, den er dort leerte, war reiner Gewinn. Und Hein, der ihm eine Kanne Bier hätte holen können, zog es vor, das Vieh zu füttern. Vielleicht ahnte er die Stimmung seines Dienstherrn und ging ihm gerade darum aus dem Wege. Ja, und er selbst saß vor dem leeren Becher und wartete auf die Ochsen.
Minutenlang überlegte er, selbst in die Gaststube zu gehen. Aber wenn dann die Ochsen kamen, mußte er wieder zurück und den Zoll eintreiben. Nein, solche Extrawege machte er nicht gerne. Er war nicht nur fett, er war auch faul geworden im Laufe der Jahre. Seine Schwester kochte und braute zu gut und seit langer Zeit war der Weg über den Hof, oder bei Regen durch die Ställe, vom Zollhaus zum Gasthaus, seine einzige Bewegung. Früher stieg er noch abends die Treppe zu seiner Schlafkammer hoch. Aber als er dann zu dick wurde, so dick,

daß der große Stuhl durch eine breite Bank - eine Extraanfertigung von Meister Ratken - ersetzt werden mußte, da mochte er sein Gewicht nicht mehr die Stufen hochschleppen und ließ sich neben dem Pferdestall eine Kammer einrichten.

Garbsen suchte mit den Augen Ottens Schiff. Ein großer Wagen stand davor, wohl mit weiterer Fracht. Neben den Fischerbooten lagen heute viele Schiffe im Hafen. Davor ein Gewimmel an Leuten, Wagen, Handkarren und Ausrüstungsgegenständen. Er sah wieder zum Tor der Langen Brücke hinüber. Noch war es geöffnet. Wenn es geschlossen und die Brücke hochgezogen war, kamen heute keine Ochsen mehr in die Stadt. Aber so lange wollte er warten. Trotz des Bierdurstes. Es sah allerdings so aus, als würde Ossenschröder erst morgen früh ankommen. Die Zolleinnahmen blieben gleich. Aber hatte er dazu Ställe gebaut, Knechte eingestellt und Futter gekauft, daß sie mit ihren Ochsen draußen blieben?
Es klopfte.
„Herein!“ dröhnte Garbsens Stimme. Mühsam drehte er Kopf und Schulter ein wenig, um den Eintretenden zu sehen.
Es war Willi Otten. Der jüngste Sohn des Kaufherren.
„Vater schickt mich. Ich soll fragen, wie es mit den Ochsen ist? Morgen früh wollen wir ablegen.“
„Die kommen heute wohl nicht mehr. Ich weiß nicht, wo sie bleiben. Den Schaden habe ich.“ Müde kamen die Worte aus dem ausgetrockneten Mund.

Garbsen hatte darüber oft und lange nachgedacht. Vor 25 Jahren hatte der Herzog hier die Zollstelle eingerichtet. Zu viele Händler versuchten, die Zollstation am alten Ochsenweg zu umgehen. Sie nahmen ihren Weg über die Schleienge oder per Schiff nach Eckernförde und von dort weiter in Richtung Süden. Dem sollte mit dem neuen Zolleinnehmer in Eckernförde ein Riegel vorgeschoben werden. Nur die Adeligen behielten das Privileg der Zollfreiheit. Das ging auch lange Jahre gut. Nicht nur die herzöglichen Zolleinnahmen stiegen, auch die Nebeneinnahmen Garbsens für Unterbringung und Fütterung des Viehs und Bewirtung der Treiber waren ansehnlich. Das sah der Herzog zwar nicht gerne, aber dazu hatte Garbsen mit Schwager und Schwester das Gasthaus gebaut. In der letzten Zeit ließ der Ochsenhandel jedoch nach und die Treiber blieben häufiger mit ihren Tieren draußen auf der Heide. Er mußte mit seinem Schwager reden, vielleicht für die Treiber den Bierpreis runter zu setzen. Aber das alleine konnte es nicht sein.

Wo blieben die Ochsen?

Er hatte versucht, vom Ossenschröder was zu erfahren, aber der Viehhändler erzählte nur dummes Zeug, wenn er darauf angesprochen wurde. Dann hatte er in einigen Berichten an den Hof darauf hingewiesen und den Verdacht geäußert, es könnte einen neuen Schmuggelweg für die Ochsen geben. Mehr konnte er nicht tun. Oder sollte er mit seiner Leibesfülle etwa selbst hinter den Schmugglern herjagen? Die Pferde würden ja zusammenbrechen.
Der Junge hatte es sich schon bequem gemacht. Er saß gerne bei dem Alten. Obwohl Garbsen nie aus seiner Bude herauskam, wußte er über alles in der Stadt Bescheid und er verstand, zu erzählen, wenn er besserer Laune war. Heute war er zu durstig.
Er sah, wie der Brückenwärter begann, den Mittelteil der Klappbrücke hochzudrehen. Gleich würde das Tor heruntergelassen.
Mühsam stemmte sich Garbsen aus seinem Sitz, legte den schweren Riegel vor die Eingangstür und verließ mit dem Jungen über den Hof das Zollhaus.

*

Auf der Heide, nahe Gammelby, lagerten Ossenschröder und zwei Treiber. Sie hatten wegen der naßkalten Witterung eine Plane gespannt und mühsam ein Feuer entfacht. Man hörte das Wiederkäuen der Ochsen, die unter den Büschen Schutz suchten.
„Was ist nun?“ fragte einer der Männer ungeduldig.
„Sie werden schon noch kommen“, antwortete der Viehhändler. Er stocherte im Feuer herum, daß es aufloderte.
„Dann finden sie uns eher.“
Etwas später kamen die Erwarteten. In ihrer Wetterkleidung sahen die Neuankömmlinge genau so verwegen aus, wie Ossenschröder und seine Gesellen. Wer sich bei diesem Wetter in der Nacht hier draußen herumtrieb hatte wohl auch das Tageslicht zu scheuen.
„Vierzehn habe ich für euch“, sagte Schröder. „Die schönsten und fettesten Ochsen. Aber ihr solltet bald aufbrechen. Wenn ich morgen früh mit den Rest in Eckernförde bin, solltet ihr über alle Berge sein. Jürs geht mit euch, bis Flemhude. Nicht weiter. Aber erst zahlt ihr, wie vereinbart.“
„Du kriegst jetzt die Hälfte. Die andere Hälfte geben wir Jürs mit, wenn wir in Flemhude sind.“
Das versuchten sie nun schon zum dritten Mal. Nein, viel Vertrauen hatte Ossenschröder nicht zu den beiden. Was sollte Jürs schon machen, wenn ihnen in Flemhude einfiel, nicht zu zahlen? Hier waren sie zu dritt und darum den beiden überlegen. Und, kamen die überhaupt mit den Ochsen bis Flemhude? Der

Viehhändler zweifelte nicht daran, daß die Häscher des Herzogs unterwegs waren. Nein. Er mußte unerbittlich sein. Schließlich hatte er die Ochsen gekauft und bezahlt. Es waren seine Tiere und er mußte sehen, einen Höchstpreis zu erzielen. Ohne Zoll. Aber bar auf die Hand.
„Wenn ihr die Tiere mitnehmen wollt, zahlt ihr sofort, wie vereinbart. Sonst gehen sie nach Eckernförde."
Murrend gaben die beiden nach und brachten mit Jürs zusammen die Ochsen in Bewegung.

Im Morgengrauen des nächsten Tages trieben Schröder und sein Knecht sechs Ochsen über die Lange Brücke. Wenn Garbsen sich wunderte, so verstand er, es zu verbergen.
„Wo sind die anderen?" fragte er nur. „Zwanzig waren mir avisiert."
„Das hat nicht geklappt, wie es sollte." Einsilbig kam die Antwort.
„Dann treib die Tiere man gleich zum Schiff. Hein kann helfen. Komm nachher in die Gaststube, damit wir den Zollkram klarmachen."
Und er schob sich schwerfällig über den Hof.
'Es ist doch interessant', dachte er. 'In Kosel waren da noch zwanzig Ochsen, und nun sind es nur noch sechs. Nur gut, er hatte alles beim Herzog gemeldet. Dessen Männer mußten wohl schon unterwegs sein.
„Du lebst gefährlich!" sagte er nur zum Viehhändler, nachdem sie eine Kanne Kakebille geleert hatten.

*

In der Gaststube herrschte heute Hochbetrieb. Nun verstand Garbsen, warum schon gestern abend alle Schiffe im Hafen lagen. Ihre Eigner hatten sich hier versammelt. Und er verstand auch, weshalb Clawes Otten unbedingt schon heute morgen sein Schiff in See stechen ließ. Jetzt konnten die Schiffer hier beschließen, was sie wollten, sein Schiff und seine Fracht waren auf See.
Otten, der auch hier saß, nahm als Kaufherr und Schiffer so eine Zwitterstellung ein. Sicher, auch andere Kaufleute hatten Schiffsanteile, und andere Schiffer beteiligten sich am Handel. Das war so seit altersher. Im Verlauf der Jahre traten dann Gewichtungen ein und es wurde klar; der eine war mehr Kaufmann, der andere mehr Seemann. Bei Otten jedoch wußte noch niemand genau, wo er hingehörte, und am allerwenigsten er selbst. Heute war er hier bei den Schiffern, weil es um Geld ging.

Garbsen wußte auch genau, worum es ging. Die ganze Auseinandersetzung dauerte nun schon Jahre und hatte sich in den letzten Monaten zugespitzt. Nicht hier in der Stadt, aber im Land.

Der junge Herzog Friedrich III. hatte unmittelbar nach seinem Regierungsantritt von den Städten eine Huldigung verlangt. Schleswig, Husum, Tondern, Apenrade und eben auch Eckernförde hatten diese ohne Widerrede geleistet. Die Kieler sträubten sich lange. Sie wollten erst auf dem regulären Landtag huldigen und nicht anders behandelt werden, als der Adel. Und kaum hatte der Kieler Rat sich dem Druck und wohl auch den Versprechungen gebeugt, zeigte sich, wie recht sie gehabt hatten. Der Herzog erließ eine sogenannte 'Landbede', er wollte Geld. Aber nicht etwa für die allgemeinen Pflichten wie Landesverteidigung, Katastrophenhilfe oder Ähnliches. Nein, er wollte Geld, um die Schulden seiner Vorgänger und seiner eigenen extravaganten Hofhaltung zu tilgen. Husum, als 'gottorfsche' Stadt, war so oder so zur Zahlung verpflichtet. Aber Kiel, Schleswig und Eckernförde unterstanden als Städte des Landesstandes der gemeinsamen Herrschaft des Königs und der beiden Herzöge. Allerdings hatten weder der König noch der Herzog das Recht Steuern auszuschreiben. Das blieb bisher der Versammlung der Landstände vorbehalten, der Vertreter des Adels und der Städte also. Aber nun hatten die Städte schon ohne Landtag gehuldigt.
„Wer huldigt, muß auch zahlen", lachten die Adeligen schadenfroh.
„Wir müssen gar nicht!" antworteten die Bürger.
Sie sahen es wohl: Mit einer Steuerauflage ohne Landtag wurde praktisch eine neue Rechtsgrundlage geschaffen. Und trotzdem weigerten sie sich nicht zu zahlen, verlangten nur Zusagen für eine Gleichbehandlung mit dem Adel.

So hatte sich dieser Streit hingezogen, bis der Herzog am 30. September 1624 einen Erlaß durchgesetzt hatte, nach dem die Städte, Ämter und Landschaften zur Zahlung verpflichtet wurden. Mit dieser 'Landbede' wurde Eckernförde die Zahlung von 7.000 Reichstalern auferlegt. Damit war natürlich der Streit erst einmal von der Landschaft in die Stadt verlagert worden. Wie sollten denn nun die Lasten verteilt werden? Klar, nach Besitz. Aber wie bewertet man so unterschiedliche Dinge wie Haus, Land, Hof, Schiff, Werkstatt, Bude? Nach dem Steinpflug? Aber waren diese Schätzungen nicht schon längst überholt? Und nun wurde schon tagelang in der Stadt darüber gestritten, wer zahlt was und wieviel. Heute nun, am '23. Novembris anno 1624', sollte dem wohl ein Ende bereitet werden. Bürgermeister und Rat hatten den Ausschuß der sechzehn Bürger zusammengerufen, um zu entscheiden.

Otten wußte genau, er würde als Kaufmann löhnen müssen, und als Schiffer. Aber er hoffte doch, die Quote für den Schiffer Otten möglichst niedrig zu halten. Darum war er hier.
Die meisten der Anwesenden hatten bereits vom vielen Trinken und hitzigen Reden hochrote Köpfe, als ihr Vertreter im Ausschuß, Joachim Blancke endlich erschien.
„Los, vertell!"
„Watt is nu los?"
„Sünd ji ju eenig wurn?"
So oder ähnlich wurde er von allen Seiten bestürmt.
„Bring mir erst mal ein Bier!" rief Blancke dem Wirt zu. Und „wenn ich berichten soll, müßt ihr schon ruhig sein."
„Ja, wir konnten uns einigen", sagte er endlich, nachdem er einen großen Schluck genommen hatte.
„Es war nicht ganz einfach, aber nun muß jeder, seinem Vermögen entsprechend, auch die Last mit tragen. Ihr könnt euch euren Anteil ungefähr selbst errechnen, wenn ihr es mit mir vergleicht. Ich bin mit 25 Reichstalern dabei."
„Na, das geht ja", meinte Detleff Nijsen. „Ich werde wohl ein paar Taler niedriger liegen."
„Ich auch. Aber mir ist auch das zuviel. Die machen die Schulden und wir sollen sie tilgen", maulte Heinrich Gijse.
„Das ist ja richtig. Aber die Kaufherren und die Handwerker haben teilweise höhere Quoten." Joachim Blancke wußte, eine Lösung, die allen gerecht wurde, würde nicht zu finden sein. Offensichtlich sahen die anderen Schiffer es ähnlich, denn das Murren hielt sich in Grenzen.
„Wißt ihr eigentlich, daß der Herzog die Ämter wieder in seine alten Rechte eingesetzt hat?"
Das hatte Otten so nebenbei gesagt, aber er wußte, das würde den Schiffern nicht in den Kram passen. Nicht, daß sie was gegen die Handwerker und ihre Ämter hatten, aber im Zusammenhang mit der 'Landbede', war das ein Ding. Blancke verstand nun, warum die Handwerker so schnell bereit gewesen waren, die 7.000 Taler für die Stadt anzuerkennen.
Und Clawes Otten setzte noch einen drauf.
„Die Brückenprivilegien sind auch wieder gültig."
Joachim Blancke holte ein paarmal tief Luft.
„Bring mir einen Kornbrand!" sagte er mit belegter Stimme zum Wirt. Er war mit seinem Verhandlungsgeschick so zufrieden gewesen, nun merkte er, man hatte ihn bei der Sitzung aufs Kreuz gelegt. Schon lange bevor sie über die gerechte

Verteilung der Kosten gestritten hatten, hatten Kaufherren und Handwerker ihr Schäfchen ins Trockene gebracht.
Dieses Brückenprivileg betraf die Schiffer unmittelbar. Danach hatten nämlich die Eckernförder Kaufherren erstes Kauf- und Verkaufsrecht in der Stadt. Von ausländischen Kaufleuten konnte die Stadt Zoll erheben. Das traf vor allem die Rendsburger Kaufleute, die zwei Speicher an der Brücke unterhielten. Und das traf die Eckernförder Schiffer, die eben auch für Rendsburger Kaufherren Frachten übernahmen.
„Ab wann tritt das denn wieder in Kraft?“ wollte Detleff Nijsen wissen.
„Es ist nun schon gültig.“
Woher der Otten bloß immer alles so schnell erfuhr?
„Gestern war der Rendsburger Ratsherr Vogt bei uns im Rathaus und hat einen Mordsspektakel gemacht. Er wollte Gerste nach Lübeck verschiffen, aber keinen Zoll dafür zahlen. Wutentbrannt ist er rausgestürzt. Seine Gerste geht jedenfalls nicht über Eckernförde.“
„Die Gerste sollte ich nach Lübeck bringen.“ sagte Nijsen. „Die Fracht wäre mir auch gut zupaß gekommen.“
Nun wußte er, warum er vom Ratsmann Vogt nichts mehr gehört hatte.
Blancke hatte einen Entschluß gefaßt.
„Ich zahle nicht!“ verkündete er.
„Mir scheint, die haben dich gewaltig über den Tisch gezogen,“ goß Otten Öl ins Feuer.
„Ich zahl auch nicht!“ rief Nijsen und
„Keinen Schilling kriegen die von mir!“ schrie Gijse.
„Ich geh zum Bürgermeister und sage ihm das batz vor den Kopf!“ Blancke stand auf. Auch die anderen erhoben sich. „Wir gehen mit“, „Das wollen wir doch mal sehen“, „Wir lassen uns doch nicht alles gefallen!“ So scholl es durcheinander. Und so schoben sie mit hochgeschlagenen Kragen im herbstlichen Regen am Ochsenkopf vorbei in Richtung Rathaus.

Der Böttcher Hartmann machte seine Tür einen Spalt auf und streckte seinen Kopf heraus. Was mochte da wohl vorgehen? Kopfschüttelnd kontrollierte er die Fensterläden, zog die Tür wieder hinter sich zu und legte den schweren Riegel vor.
„Unruhige Zeiten sind es, in denen wir leben“, murmelte er und kletterte die Stiege zu seiner Schlafkammer hoch.
Auch Clawes Otten, der Kaufmann mit eigenem Schiff verschwand in seiner Bude.
‘Es ist doch noch nicht zu Ende’, dachte Hans Garbsen.

Bürgermeister Heinrich Stadtlander war mehr erstaunt als erschrocken, als die Männer die große Freitreppe des Rathauses emporstürmten. Der Ratsdiener humpelte unbeholfen zur Tür und versuchte, den Eingang mit seiner Hellebarde zu versperren. Aber Joachim Blancke schob die Pike und den Mann einfach beiseite.

Sollte der Bürgermeister diese Aufsässigkeit schon als Aufstand werten und die Wache rufen? Doch besser nicht.

„Laß man!“ sagte er zum Ratsdiener.

„Aber die sind bewaffnet!“

Richtig, jeder hatte sein Schiffsmesser im Gürtel.

Aber die trugen sie ja ohnehin immer und es war natürlich niemandem eingefallen, sie vor Eintritt ins Rathaus abzulegen.

Der Bürgermeister kannte sie alle, und einer alleine hätte bei ihm keinerlei Verwunderung erweckt. Aber so, gleich vierzehn Mann hoch?

„Kommt rein!“ sagte er. „Allen kann ich aber keinen Stuhl anbieten. Was habt ihr für Sorgen?“

„Wir zahlen nicht!“, „Von uns gibt es kein Geld!“, „Watt goht uns de Schullen von den Hertog an!“. Jeder rief Stadtlander seine Meinung zu.

„Ihr habt mich über den Tisch gezogen!“ sagte Blancke, „Denn Ihr hattet schon alle Eure Vorteile sicher, als der Ausschuß heute morgen zusammentrat.“

Im Stillen mußte der Bürgermeister ihm recht geben, aber was sollte das nun?

„Du hast der Verteilung zugestimmt, Joachim Blancke. Nun stehe dazu. Wenn deine Leute nicht damit einverstanden sind, was soll ich da machen? Du warst der Vertreter der Schiffer im Sechzehner-Ausschuß.“

„Ich wollte morgen nach Lübeck segeln, mit Gerste.“ Bedächtig, aber bestimmt wie immer, mischte Detleff Nijsen sich ein. „Der Gerste von Vogt. Den habt Ihr aus der Stadt rausgegrault. Könnt Ihr mir nun sagen, Bürgermeister, wie ich ohne Fracht die Schulden des Herzogs bezahlen soll?“ wollte er wissen. Eine gute Frage. An sowas hatte natürlich keiner gedacht. Wenn man doch erst einmal im Rat darüber nachdenken konnte. Aber die Schiffer wollten nicht irgendwann, sondern sofort Antwort.

„Seid vernünftig, Leute. Wenn bei irgendjemanden Schwierigkeiten auftauchen, wir können doch über alles reden. Auch über Stundung, oder gar über Nachlaß. Aber ihr könnt doch nicht einfach hierherkommen und die Zahlung generell verweigern.“

„Die Rendsburger Kaufleute sind unsere Partner. Ändert die Brückenordnung, damit sie hier handeln können“, schlug einer vor. „Und was hilft mir das?“ Das war wieder Nijsen.

„Ja, das hilft Nijsen gar nicht!“ griff der Bürgermeister die Bemerkung auf wie einen Rettungsanker.
Was sollte er machen? Gab er den Schiffern nach, standen in einer Stunde die Kaufleute hier. Und die waren mächtiger. Daß der Blancke seine Leute auch nicht im Griff hatte!
„Ich verstehe ja eure Sorgen. Aber was sollen wir machen? Der Ausschuß hat beschlossen und euer Mann saß mit am Tisch.“
„Mich hat man übern Tisch gezogen!“ Dieser Satz Ottens schien auf Blancke großen Eindruck gemacht zu haben.
„Du saß't mit am Tisch!“ beharrte der Bürgermeister. „Hättest du auf die Probleme hingewiesen, du hättest mich auf eurer Seite gehabt. Aber du schwiegst. Nun ist es beschlossen. Da hilft nur noch eine Eingabe von euch. Setzt euch zusammen, beratet und dann werden wir im Rat und Ausschuß darüber sprechen.“
Nur erst mal Zeit gewinnen.
„Ich scheiß auf die Eingabe. Ihr wollt uns nur noch mal übern Tisch ziehen.“
So kam er offensichtlich nicht weiter. Es war ein Fehler gewesen, so klammheimlich die rechtlichen Vorteile beim Herzog durchzudrücken. So ist es, wenn man Krach vermeiden will. Später knallt es dann umso lauter.
„Für Nijsen müssen wir uns was einfallen lassen. Das konnte so keiner voraussehen. Aber das Brückenprivileg haben der Rat oder die Kaufherren nicht erfunden. Das ist altes Recht der Stadt und ein Vorteil für alle.“
„Vor allem für Euch!“
Der Bürgermeister überhörte den Zwischenruf. Er hatte sich nun entschlossen, das zu klären, was besser vorher mit den Schiffern besprochen worden wäre.
„Um dieses Brückenprivileg haben wir gekämpft. Die ganze Stadt. Ich will euch einmal vorlesen, was Herzog Adolph schon 1545 dazu sagte, als er uns das Schleswiger Stadtrecht bestätigte:

1) daß keine ausländischen Kaufleute oder Verkäufer zum Nachteil der Stadt oder ihrer Einwohner auf dem Markte oder an der Schiffbrücke kaufen oder verkaufen sollen,
2) daß die Stadt ihre Äcker, Hölzungen und Weiden ferner ungehindert behalten, gebrauchen und benutzen möge,
3) daß die Einwohner auf dem Sollten Haff* die freie Fischerei haben möge,
4) daß die Stadt den alten gewöhnlichen Zoll ferner genießen möge.

* Sollten Haff = das Salzwasser der Bucht, im Gegensatz zum Braakwasser des Noors.

So ist das.
Am 29. März 1596 wurde das vom Herzog Johann Adolph bestätigt und Herzog Friedrich III. unterschrieb es noch einmal am 21. Nov. 1617. Das ist erst sieben Jahre her.
Erst vor ein paar Jahren wurde es eingeschränkt, von wegen 'Monopolistischer Praktiken' und 'Gewerbefreiheit'. Aber wieso sollten wir auf diese alten Rechte verzichten?"

Der Bürgermeister spürte förmlich, wie die Schiffer über das Gesagte nachdachten. Und er schob gleich noch ein Scheit nach.
„Ich weiß, ihr seid dagegen, daß der Adel verschont wird."
„Ja, immer schröpfen sie uns!"
„Im Zusammenhang mit den Privilegien wird uns bestätigt, Adelige, die in der Stadt Haus und Besitz haben, müssen zahlen. Blancke weiß das, darum hat er ja auch zugestimmt. Wenn sie nicht zahlen, können wir ihre Pferde und Wagen mit Arrest belegen, wenn sie Krach machen, können wir sie einsperren. Na, ist das nichts?"
Einige nickten nachdenklich. Aber Blancke fühlte sich genarrt, wußte nun auch nicht mehr genau, wie er sich verhalten sollte. Erst hatte er zugestimmt, dann erklärt 'ich zahle nicht', sollte er nun schon wieder den Kurs anders setzen?
„Ihr habt mich über den Tisch gezogen. Ich zahle nicht."
Er setzte seine Mütze auf und ging, gefolgt von Gijse und Nijsen und, zögernd, einigen anderen. Die zwei letzten guckten den Bürgermeister fragend und wie hilfesuchend an, hoben dann die Schultern und folgten ihren Leuten.

Der Bürgermeister schickte trotz der späten Stunde den Ratsdiener los, die Ratsherren für den nächsten Morgen zusammenzutrommeln. Wenn die Schiffer sich weiter weigerten zu zahlen, was dann?

Etwas ruhiger, als auf dem Heimweg gingen die Schiffer den Weg zurück. Am hölzernen Ochsenkopf vorbei 'Zum Ochsen'.
Der Zolleinnehmer Garbsen saß immer noch an seinem Platz, und wer ihn kannte, zweifelte nicht, er hatte sich in der Zwischenzeit nicht gerührt, höchstens, daß er den Krug zum Munde führte.
„Na, was ist?" wollte er wissen.
„Wir haben ihm gesagt, daß wir nicht zahlen."
Trotzig kam das über Gijses Lippen.
„Und wie geht es weiter?"

Ja, wie geht es weiter? Das wußte keiner so recht.
„Die 7.000 Taler sind nun mal festgelegt. Da kommt die Stadt nicht drum rum. Glaubt ihr, die Kaufleute oder Handwerker werden euren Anteil mitzahlen?"
Nein, das mochte keiner glauben.
„Sie können doch die Beträge der einzelnen neu festlegen." Etwas kleinlaut kam das von Gijse.
Garbsen grinste über das ganze fleischige Gesicht.
„Ja, Nijsen, der ja direkten Schaden hat, zahlt weniger..." „Genau so!" warf Gijse ein und hob den Becher.
„Und du, Gijse, zahlst dafür mehr."
Verdutzt setzte Gijse sein Glas wieder ab.
„Du bist verrückt, Garbsen!" Aber er verstand, sein Vorschlag taugte nichts.
Nijsen zahlte und verließ wortlos die Gaststube. Einige waren nach dem Besuch im Rathaus gar nicht erst mit reingekommen. Die Wut, die die Schiffer bei der Erzählung Ottens über die Sonderkonditionen der Handwerker und Kaufleute erfaßt hatte, war einer miesen Stimmung gewichen. Und Garbsens Bemerkungen hatten ihnen ihre Lage noch verdeutlicht.
„Nun müssen sie sich wohl im Rat Gedanken darüber machen", sagte Blancke und verließ ebenfalls den 'Ochsen'.

*

Und der Rat machte sich Gedanken. Am nächsten Morgen, die Sonne war gerade aufgegangen, saßen der Bürgermeister, der Kämmerer und Ratsherr Wismer zusammen.
„Da glaubten wir gestern, es sei alles geklärt, und dann macht der Blancke so einen Quatsch", grollte der Kämmerer. „Wieso, warum, was haben wir ihm getan?"
„Ich habe es euch ja gleich gesagt, 'so geht es nicht!' Man kann den Vertreter einer Zunft nicht so behandeln. Da geht er zu seinen Leuten zurück, berichtet, was los war. Und dann erfährt er dort, es war viel mehr los, als er mitgekriegt hat." Wismer verstand immerhin die Reaktion Blanckes. „Das war doch eine Blamage für den Mann. Er fühlte sich betrogen. Ich weiß nicht, was ich an seiner Stelle getan hätte. Irgendwas mußte er jedenfalls tun, um seine Selbstachtung wiederzufinden."
„Gut, du hast wie immer recht, Wismer. Aber ist das denn nun so wichtig? Die Frage ist doch, was geschieht, wenn die Schiffer nicht zahlen und deshalb die Stadt auch nicht zahlen kann? Streicht der Herzog dann die Ämter- und

Brückenordnung? Auf keinen Fall wird uns die Zahlung der 7.000 Taler erlassen werden. Das könnte bei saumseliger Zahlungsweise eher mehr werden."
„Wir sollten noch mal alles überlegen und dann mit Joachim Blancke sprechen." Wismer lag daran, das Ansehen des Schiffermeisters bei seinen Kollegen wieder zu stärken.
„Mit der Ämterordnung dürften wir bei ihm gar keine Schwierigkeiten haben. Es wird zwar auch in Zukunft Streit geben zwischen den Handwerkern und dem Herzog. Die einen wollen Sicherheit und der andere will Gewerbefreiheit. Wie der König ist auch der Herzog gegen die „monopolistischen Praktiken". Aber da haben die Schiffer nichts mit zu tun. Anders ist es mit der Brückenordnung. Wir sehen das am Fall Nijsen. Und doch haben wir recht, wenn wir uns mit der Brückenordnung etwas abschotten. Das tun die Rendsburger schließlich auch. Oder kennt ihr einen Eckernförder, der in Rendsburg einen Speicher hat? Die nutzen doch ohne Skrupel ihren Vorteil, über die Eider Waren in die Niederlande oder nach England zu bringen. Nein, an das Brückenprivileg dürfen wir nicht rütteln lassen. Aber wir müssen mit unseren Kaufleuten und mit den Schiffern reden. Der Landweg von Schleswig nach Treia ist weniger weit, als von Eckernförde nach Rendsburg. Wir sollten die Schiffahrt über die Treene zur Westsee mehr nutzen. Das wäre doch was für die Schiffer. Dem Herzog würde es gefallen, wenn wir einen Speicher in Friedrichstadt bauen würden."
„Und der Stadt geht der Zoll durch die Lappen, wenn die Waren nicht mehr über die Stadt, sondern gleich über die Schlei verschifft werden." Der Kämmerer war aus naheliegenden Gründen nicht einverstanden. „Wer zur Eider will muß durch Eckernförde, wer zur Treene will nicht."
„Jedenfalls ist das noch der Fall." Wismer dachte ein ganzes Ende weiter. „Der Plan, einen Kanal von der Eider zur Ostsee zu bauen, wird immer wieder aufgegriffen. Und dann stehen die Rendsburger ganz groß da. Dann brauchen sie auch die Eckernförder Speicher nicht mehr. Wir liegen dann weit ab. Man muß da rechtzeitig vorsorgen, neue Verbindungen anbahnen."
Und dann wälzten die drei die Probleme des Handels zwischen Ost- und Westsee, über Eider, Treene, die Beziehungen zwischen Rendsburg, Friedrichstadt, Schleswig und Eckernförde, sprachen über die Rolle der Hansestädte, die auch nicht mehr so war, wie früher.
Nur, wie sie an das Geld der Schiffer kommen konnten, dazu fiel ihnen nichts ein. Sicherheitshalber ließ der Bürgermeister jeden zahlungspflichtigen Bürger auffordern, seinen Anteil an der 'Landbede' bis zum Ende der nachfolgenden Woche beim Kämmerer einzuzahlen.

*

Ossenschröder hatte mit seinem Knecht Eckernförde sehr schnell verlassen. Obwohl sie Zeit hatten, denn mit Jürs wollten sie sich erst spät nachmittags in Kosel treffen, marschierten sie mit großen, schnellen Schritten die Straße nach Gammelby entlang. Der Weg war tief. Andauernder Herbstregen ließ überall große Pfützen entstehen. Aber ohne Ochsen konnte man wenigstens leicht ausweichen. Schon sahen sie den ersten Bauernhof Gammelbys, doch sie schritten ohne Rast weiter.

Warum der Viehhändler es so eilig hatte?

Ihm ging die letzte Bemerkung des Zolleinnehmers nicht aus dem Kopf.

„Du lebst gefährlich, Ossenschröder!"

Ja, natürlich. Wie sollte ein Viehhändler nicht gefährlich leben? Schon beim Einkauf der Ochsen fing es an. Hatte man den Preis tief genug gedrückt? Waren die Ochsen gesund und den Strapazen des Treibens gewachsen, oder waren sie nur mit Wasser aufgepumpt, damit sie schön rund aussahen? Konnte man sie zu einem guten Preis weiter verkaufen? Kam man mit allen Tieren da an, wo man verkaufen wollte, oder begegnete man vielleicht vorher einer Räuberbande oder, was auf das gleiche herauskam, Soldaten? Ja, und dann immer auf der Straße. Im heißen Sommer, im eisigen Winter, bei Nebel, Regen, Schnee. Das alles war doch gefährlich genug. Aber das hatte Garbsen nicht gemeint. Hatte der Dicke ihn nur bange machen wollen, oder wollte er ihn warnen? Wußte er was, oder ahnte er was? Ossenschröder hatte Garbsens Bemerkung so verstanden, als würden schon hinterm nächsten Gebüsch die Leute des Herzogs auf ihn warten.

Ja, Ochsenhandel war eine schwere Arbeit. Schwer und risikoreich. Konnte man denn da nicht verstehen, wenn man den kleinen Gewinn nicht noch mit dem Herzog und der Stadt teilen wollte? Wenn die kassiert hatten, blieb meistens gerade soviel, daß die Kosten des Treibens gedeckt wurden.

Einige Jahre lang hatte Schröder ja auch ohne Murren seinen Zoll gezahlt. Als dann jedoch immer mehr Zollstationen eingerichtet wurden und die Zöllner den Händlern immer tiefer in die Taschen langten, ohne daß die Wege sicherer wurden, begannen auch die Viehhändler nach Auswegen zu suchen.

Er erinnerte sich mancher Diskussion auf dem Wedeler Ochsenmarkt.

Am Ende des langen Ochsenweges, der sich durch Jütland, Schleswig, Holstein bis zur Elbe hinzog, hatten sich rund um den Roland Viehhändler, Treiber und andere Marktleute niedergelassen. Stände, Buden, Zelte, soweit man sehen konnte. Und riesige Ochsenherden, wo kamen nur alle diese Ochsen her?

Und abends an den Schanktischen immer wieder das Gespräch, wie man am besten den Zöllnern eins auswischen konnte.

Hier erfuhr man von Orten, wo man ohne Zoll durchtreiben konnte, von Zöllnern, die für ein kleines Geldgeschenk schon mal beide Augen zudrückten, von unbekannten Furten, an denen man kleinere Herden ungesehen weiter bringen konnte.
Und neben diesen Kennern der Schleich- und Umwege gab es die Bibelfesten, die darüber stritten, ob Zoll denn nun vom lieben Gott gewollt sei oder nicht.

„Auch unser Herr Jesus war gegen die Zöllner", rief jemand.
„Na, na. So direkt wird das ja auch nirgends gesagt", wandte ein anderer ein.
„Ach nee! Du bist wohl für die Zöllner, was? Und wie heißt es denn bei Matthäus? 'Ihr könnt nicht Gott dienen und dem Mammon!' Ist das nicht direkt genug? Zöllner dienen dem Mammon! Oder?"
Dem war schwer zu widersprechen. Fast alle waren sich einig: Zöllner waren Wegelagerer.
„Früher mußte man sich beim Treiben nur vor den Straßenräubern in acht nehmen, heute muß man auch noch sehen, daß man den Männern des Königs und des Herzogs aus dem Weg geht."
„Klar, der Zoll füllt des Königs und des Herzogs Kassen. Dazu wurde er auch erfunden."
„Aber Zoll gab es immer", wandte wieder einer ein. „Ochsenzoll, Brückenzoll, Hafenzoll, Sundzoll. Es steht schon in der Bibel: 'gib dem Kaiser, was des Kaisers ist!' Da kann man doch auch nichts gegen haben."
„Hab' ich ja auch nicht", hatte sich Schröder eingemischt, „Hab' ich ja auch nicht. Wenn es denn nur der Kaiser oder der König wären, die die Hand aufhielten. Aber da ist der Kaiser und der König, der Herzog und die Städte und, wenn man nicht wie ein Schießhund aufpaßt, jeder Grundherr. Alle wollen teilhaben an unserem geringen Verdienst. An jedem Tor, an jeder Furt, an jeder Brücke muß man die Geldkatze öffnen. Und was haben wir davon?"
„Brückenzoll, das könnte ich noch verstehen", nahm ein anderer das Wort. „So eine Brücke ist notwendig für den Handel und kostet Geld. Das muß wieder rein."
Alle fühlten sich geschröpft und versuchten doch, vernünftige, plausible Gründe für den Zoll zu finden.
„Die Brücken, ja die Brücken."
Moise Ibrahim, der Hamburger Geldverleiher, der sich auf jedem Viehmarkt der Umgebung herumtrieb, sprach leise. Man hörte ihm trotzdem zu, denn Ibrahim war ein gar zu wichtiger Mann beim Ochsenhandel. So manches Geschäft kam nur mit seiner Hilfe zustande.

„Das sagten schon unsere Vorväter im Talmud: 'Ihr habt Brücken errichtet, nicht um den Handel zu fördern, sondern um Zoll einzutreiben!' Ob Brücke, Landenge oder Furt. Wo der Händler vorbei muß, da stehen sie mit ihren offenen Händen und kassieren."
Ob Christen oder Juden, den Zoll hielt niemand für förderlich.
An diese Gespräche mußte Schröder nun denken.
Nein, Skrupel hatte er nicht, den Zoll zu umgehen. Aber Angst hatte er, erwischt zu werden. Nun konnte ihm zwar niemand verwehren, hier seine Ochsen weiter zu verkaufen. Aber sie mußten ja irgendwie an der nächsten Zollstation vorbeigetrieben werden. Was, wenn sie Jürs erwischten. Der war als sein Mann bekannt. Nein, die Käufer mußten in Zukunft das Vieh selbst weiter treiben. Hoffentlich ist es diesmal noch gut gegangen.

Und dann kamen die beiden beim Koseler Dorfkrug an, und wer saß da vor einem großen Krug Bier? Richtig. Jürs.
„Bist du geflogen?" fragte Schröder erstaunt.
„Nein, aber ich habe mich rechtzeitig abgesetzt. Als wir am Wittensee langtrieben, sah ich am anderen Ufer die Reiter. Ich habe den beiden das gesagt und bin dann umgekehrt. Mensch, haben die geflucht. Verprügeln wollten sie mich." Jürs lachte in Erinnerung laut auf. „Man gut, sie hatten genug mit den Ochsen zu tun."
„Wir machen das in Zukunft auch anders", versprach der Viehhändler.

*

„Dormar!" rief der Bürgermeister. Und noch einmal lauter: „Dormar! Wo steckt der Kerl bloß? Wenn man ihn schon mal braucht."
Gerade hatte der Kämmerer ihm über den Eingang der Zahlungen für die 'Landbede' berichtet. Selbst die Schiffer hatten gezahlt, bis auf vier.
Blancke, natürlich Blancke, Wirth, Budde und Breitkopf.
Was die sich nur dabei gedacht hatten?
Das konnte doch nicht gut gehen, egal, was immer gegen die 'Landbede' einzuwenden war.

Jedenfalls mußte er, Bürgermeister Stadtlander, jetzt einen Bericht nach Gottorp senden. Schon im eigenen Interesse und im Interesse der ordentlichen Bürger, die sofort ihrer Pflicht nachgekommen waren.
„Dormar! Wo steckt der Kerl denn nur?"

Da ging die Tür auf und der Gesuchte trat ein.
'Ich muß sehen, daß der Blancke nicht gar zu schlecht dabei weg kommt', überlegte Stadtlander gerade.
Laut sagte er:
„Paß auf, Dormar. Er schreibt einen Bericht an den Hof. Was da alles los war, weiß er ja. Verweise darauf, daß der Blancke ansonsten ein anständiger und tüchtiger Bürger ist. Laß die anderen Schiffer als Zeugen unterschreiben. Schreib er aber auch, daß die vier Renitenten sicherlich bald zahlen werden. Wir selbst werden ihnen ins Gewissen reden. Hat er alles verstanden?"
„Jawohl, Herr Bürgermeister!"
Und Dormar schrieb.
Zum Schluß verwies er auf die wirtschaftlichen Schwierigkeiten, in die einige Schiffer gestürzt wurden und daß eben darum der Joachim Blancke die anderen 'zu diesem Aufstand aufwiegelte'.

Casparus Dormar / P

und Stadtschreiber daselbst

setzte er schwungvoll darunter.

*

Die ‘Maschopei’

„Na, wie gehen denn die Geschäfte?“
Otten wandte sich um. Da saß an seinem gewohnten Platz der dicke Garbsen. Saß genauso, wie er vor Jahren dort gesessen hatte, so, als hätte er diesen Tisch seit damals nicht verlassen. Immer noch war Garbsen des Herzogs Zolleinnehmer und immer noch war er so dick, daß er die ganze Tischseite einnahm. Ja, wer ihn von früher her kannte, konnte sehen, er war noch fetter geworden, gerade so, als hätte es Krieg, Besetzung, Hunger und Pest nie gegeben. Otten zog sich einen Stuhl an den Tisch, Garbsen gegenüber, und bestellte eine Kanne Kakebille.
„Wie sollen die Geschäfte schon gehen, Garbsen? Du weißt es doch, siehst es doch an deinen Zolleinnahmen.“
„Also gehen sie gut! Die Umsätze steigen, obwohl kaum noch Ochsen durch die Stadt getrieben werden. Das war doch früher dein Hauptgeschäft.“
„Ich verkaufe auch heute noch mal ein paar Ochsen, wenn ich einen zweibeinigen finde, der dafür gut zahlt. Du weißt doch, wie das ist. Erst mal Prost, Garbsen!“
Sie tranken sich zu und Otten fuhr fort:
„Beim Ochsenhandel muß man eine Menge Bargeld in der Tasche haben. Bei Gerste kann man kaufen ohne Geld“, er lachte, „und verkaufen ohne Gerste.“
„Woans schall datt denn gohn?“ fragte der Wirt, der gerade drei Korn brachte.
„Mensch , Schwager, das weißt du doch. Bei dir kann man doch auch ohne Geld Bier kaufen. Du hast dafür doch dein Kerbholz.“
„Awers datt Beer, datt ick utschenk, datt is betohlt. Nu laat den Witten man nich warm warn. Skal!“
„Sag ich doch. Korn ist so oder so das beste Geschäft. Trocken oder flüssig.“ Sie kippten das klare Getränk herunter und Otten ließ sich weiter über den Getreidehandel aus.
„Die Gerste kaufe ich auf dem Halm. Nicht für bar, sondern auf Sicht. Und ich verkaufe sie weiter, an die Brauerei, oder an die Mühle, noch bevor sie geerntet wird. Auf diese Weise kann ich mindestens dreimal so viel Getreide handeln, als nach der alten Art, mit harten Talern in der Tasche.“
„Ich weiß nicht. Du siehst dann ja nicht einmal die Ware, mit der du handelst. Nee, datt is keen reinen Kroom!“ Der Gastwirt schüttelte den Kopf. „Ich freue mich immer, wenn der Gast genießerisch mein gutes Bier trinkt. Mir macht schon das Einschenken Spaß. Wenn es zischt, und dann erst, wenn es die trockene Kehle runterläuft, wenn der Adamsapfel dabei hüpft, wenn der Trinker genießerisch die Augen schließt, und dann das selige ‘Aah’, bevor er den Krug abstellt.“
Nach einer kurzen Pause und einem herzhaften Schluck:

„Und natürlich ist es auch herrlich, wenn dann der Taler auf dem Tresen klingelt. Und was hast du von deinem Handel?“
„Das ehrt dich ja, Lavrenz, das ehrt dich. Und das sind ja auch schöne Dinge, die dich erfreuen. Aber das einzig Wichtige ist ja, was wird aus dem Taler? Sieh mal, ich habe ja auch meinen Anteil an dem schäumenden Genuß. Ich sorge ja dafür, daß Hopfen und Malz immer vorhanden sind. Ist das nicht auch verdienstvoll? Aber wann werden aus dem einen Taler zwei Taler oder drei oder noch mehr?“
„Otten, wie kann man als Christenmensch so denken?“
„Langsam, Schwager, langsam“, mischte Garbsen sich ein. „Ich kenne auch meine Bibel. Kennst du nicht das Gleichnis von dem Herrn, der seinen Knechten vor einer Reise Talente gab? Dem einen gab er fünf, dem anderen zwei und dem dritten ein Talent. Und als er wieder kam, da hatte der eine zehn, der andere vier Talente, der dritte aber immer nur noch ein Talent. Da schalt ihn der Herr: ‘Du schlechter und fauler Knecht....Nehmt ihm das Talent und gebt es dem, der zehn Talente hat. Denn Jedem der hat, wird gegeben werden, und er wird Überfluß haben. Wer aber nicht hat, dem wird auch das wenige genommen. Und den unnützen Knecht werft hinaus in die Finsternis. Da wird Heulen und Zähneklappern sein.“

Man weiß nicht, ob Garbsen noch weiter die Bibel bemüht hätte, wäre nicht der Kaufherr Glantz eingetreten.
„Dich suche ich, Otten!“ Sein Gesicht drückte ernsthafte Mißbilligung aus.
„Daß ein Kaufmann es sich leisten kann, schon am hellen Vormittag beim Bier zu sitzen. Und ich suche Dich überall. Ich will Dir ein Geschäft vorschlagen.“
„Siehst Du“, lachte Otten. „Die Geschäfte kommen mir zum Bier nachgelaufen. Nun setze dich erst einmal und stärke dich. Siehst ja ganz abgehetzt aus. Trinke einen Schluck, dann kannst du erzählen.“
Glantz druckste. Eine Kanne Kakebille wäre bei dieser Hitze gewiß nicht schlecht. Aber am hellen Tage in der Wirtschaft zu sitzen widersprach eigentlich seinen Prinzipien.
„Lavrenz, bringe Glantz ‘ne Kanne Bier!“ entschied Otten, bevor Glantz ablehnen konnte.
Clawes Glantz nahm auf der äußeren Ecke der Bank Platz. Lange wollte er sich bestimmt nicht aufhalten. Er warf einen etwas mißtrauischen Blick auf den Zolleinnehmer und den Kröger. Sollte er geschäftliche Dinge in ihrer Anwesenheit erörtern? Aber Otten, das wußte er, war in solchen Dingen großzügig, also überwand auch er seine Scheu.

„Von meinem Cousin erhielt ich einen Brief aus Wolgast. Die Gutsherren dort erwarten eine gewaltige Getreideernte. Man wird billig einkaufen können, meint mein Cousin."
„Ich bekomme auch hier Getreide, soviel ich will", warf Otten ein.
„Nicht annähernd so billig. Mein Cousin kauft und kauft. Aber wohin mit dem Segen? Er fordert mich auf, einzusteigen. Und ich hätte schon Lust. In Holland, England und Frankreich lassen sich gute Preise erzielen. Du kennst dich doch aus im Getreidehandel und du hast Frachtraum. Steige mit ein. Nur, du mußt dich bald entscheiden. Morgen in aller Frühe geht der Bote zurück."
„Getreide aus Wolgast?" Otten war schon interessiert, denn Glantz war für solide Geschäfte bekannt.
Laut überlegte er.
„Wenn wir damit Eckernförde anlaufen, verdienen die Rendsburger mit, fahren wir durch das Kattegatt, zieht der König uns das Fell über die Ohren. Von Wolgast gleich in die Schlei, in Schleswig auf Karren bis Treia, und dann die Treene runter bis Friedrichstadt. Dort besorge ich Frachtraum bei den Holländern. Meine 'Charlotte' erwarte ich in den nächsten Tagen mit Teer aus Finnland. Die kann ich gleich nach Wolgast beordern. Ja, wenn ich recht bedenke, könnte das ein Geschäft werden. Ein gutes Geschäft, denn wir haben nur in Schleswig den herzoglichen Zoll zu zahlen."
„Und den schwedischen in Wolgast", ergänzte Glantz. „Uns bleibt trotzdem genug. Ich fertige also den Boten ab. Kommst du nachher noch zu mir rein, um die Einzelheiten zu besprechen?"
Ohne ausgetrunken zu haben, erhob sich Glantz und verließ die Schenke.

*

Die Schulden, die er vom Vorgänger übernommen hatte, waren längst getilgt. Nach den kriegerischen Ereignissen der Jahre 28/29, die das ganze Land in Armut gestürzt hatten, konnte der Herzog auf jährlich wachsende, sichere Einnahmen rechnen. Trotzdem krauste sein Kanzler Kielmann* sorgenvoll die Stirn, als er dem Herzog berichtete.
„Die Kassen sind leer, Durchlaucht. Ihr werdet Euch irgendwann entschließen müssen, Friedrichstadt zu besteuern."
Friedrichstadt war wie immer der Streitpunkt zwischen Friedrich III. und Kanzler Kielmann. Der Herzog hatte den Holländern versprochen, sie mehrere Jahre unbesteuert zu lassen, wenn sie ihm am Zusammenfluß Treene - Eider eine Stadt bauten. Steuerfreiheit und Religionsfreiheit, wo gab es das sonst.
Die Stadt gedieh.
„Nein!" Die Entscheidung des Herzogs war klar. An der Elbe die große Hansestadt Hamburg, weiter unten des Königs neugebauter Hafen Glückstadt. Wenn Friedrichstadt dagegen Chancen haben sollte, mußte die Steuerfreiheit noch einige Jahre gelten.
„Nein, wir müssen anderswo Geld auftreiben!"

Der Kanzler wußte nur zu gut, was der Herzog meinte. Nach dem Krieg und der langen Besetzung durch die Kaiserlichen, nach Hunger und Pest, konnten die Bürger ihre Steuer einfach nicht aufbringen. Weder mit guten Worten noch mit Soldaten war da was zu holen. Die Steuergrundlage, nach Steinpflug* berechnet, mußte gesenkt werden. In seiner größten Stadt Kiel z. B. von 200 auf nur noch 160. Heute konnte man dort auch wieder mehr herausholen.
Aber half das überhaupt?
Der Kanzler wußte genau, er mochte Geld eintreiben, soviel er konnte, immer würde der Herzog mehr ausgeben, als er hatte. Und es war ihm gleichgültig, ob die Ausgaben nützlich waren, Hauptsache, die Anschaffungen waren schön.
Die Uhrensammlung der Herzogin z. B., lauter kostbare, interessante technische Wunderwerke! Aber nützlich? Auch im großen Globussaal waren, neben für die Wissenschaft nützlichen Karten, recht überflüssige Sachen. Nun hatte der Herzog den Holländer Andreas Busch kommen lassen und ihn beauftragt, den größten Globus der Welt zu bauen.
Ausgaben genug. Aber wo sollte er Geld herschaffen?

* Johann Adolph Kielmann wurde erst 1636 als Rat Herzog Friedrich III. nach Gottorp berufen
* Steinpflug war die Steuergrundlage in den Städten, wie auf dem Dorf der Pflug

„Wir heben die Steuergrundlage wieder an.“ Als hätte der Herzog seines Kanzlers Gedanken erraten. „Kiel kann leicht mehr zahlen, wenn Handel und Wandel gedeihen. Und dafür werden wir nun die entscheidenden Schritte tun. Zum Wohle unserer Bürger“, fügte er noch hinzu.

Kielmann ahnte, was nun kam.
Wenn Friedrich vom ‘Wohle der Bürger’ sprach, kam am Ende immer eine abenteuerliche Idee heraus. Otto Brüggemann, ein Hamburger Kaufmann, hatte dem Herzog einen Floh ins Ohr gesetzt. Selbst Adolf Kielmann mußte zugeben, der Plan war verführerisch. Aber teuer, verdammt teuer.
Über die Motive des Kaufherrn konnte der Kanzler nicht ganz klar werden. Der Hamburger gab seinen persischen Plänen immer so einen moralischen Anstrich, tat gerade so, als wäre das nur für die Welt allgemein und das Haus Gottorp im besonderen von Interesse und als sei er, Otto Brüggemann bei der ganzen Sache völlig selbstlos. Vor allem diese Selbstlosigkeit nahm Kielmann ihm nicht ab. Da mußten doch wohl handfeste Kaufmannsinteressen mitspielen.

Der alte Glanz der Hanse war verblichen. Das konnte eigentlich niemand besser einschätzen, als der Hamburger Kaufherr Brüggemann. Damit waren auch die alten Handelsströme, Orient - Moskau - Nowgorod zu den Hansestädten versiegt. Das, und die Entwicklung in den neuen Ländern des Westens, in Amerika, hatte die Hanse schwer getroffen. Die alten Tagfahrten der Hanse fanden zwar noch statt, aber immer weniger Städte beteiligten sich, es gab immer weniger übereinstimmende Entscheidungen. Zuletzt tagten nur noch Lübeck, Hamburg und Bremen. Ihre Vertreter hatten jedoch nicht mehr die Aufgabe, Gemeinsamkeiten zu suchen, jeder versuchte nur noch, seine Interessen zu wahren. Das wurde immer schwerer, denn auch die neuen Handelsstraßen über das Mittelmeer und die Republik Venedig nach Nürnberg und Frankfurt in den Norden waren durch die Kriege in Mitleidenschaft gezogen.
Nach den Vorstellungen Brüggemanns sollte der Herzog eine Gesandtschaft zum Schah von Persien entsenden, um neue wirtschaftliche Beziehungen zum Orient zu knüpfen. Dem Herzog gefiel diese Idee. Er stand im Globussaal vor einer großen Karte.
„Warum immer vom Orient über das Mittelmeer, über Venedig, Nürnberg und Frankfurt? Warum nicht die Waren aus Persien direkt über die Kaspi-See, Moskau, Ostsee hierher bringen und Gottorp zur Drehscheibe zwischen dem östlichen und dem westlichen Nordeuropa machen? Hört Er, Kielmann?“ wandte er sich an den Kanzler, der an seinem Arbeitstisch stand.

„Laßt den Brüggemann kommen. Wir wollen nun konkrete Maßnahmen in Angriff nehmen."
„Und was, Durchlaucht, wird mit dem Kanal?"
Der Kanzler versuchte des Herzogs Gedanken von Persien abzulenken.
„Wenn wir Drehscheibe sein wollen, müssen wir erst mit dem Kanal weiter kommen."
„Wir brauchen beides, Kielmann. Wir brauchen beides. Den Persienhandel und den Kanal. Der Kanal wäre ohne Persienhandel genau so sinnlos, wie umgekehrt."

Da war was dran, das mußte Kielmann einsehen. Jedoch fehlte das Geld für die Persienreise genau so, wie für den Kanalbau. Aber vielleicht ließen sich ja mit Hilfe Brüggemanns für die Reise eher Geldgeber finden.
Eine Kanalverbindung zwischen Ost- und Westsee spukte hier im Norden nun mal in allen Köpfen.
Wer sich nicht um das Skagerrak herumquälen wollte, hatte nicht viel Auswahl.
Da gab es den alten Weg der Wikinger Schlei - Treene, oder viel später den der Flamen, die Eider aufwärts bis zum Flemhuder See, von dort über Land bis zur Levensau. Die Namen Flemhude und Flämische Straße erinnern noch an den flämischen Handel. Beide Routen hatten den Nachteil, daß sie teilweise über Land führten.
Seit über 200 Jahren, genau seit 1398 gab es dann den Kanal über Möln. Trave - Stecknitz - Debenau - Elbe wurden durch einen Graben verbunden. Zwei Nachteile hatte dieser Weg. Er litt erstens unter ständigem Wassermangel und führte zweitens über lauenburgisches Territorium. Hundert Jahre später dann, 1484, unterschrieben ein Vertreter der Hansestadt Hamburg und Graf Adolf VIII. einen Vertrag über eine Wasserstraße zwischen Alster und Trave, also ausschließlich über schleswig-holsteinisches Gebiet. Aber das Land gehörte dem Adel und bevor man mit ihm einig wurde, verstarben die Unterzeichner lange vor dem ersten Spatenstich. Trotzdem, irgendwann wurde dann der Alster-Beste-Trave-Kanal gebaut. Ein Graben, nur drei Fuß tief und ebenfalls ständig unter Wassermangel leidend. Und als dann 1550 Detlev von Buchwaldt das Teilstück, das auf seinem Boden lag, zuschüttete, wurden die Probleme offenbar. Solange der Adel mit seinem Grundbesitz egoistische Interessen durchsetzen konnte, war es mit einem richtigen Kanal sehr schwer.
Kanzler Kielmann hatte sich intensiv mit dieser Kanalfrage befaßt. Trotz aller Rückschläge blieb nämlich der Gedanke an eine Ost-West-Verbindung für seegehende Schiffe lebendig. Je nach Standort war immerhin eine Wegersparnis

von 70 bis 100 Meilen möglich und man mied den gefährlichen Weg über die Jammerbucht.
Und dann wurde der Durchstich vom Flemhuder See zur Kieler Förde wieder aktuell. Mitten im Krieg hatte Wallenstein in Rendsburg Kanalpläne in Auftrag gegeben. Aber mit dem Abzug der kaiserlichen Truppen war auch das vorbei. Vielleicht wäre ja alles viel weiter gewesen, wäre der Herzog nicht so unentschlossen, wäre er nicht immer bereit, sich für neue Pläne zu begeistern und die alten zu verwerfen. Jedesmal war er Feuer und Flamme, wenn ein Wasserbaumeister mit neuen Ideen kam. Da gab es den Plan Eider-Treene mit Duchstichen Hollingstedt-Schleswig und Große Breite-Eckernförde. Dann kam der Vorschlag, von Glückstadt nach Kiel einen Kanal quer durch das Land zu bauen. Und dann die Überlegung, diagonal von Friedrichstadt über Rendsburg - Oldesloe - Lübeck, einen Eider-Trave-Kanal anzulegen.
Der König hielt sich bei allem ein wenig zurück. Verständlich, kassierte er doch von jedem Schiff, das Helsingör passierte, 1 bis 1,5% des Frachtwertes an Zoll.

„Van der Berg hat wieder vorgesprochen, Durchlaucht. Er bittet um eine Audienz. Teilweise sind seine Vorschläge recht vernünftig."
Kielmann mochte es noch nicht aufgeben, des Herzogs Gedanken von Persien abzulenken.
„Und was sind das für Vorschläge?"
„Die Eider über Rendsburg ist bis weit zur Obereider rauf schiffbar. Auf 10 bis 12 Meilen müßte sie ausgebaggert werden, dann käme ein richtiges Stück Kanal von etwa 4 Meilen Länge bis zur Levensau. Der Kanal würde dicht an Flemhude vorbei führen, wir hätten dadurch auch immer reichlich Wasser."
„Das hört sich gut an, Kielmann. Aber wieso habt Ihr denn noch keine Einwände?" konnte der Herzog sich nicht enthalten zu spotten.
„Ich sehe Schwierigkeiten hauptsächlich in der Frage der Grundstücke. Die müßten ja erworben werden. Das könnte vielleicht durch eine etwas andere Streckenführung leichter sein. Aber Ihr solltet den Mann empfangen, Durchlaucht."
„Gut, gut, Kielmann. Macht einen Termin."
Der Herzog verließ den Raum, nicht ohne sich in der Tür noch mal umzudrehen: „Und vergeßt nicht, den Brüggemann herzubeordern."

*

Als hätte der Brüggemann nur auf diese Einladung gewartet. Keine vierzehn Tage später stand er vor dem Herzog. Obwohl der Hamburger weit gereist war, der Globussaal beeindruckte ihn. Er stand vor den Karten. Landkarten, Seekarten, Himmelskarten. Er bewunderte die Globen verschiedenster Größen und Ausführungen und erkundigte sich nach der Bedeutung und Funktionsweise der Fernrohre und anderer Geräte zur Himmelsbeobachtung.

Der Herzog hatte sich zwischenzeitlich intensiv mit den Dingen befaßt, hatte bereits Pläne für die Reiseroute, für einen Besuch in Moskau beim Zaren und beim Schah, der in Ispahan residierte. Und auch über mögliche Teilnehmer der Gesandtschaft hatte er nachgedacht. Nur zur Finanzierung hatte er noch keine Vorstellungen.

„Das findet sich", meinte er auf die Vorstellungen Kielmanns und er fand damit seltsamerweise Unterstützung beim Hamburger Kaufmann.

„So eine Reise soll Geld bringen und nicht kosten", wischte dieser das Problem erst einmal beiseite.

'Für einen Kaufmann eine merkwürdige Einstellung' ging es dem Kanzler durch den Kopf. Und ähnlich sagte er es auch.

„Als Kaufmann wißt Ihr, man muß, um Gewinne zu erzielen, erst seine Einsätze machen. Bevor die Handelsbeziehungen mit Persien Geld einbringen, muß die Reise der Gesandtschaft finanziert werden. Und als Kanzler ist es meine Pflicht, die Frage zu stellen: Wie?"

„Das regeln wir später auch noch, Kielmann." Der Herzog runzelte die Stirn. Er wollte sich die großen Gedanken nicht mit Geldfragen zerreden lassen. Mit einem Stöckchen trat er an die Karte.

„Hier, von Persien durch das Kaspische Meer und dann die Wolga aufwärts, durch ganz Rußland bis zur Ostsee. Da entscheidet sich dann auch bald die Frage nach der 'Dominium Mare Balticum'*. Nur so können wir die Engländer und Holländer aus der Ostsee fernhalten. Bleiben die Schweden und die Polen, die beide den gleichen Weg einschlagen. Alle wollen ran an Getreide, Pelze, Holz, Wachs, Flachs und vor allem an die Produkte aus Persien und Indien. Über Moskau zum Orient. Wir müssen die ersten sein und gute Beziehungen zum Zaren pflegen. Diplomatisches Geschick müssen wir entwickeln. Wir müssen uns mit den anderen Interessenten nicht gerade schlagen. Der Markt ist ja groß genug. Aber, die letzten beißen die Hunde. Diplomatisches Geschick, das ist es.

* 'Dominium Mare Balticum' = Herrschaft über die Ostsee

Ja“, sagte er dann unvermittelt, „der Herr Philipp Crusius, der war ja schwedischer Gouverneur und gleichzeitig Leiter der deutschen Faktorei in Dorpat, den will ich als Gesandten. Gemeinsam mit Euch, Herr Brüggemann. Der Crusius kennt die Menschen da oben, ihre Sprache, ihre Gebräuche, den Handel.“
Brüggemann bekam einen roten Kopf. Er war ein langer, hagerer Mann mit eng zusammenstehenden, stechenden Augen, der schon von Natur verkniffen aussah. Er konnte seinen Ärger über das eben Gehörte nicht unterdrücken, konnte ihn aber auch nicht gut dem Herzog gegenüber zum Ausdruck bringen. So warf er nur dem Kanzler einen wütenden Blick zu. Dann zwang er sich, etwas zu sagen.
„Wir sollten Teilnehmer aus den großen Handelsstädten werben. Die müßten für ihre Reise zahlen. So lösen wir auch das Problem der Finanzierung.“

Nun kam er also selbst auf die Kosten zu sprechen. Hatte er dies ohnehin vorgehabt, oder geschah es nur aus Ärger über den Gesandten Crusius?
„Das ist richtig!“
Wenn es nicht um des Herzogs Geld ging, war dieser auch vernünftigen Vorschlägen zugänglich.
„Und wir sollten demnächst noch einmal die wichtigsten Männer hier zusammenrufen und einige Details gemeinsam beraten. Das nehmt Ihr am besten in Eure bewährten Hände, Kielmann.“
Kielmann gab mit einer Verbeugung seine Zustimmung und bedeutete Brüggemann mit den Augen, den Saal zu verlassen. Auch hier sah man dem Kaufmann an, daß er noch einiges bereden wollte. Nur widerstrebend folgte er dem Kanzler.

*

Bevor Christoff noch den Dielenausgang erreicht hatte, war er Stine in die Arme gelaufen.
„Du sollst zu deinem Vater kommen. Er will dich sprechen.“
Seine gute Laune war verflogen. Um Freundlichkeiten zu erzählen, ließ der Kaufmann seinen Sohn gewiß nicht rufen. Meistens ging es um einen Rüffel, auf jeden Fall aber um ernste Angelegenheiten.
Stine hob die Schultern.
„Ich kann ja nichts dafür.“
Christoff überlegte, was er in den letzten Tagen angestellt haben könnte. Eigentlich war er keiner Respektsperson zu nahe getreten. Das letzte war die Sache mit der Fischreuse gewesen. Am Noor, am Haak, hatten sie sie an Land gezogen, die Fische gegrillt und mit Kakebille heruntergespült. Aber das war

doch schon abgegolten. Ja, und zum wiederholten Mal hatte Vater versprochen, ihn nach Bergen, zur Deutschen Brücke zu schicken, damit er endlich was Vernünftiges lerne. Aber wie gesagt, damit hatte der Vater schon häufiger gedroht. Der Großvater aus Wismar hatte dort seine Lehrzeit verbracht. Was man so hörte von Bergen, war schlimm genug. Vor lauter Langeweile schlugen sie sich dort die Knochen kaputt und mancher kam fürs Leben gezeichnet zurück. Sie nannten das 'Wasserspiele' oder 'Rauchspiel' Oder 'Burgspiel'. Alle die Spiele waren mit gewaltigen und brutalen Prügeln verbunden. Das alles schreckte den Jungen aber nicht. Diese Erzählungen waren sicherlich übertrieben. Und wenn nicht? Schadet nichts! Christoff wäre liebend gerne nach Bergen gefahren. Nur weg, aus der Nähe des Vater, des Lehrers und des Pastors, die sich alle gegen ihn verschworen hatten, nur das Ziel hatten, ihm das Leben unerträglich zu machen. Nur Stine hielt zu ihm. Stine, die seit Mutters Tod den Haushalt führte und die ihn auch mal in den Arm nahm.
„Komm anschließend in die Küche. Es wird wohl so schlimm nicht werden. Dein Onkel aus Wolgast ist da."

„Komm rein!" dröhnte Vater Glantz kräftige Stimme, als der Kaufmannssohn etwas verhalten an die Tür klopfte. Da war ja noch jemand. Neben dem Vater und dem Onkel war da noch ein junger Mann. Nur einige Jahre älter als er selbst. Davon hatte Stine nichts gesagt. Nachdem Christoff Vater und Onkel durch eine kurze Verbeugung begrüßte hatte, wurde ihm der Jüngling vorgestellt.
„Dein Vetter, Thomas Glantz."
Thomas, der am Fenster stand, kam ein paar Schritte näher und reichte dem Jungen die Hand. Dabei wendete er naturgemäß den beiden Alten den Rücken zu, er lachte über das ganze Gesicht und kniff vergnügt ein Auge zu. Er war vielleicht 18 oder 19 Jahre alt. Nicht soviel älter, als daß es zu einer Distanz zwischen den beiden führen konnte. Im Gegenteil, der mittelgroße, schlanke Mann mit den blauen Augen und dem braunen Haar, gefiel Christoff auf den ersten Blick. Gekleidet war Thomas nicht wie ein Kaufherr, oder gar wie ein Patrizier, sondern wie ein Schiffer. Er trug ziemlich enge Hosen und ein Wams, das ihm über die Taille reichte. Und im Waffengurt steckte ein großes Schiffsmesser.
„Ich habe dir schon oft gesagt, daß irgendwann mit dem Rumbummeln Schluß ist."
Des Vater Stimme füllte den ganzen Raum. Onkel Glantz brummiges Gesicht veränderte sich nicht. Thomas lächelte noch einmal kurz und wendete sich dann mit ernstem Gesicht den beiden Älteren zu.
„Thomas wird als Page mit einer Gesandtschaft des Herzogs nach Persien fahren. Heute noch reitet er nach Gottorp um seinen Dienst anzutreten. Er wird

versuchen, auch dich irgendwie als Jungen dort unterzubringen. Nein", Glantz hob seine Hand als müßte er jedweden Einspruch ablehnen. „Nein, du brauchst gar nicht erst zu betteln oder bitten. Es ist entschieden." Die flache Hand klatschte auf den Tisch. „Wenn es klappt, fährst du. Sag Stine Bescheid, daß ihr schon mal deine Sachen vorbereitet. Du kannst nun gehen."

Das wurde auch höchste Zeit, sonst wäre Christoff vor lauter Freude geplatzt. In der Küche umarmte er Stine und begann vor Begeisterung mit ihr herumzuhopsen.

„Ich fahre nach Persien, Stine, ich fahre nach Persien!"

Mit hochrotem Gesicht, lachend und atemlos pustend machte diese sich endlich los.

„Du bist narrsch, Junge. Das wird dein Vater dir nie erlauben."

„Stine, Vater **befiehlt** das. Ich **muß** nach Persien fahren, ich **muß**!"

Bevor er noch in der Küche essen konnte, erhielt Stine den Auftrag, für vier Personen zu decken. Auch das war neu. Er schwieg am Tisch und auch Thomas redete nur, wenn er gefragt wurde.

„Was ist das für ein Mann, der Sekretär, Olius, oder wie er heißt?"

„Olearius, Adam Olearius, Onkel. Das ist ein Gelehrter aus Aschersleben. Der Gesandte, Herr Philipp Crusius, mit dem wir in Dorpat gemeinsame Geschäfte hatten, gab mir eine Empfehlung an ihn mit. Der Herr Olearius soll ein tüchtiger Mann sein."

„Da könnte der Bengel ja was lernen, und gleichzeitig Verbindungen anknüpfen. Verbindungen sind für uns Handelsleute immer wichtig. Und als wir so alt waren, da mußten wir ganz anders ran."

Onkel Glantz nickte.

„Weißt du noch, was unser Großvater erzählte, von seiner Lehrzeit an der Deutschen Brücke in Bergen? Und das hat ihm nicht geschadet. Bloß nicht verweichlichen, die Jungen."

*

Zehn Tage später saß Christoff mit einem Bündel neben dem Kutscher und fuhr in Richtung Gottorp, um sich vorzustellen.

Erst einmal kümmerte sich kein Mensch um ihn. Er sah sich im Schloß und Schloßhof um und wagte nicht, zur Stadt rüber zu gehen. Der junge Glantz wollte zur Stelle sein, wenn Olearius ihn rufen ließ. Erst gegen Abend kam Thomas. Sie gingen raus zum Neuwerk, wo ein neuer, ein französischer Garten angelegt wurde.

„Morgen um 8 Uhr soll ich dich bei Olearius vorstellen", sagte Thomas. „Heute zeige ich dir alles, denn ich habe mal Zeit. Morgen beginnt, wenn es klappt deine

Arbeit. Olearius hat einen alten Diener, dem er unbedingt vertraut. Mir scheint das alte Faktotum manchmal ein bißchen wirr im Kopf. Du solltest ihn trotzdem ernst nehmen und dich gut mit ihm stellen. Dort drüben", sagte er dann unvermittelt und zeigte über das Wasser, „das ist Schleswig. Der Dom, an dem sie immer noch bauen. Da sind sie schon vor der Reformation mit angefangen. Und dahinter das Kloster. Davor, direkt am Wasser, mit ihrer kleinen Kirche, die Fischersiedlung, der Holm. Und da", er zeigte zur rechten, „da liegt das alte Haithabu. Vor ein paar hundert Jahren die wichtigste Handelsstadt hier im Norden. Die erhielten damals schon Waren aus Persien. Man kann heute noch Reste der alten Befestigungsanlagen finden."

Pünktlich standen sie am anderen Morgen vor dem Sekretär. Ein mittelgroßer, schlanker Mann mit Perücke, Spitzbart und mit lebendigen, warmen Augen. Das war Adam Olearius, Gelehrter aus Aschersleben.
In einer Ecke des Zimmers pusselte ein alter Mann. Christoffs Augen gingen zwischen dem Sekretär und dem Graukopf hin und her.
„Das ist Albert, mein alter Diener."
Und dann sprach er den Jungen direkt an.
„Du kannst lesen, schreiben, rechnen?"
Christoff nickte.
„Alles weitere kannst du bei mir lernen. Wichtig ist, ehrlich zu sein und mein Vertrauen nicht zu mißbrauchen. Was immer du bei mir siehst oder hörst, das bleibt unter uns und wird nicht nach außen getragen."
Er blickte den Jungen an, als wollte er jeden Winkel seines Inneren erforschen.
„Bei mir gibt es keine Prügel. Wenn du aber mir gegenüber einmal unehrlich sein solltest, dann gibt es eine Tracht für alt und für neu, dann jage ich dich zum Teufel. Du hast mich verstanden?"
„Ja, Herr!"
„Du hast noch Sachen bei Deinem Vetter?"
„Ja, Herr."
„Hole sie und melde dich bei Albert. Der wird dich in deine Arbeit einweisen."

Albert erwies sich als ein richtiges Unikum. Dabei war er aber sehr zugänglich. Er unterwies den Kaufmannssohn in seinen Aufgaben. Dabei schien eines besonders wichtig zu sein. Die Wartung einer Reihe von Gerätschaften, die Christoff unbekannt waren. Das alles blänkerte in der Mittagssonne, als wäre es reines Gold.
„Hat dein Vater denn nicht auch Schiffe?"
Der Junge nickte bestätigend.

„Dann mußt du solche Geräte doch kennen. Die werden gebraucht zur Standortbestimmung. Da müssen die Kapitäne ihren Kurs nach abstecken."
„Unsere Schiffer stecken ihren Kurs nach Landmarken ab. Sie fahren nur in bekannten Gewässern. Meist in der Ostsee. Wenn sie weit fahren, dann durch das Kattegatt in die Westsee. Entweder rauf nach Bergen, oder nach Hamburg oder Bremen. Aber immer ziemlich unter Land."
„Na, auch gut. Du weißt, unser Herr ist Gelehrter. Er sagt, die alten Landkarten taugen nichts. Und nun mißt er überall, wo er sich auch aufhält, und vergleicht mit den alten Karten, verbessert sie, zeichnet sie neu. Das war für ihn einer der wichtigsten Gründe mitzufahren durch Rußland. Deine Aufgabe wird es sein, die Geräte in Ordnung und immer griffbereit zu halten. Wenn er ruft 'Christoff, Messung', dann mußt du parat sein. Vor allem mußt du auch die Geräte putzen. Und von Zeit zu Zeit einölen."

Der neue Gehilfe sah einigermaßen ratlos auf die Geräte. Albert langte nach drei fast mannshohen Stäben, die oben durch eine Platte, etwa eine Elle über dem Boden durch Lederriemen zusammengehalten wurden. Von der Mitte der Platte hing ein Lot herunter.
„Dieses Gerät mußt du so hinstellen, daß es fest steht und dies Lot genau auf den Knoten der Lederriemen zeigt. Auf der Platte wird dann der Sextant befestigt. Wenn das Stativ nicht richtig steht, wird die Messung ungenau. Dann wird der Herr grantig. Du mußt dich immer mittags bereit halten, besonders dann, wenn die Luft hoch ist. Und wie gesagt, putzen, putzen und einölen."
Christoff nickte, obwohl er fast nichts verstanden hatte.

Am nächsten Abend winkte Albert ihn in eine Ecke. Er hatte einige Platten fertig gemacht, leckere Sachen.
„Nein, das ist nicht für uns. Das ist für den Herrn und für seinen Besuch, den Kanzler. Du kannst später den Rest nehmen. Hier steht der Wein. Sorge dafür, daß die Becher immer voll sind. Für mich ist das nichts mehr, immer so spät rumkrauchen."

Der Kanzler und der Sekretär paßten zueinander. Kielmann etwas größer, kräftiger, ruhiger. Olearius schlanker und lebhafter.
„Komm setz dich!" wurde Kielmann aufgefordert.
„Wir haben mal viel Zeit. Machen wir es wie früher. Trinken wir und tauschen wir unsere Gedanken aus."
Christoff schenkte ein und brachte zu essen.

„Ja, nutzen wir die Gelegenheit. Wahrscheinlich kommen morgen die Herren Crusius und Brüggemann. Wir wären dann alle beim Herzog. Wer weiß, wann wir beide mal wieder die Gelegenheit haben miteinander zu reden."
„Crusius kenne ich. Was ist der Brüggemann für einer?"
„Sehr gut kenne ich ihn auch nicht. Ein Hamburger Kaufmann. Reiche Familie. Offenbar sehr energisch und entschlossen handelnd. Er hatte wohl als erster die Persien-Idee."
„Wieso hat der Herzog in dieser Zeit das Geld, so eine Reise auszurüsten?"
„Irrtum, Adam. Weil der Herzog kein Geld hat, darum will er diese Reise."
„Ich verstehe. Dann wird Schmalhans Küchenmeister sein auf der Fahrt. Trinken wir also nun. Auf dein Wohl, Adolf."
„Auf deines, Adam!"
Sie tranken sich zu.
„Hoffentlich unterschätzt ihr nicht die Kosten, die anfallen, um überhaupt abzureisen. Ein Schiff über die Ostsee, vielleicht eines über das kaspische Meer. Gesandte und deren Bedienung, Fuhrknechte und Seemänner, Soldaten. Eine ganze Hofhaltung geht auf Reisen. Da sind wir schnell einige hundert Mann, die alle beköstigt werden wollen. Dazu kommen Gastgeschenke für den Zaren und den Schah. Das sind gewaltige Summen, die vorgeschossen werden müssen. Hoffentlich machen eure Stände mit."

Kielmann erklärte Olearius die wirtschaftliche Lage des Landes. Und die politische. Denn die war auch nicht ganz einfach.
„Da ist ein alter Streit, zwischen dem dänischen König und dem Gottorper Herzog. Die können nicht miteinander. Den Rest bekamen die Familienbande wohl, als der Herzog während des letzten Krieges seine Neutralität erklärte, während der König gegen die Kaiserlichen zog."
„Das war ja wohl schon Meuterei. Mußte der Herzog dem König denn nicht folgen?"
„Der König erinnerte ihn auch an seine Lehens-Pflichten. Aber der Herzog verwies darauf, daß der König gleichzeitig deutscher Lehensmann war. Ja, Adam. Schleswig-Holstein ist kompliziert. Da blicken nur wenige durch."
„Und du gehörst zu den Wenigen!"
„Es gab nur drei Personen mit dem richtigen Durchblick. Der eine ist gestorben, der andere wurde darüber verrückt und der dritte hat alles vergessen.*

* Aussage Lord Palmerstons etwa 200 Jahre später

Paß auf! Es gibt den Vertrag von Ribbe. Der ist Jahrhunderte alt. Da mußte der damalige Dänenkönig schwören, daß Schleswig-Holstein 'bliwe tosamen up ewig ungedeelt'. Nun ist es aber so, daß der südliche Landesteil, Holstein, Stormarn, Dithmarschen, praktisch alles, was südlich der Eider liegt, zum römischen Reich deutscher Nation gehört. Dieses Land hat der Dänenkönig vom deutschen Kaiser zu Lehen, er ist also deutscher Lehensfürst. Schleswig, also alles nördlich der Eider, ist dänisch. Unser Herzog zu Gottorp hat vor allem Schleswig, aber auch Teile von Holstein vom Dänenkönig zu Lehen. So", fuhr Kielmann fort, „regieren sie, wenn es gut geht, nebeneinander her, geht es schlecht, und das ist meistens der Fall, regieren sie gegeneinander. Dort, wo wenigstens die Verwaltung in einer Hand ist, geht es gerade noch. Aber es gibt auch Ämter unter gemeinsamer Verwaltung, wie Schwansen oder der Dänische Wold, dort ist es oft schwer.
Oder auch dort, wo die sogenannten 'abgeteilten Herren' ihren Besitz haben, wie Glücksburg, das gehört zu Johann. Und jeder Fürst regelt die Dinge anders, und sei es nur, um die eigene Souveränität zu betonen. Letztlich ist auch diese Gesandtschaft darauf ausgerichtet, vom König unabhängiger zu werden."

So sehr war Olearius von dem Gehörten nicht überrascht. Ähnlich verworren war es an vielen Stätten des Reiches. Jeder kleine Fürst versuchte, das Seine zu vermehren.
„Zurück zu Otto Brüggemann. Der Herzog braucht also Geld. Da sprach der Brüggemann von dem Handel mit Persien und von Verträgen, die man mit dem Schah abschließen müsse. Eine durchaus vernünftige Sache, Adam, wenn sie denn klappt. Und damit sie klappt, habe ich dich gebeten, mitzufahren."
„Traust Du den beiden Gesandten nicht?"
Kielmann überlegte lange, bevor er antwortete.
„Was soll ich sagen? Der Brüggemann hat mir als Hamburger Kaufmann zuviel eigene Interessen und der Crusius als schwedischer Burgherr."
Der Kanzler zuckte die Achseln.
„Jedenfalls ist es mir lieber, wenn du als Sekretär dabei bist. Und wenn ich es richtig einschätze, kommt es deinen Neigungen entgegen."
Und dann sprachen die beiden wieder dem Essen und dem Wein zu und erzählten bis zum frühen Morgen von ihren alten Zeiten.

Am nächsten Tag stand Christoff staunend im großen Globussaal, völlig verwirrt von den Dingen, die er dort sah und noch mehr, von dem, was er hörte. Der Herzog sprach und der Gesandte Crusius und der Kaufmann Brüggemann. Vom Kreml in Moskau und von dem Schah Sefi, und welche Völker wem untertan waren, und ob es an der Wolga und auf dem Kaukasus nicht noch wilde Völker gäbe, vor denen man sich in Acht nehmen müsse. Der Kanzler und der Sekretär schwiegen zumeist, gerade so, als hätten sie in der Nacht ihr Pulver verschossen. Nur, als es um Geld ging, mischten sie sich ein. Um Geld aufzutreiben, mußte der Sekretär noch eine Reise nach Amsterdam machen. Auch diese Fahrt verzögerte das Unternehmen.

Aber dann endlich war alles für die große Reise vorbereitet.
Am 6. November 1633 fuhren 34 Personen von Hamburg ab, waren am 7. November in der Vorstadt der Hanse, Lübeck und schifften sich am 8. November in Travemünde ein.

*

BEIM HERRSCHER ALLER REUSSEN

Gewohnt, nach immer neuen
Reichtümern zu gieren,
läßt sich der Kaufmann
leicht zum Sündigen verführen.
Die erste Sünde des Kaufmanns
ist das Bestreben,
billig gekaufte Ware
teuer abzugeben.

Simeon Polozki

Auf den Spuren der Wikinger

Zwischen Tauen und Segeln hatte Christoff sich hingestreckt. Es war ein seltsames Novemberwetter. Das sagten alle Fahrensleute an Bord. Völlige Windstille. Die „Fortune“, so heißt das Schiff, war mit den Booten ins offene Wasser gezogen worden. Und nun lagen sie auf Reede, noch im Schutze der Halbinsel, und warteten auf den richtigen Wind. Der Schiffer, Hans Müller, beschäftigte im Vorschiff seine Mannschaft. Hier und dort standen Männer der Gesandtschaft in kleinen Gruppen an der Reling. Es herrschte miese Stimmung an Bord. Schuld daran war auf jeden Fall Otto Brüggemann. Der marschierte in seinen hohen Seestiefeln über das Deck, backbord rauf - steuerbord runter, und alles ging ihm aus dem Weg. Jedesmal, wenn er bei Christoff vorbeikam, der sich wohlweislich schnell duckte, sah man, wie seine Kinnbacken mahlten. Brüggemann war stinkwütend. Nicht nur, weil es nicht weiterging, obwohl das für seine Ungeduld schon schlimm genug war. Nein, er hatte sich vor wenigen Augenblicken eine Abfuhr beim Kapitän geholt. Brüggemann wollte keine Zeit verlieren. Er wollte weiter, unverzüglich. Und das sagte er dem Schiffer.

„Warum geht Ihr nicht in die Boote und zieht das Schiff dahin, wo der richtige Wind weht?“

„Herr, ich habe den Auftrag, Euch nach Riga zu bringen. Das werde ich auch tun. Aber ich kann die Mannschaft nicht über das Wasser hetzen. Wenn wir einen der schlimmen Novemberstürme bekommen, brauche ich eine ausgeruhte Mannschaft.“

„Ach was, Ihr habt ein neues Schiff, da kann man doch mal was riskieren“, brummte Brüggemann.

„Gerade mit einem neuen Schiff muß man überlegt handeln, gerade dann braucht man ausgeruhte Männer.“

Brüggemann, der es wohl nicht anders kannte, als daß alle sich seinem Willen beugten, blaffte den Schiffer an.

„Ich befehle Euch, das Schiff endlich wieder in Fahrt zu bringen!“

„Herr“, sagte Hans Müller. „Bei allem Respekt vor Euch und mit Verständnis für Eure Ungeduld, aber auf diesem Schiff gibt nur einer Befehle, und der Eine bin ich!“

Damit drehte der Schiffer sich um und ließ den Kaufmann einfach stehen.

Brüggemann wandte schnell den Kopf, ob auch nicht irgendwer diese Antwort mitbekommen hatte und Christoff zog ganz schnell seinen Kopf ein. Auch er war ungeduldig. Aber vielleicht hatte der Schiffer recht, wahrscheinlich sogar. Gegen Brüggemann hätte der Junge allerdings jedem recht gegeben.

Brüggemann sah Michael Cordes an der Reling stehen und ging zu ihm, wohl um sich einen Fachmann als Verbündeten zu suchen. Cordes war Seemann. Er sollte die ganze Reisegesellschaft heil die Wolga hinunter und über die Caspi-See bringen. Gestern war er zusammen mit dem Medicus Wendel Sibelist an Bord gekommen. Der sollte als Arzt am Zarenhof in Moskau tätig werden. Michael Cordes zeigte wenig Lust, sich in die Angelegenheiten des Kapitäns einzumischen. Er hob die Schultern, breitete die Arme seitwärts aus und sprach dann weiter mit Herrn Johann Albrecht von Mandelsloe, der neben ihm stand.
Nach der großen Verabschiedung im Hafen am Morgen, an der auch viele Lübecker und Hamburger teilnahmen, drückte das Warten hier, noch in Sichtweite der Stadt, ziemlich auf die Stimmung.
Und der Kaufherr Brüggemann tat ein Übriges dazu. Ihn mochte niemand. Er lief immer umher als würde er beim nächsten Wort blank ziehen. Nicht einmal beim Essen legte er sein breites Schwert, das immer an seiner Seite hing, ab. Sprach ihn jemand an, ging er gleich in Abwehr, gerade so, als hätte der andere ihn beleidigt. Und alles wußte er besser. Brüggemanns Gereiztheit verbreitete sich nun bereits in den wenigen Stunden über das ganze Schiff. Der einzige, der Geduld mit ihm hatte, war Olearius.

Endlich, abends um 9 Uhr, kam der erhoffte Südwest. Und schon wurde die Laune besser. Mit dem Aufkommen des Windes war es geradeso, als wäre man plötzlich auf einem anderen Schiff.
„Anker auf!“ kommandierte Hans Müller.
Die Schifferknechte, die noch vor wenigen Minuten mit mürrischem Gesicht die Befehle ihres Schiffers ausführten, gingen mit Lust an die Arbeit. Das Quietschen der Ankerkette und der Taljen, das Knarren der Gaffel, das Knattern der Segel vermischte sich mit dem Geschrei der Möwen. Selbst Brüggemanns grantiges Gesicht hellte sich auf. Das Schiff nahm Fahrt auf und das Leuchtfeuer Travemündes versank achtern in der Dunkelheit.

Zwischen seinen Kisten gekauert, zog Christoff sich ein Stück Plane über den Kopf und schlief ein. Von der schönen Insel Lolland und dem Kreidefelsen der Insel Rügen hatte Thomas schon früher erzählt. Zu sehen war in der Dunkelheit sowieso nichts. Geweckt wurde er am anderen Morgen durch das Knarren der Gaffel. Der Wind wehte stetig aus Südwest, die Mannschaft war mit guter Laune bei der Arbeit, zuviel war bei dem gleichbleibenden Wind ohnehin nicht zu tun. Nur einige Mitglieder der Gesandtschaft hatten weniger Freude an der guten Fahrt. Achtern standen Johann Christoff v. Uechteritz und zwei weitere Männer und fütterten die Fische. Christoff Glantz hatte Gott sei Dank nichts mit

Seekrankheit zu tun. Er verstand hier, was Jane, der Steuermann auf der kleinen alten 'Fortuna' zuhause oft gesagt hatte: 'Een Hand för datt Schipp, een Hand för den Mann.'
Selbst bei diesem steten Wind aus gleichbleibender Richtung, war soviel Bewegung in dem Schiff, daß er immer irgendwas brauchte, an dem er sich festhalten konnte. Die richtigen 'Seebeine', das Stampfen und Schlingern auszupendeln, bekommt man wohl erst nach längerer Seereise.
Die Männer waren am nächsten Tag soweit von der Seekrankheit genesen, daß sie wieder streiten konnten. Und worüber stritten sie? Über die Ursachen der Seekrankheit. Heinrich Schwarz, der Hof- und Küchenmeister aus Greifswald, meinte, das läge am Salzwasser, während Olearius den Schiffsbewegungen die Schuld gab. Wie auch immer, Christoff konnte darüber lachen. Er hatte mit Seekrankheit nichts zu tun.

Brüggemann unterbrach diesen harmlosen Streit. Auf seinen Befehl verlas der Kapitän die Schiffsartikel. Und als die Männer dann auseinanderlaufen wollten, rief er sie zurück.
„Das Wetter ist gerade gut und so will ich die Gelegenheit nutzen, euch die Gesandtschaft und den Hofstaat vorzustellen, damit ihr wißt, mit wem ihr es zu tun habt, wem ihr gehorchen müßt und wie weit die jeweiligen Befugnisse gehen.
Ich bin Otto Brüggemann, Kaufmann aus Hamburg und Gesandter des Herzogs. Neben mir steht der Gesandte Philipp Crusius, königlich schwedischer Hofrat. Adam Olearius ist unser Sekretär, er kommt aus Aschersleben. Nun müßte ich eigentlich den Marschall vorstellen, aber der ist noch nicht hier, wird erst in Riga zu uns stoßen. Es gibt einige mehr, die später zu uns kommen. Ich nenne euch schon mal die Namen und den Rang der Männer, ob sie schon an Bord sind oder nicht.

Also, da ist der Marschall, Hermann von Staden aus Riga, Stallmeister ist Johann Albrecht von Mandelsloe aus Ratzeburg, Hof- und Küchenmeister ist Heinrich Schwarz, Greifswald, Kammerherr, Johann Christof Üchteritz, dann ist da unser Leibarzt, Hartmann Grammann, Ilmenau. Und nicht zu vergessen der Hofprediger Salomon Petri aus Meißen.
Hofjunker sind die Herren Hieronimus Imhof, Nürnberg, Thomas Melvil, Aberdeen, Paul Flemming, Hartenstein im Vogtland, Hans Grunewald, Danzig, Heinrich Krebs, Hamburg, Lyon Bernoldi, Antwerpen.
Dann ist da noch der Oberdolmetscher, Hans Arpenbeke aus Dorpat und Kapitän Cordes.

Erspart es mir, euch noch mit allen Kammerpagen, Matrosen, Soldaten und Musikern bekanntzumachen, ihr werdet sie während der Reise genug um euch haben. Vielleicht namentlich noch hier den Proviantmeister, Johann Schumacher. Ja, das wär's, nun könnt ihr abtreten."

Bis Domesnees hatten sie gute Fahrt, konnten dann aber mit dem bisher so günstigen Wind die Ecke nach Kurland nicht umsegeln und so warf der Schiffer, sehr zum Mißfallen Brüggemanns, die Anker aus. Und als der Wind dann abflaute, kam Nebel auf. Wie eine dichte Wand lag dieser Nebel über der Rigaer Bucht. Hans Müller ließ die Anker lichten und bei ganz kleinen Segeln tastete sich die 'Fortune' in die Bucht rein. Da sie nichts sahen, versuchten sie zu hören. Niemand sprach. Gerade so, als würden sie schweigend die Gefahren besser erkennen. Bei jedem neuen Geräusch, das sie vernahmen, schraken sie zusammen. Da lag das Schiff nun in der dicken Suppe. Man konnte das Land förmlich riechen, konnte es aber nicht sehen.
Schließlich rief der Schiffer durch den Trompeter einen Lotsen an Bord. Der kam, und mit ihm ein Kommando, das die 'Fortune' nach Kaufmannswaren untersuchte. Erst als sie sahen, daß keine Konterbande mitgeführt wurde, sie nicht auf Strandhandel aus waren, wurde der Offizier des Kommandos freundlicher und geleitete sie in den Hafen.
Das war am 14. November spät am Abend.

*

Mißmutig schlurfte die alte Magd über die Dielen. Seit Wochen war das Haus voller Gäste. Und alle wollten was.
„Marga hier, Marga dort!"
Man kam gar nicht mehr zur Ruhe.
Auch bei dem jungen Küchenmädchen hieß es:
„Lissa hier, Lissa dort!"
Aber der gefiel das. Endlich war mal was los im Haus. Laute junge Männer waren es, die ihre wohlgefälligen Blicke nur schwer von ihren angenehmen Rundungen lassen konnten. Und wenn Lissa mal etwas näher kam, griff wohl auch mal einer zu, was Lissa jedesmal mit einem 'huch' beantwortete, aber doch nicht ungern geschehen ließ.
Mit strengem Blick versuchte die Wirtin Ordnung zu halten, während ihr Mann, Hans Krabbenhöft, lauter Zufriedenheit ausstrahlte.
Ja, es war etwas eng im Haus. Aber die Gäste bezahlten ja schließlich.

Eng war es auch auf dem heimlichen Ort. Es gab da wohl einen Doppelsitzer mitten auf dem Mistberg, aber das war bei so vielen Gästen wenig genug. Über ausgelegte Bohlen führte der Weg dahin und man mußte schon höllisch aufpassen, um bei Gegenverkehr nicht vorbeizutreten. Bis über die Knie versank man dann nach dem tagelangen Regen in der stinkenden Brühe.

Otto Brüggemann gefiel das alles nicht. Es drängte ihn, weiter zu kommen. Nach der Enge auf dem Schiff fühlte er sich hier erst recht eingesperrt, zumal sich bei diesem Wetter draußen niemand lange aufhalten konnte.
Und dabei hatte er so vieles zu bereden. Mit dem einen, mit dem anderen, jedoch selten mit zwei Männern gleichzeitig. Mal bat er den Gesandten Crusius um ein vertrauliches Gespräch, mal den Sekretär Olearius, mal irgendeinen anderen.
Wo aber konnte man in diesem Haus, bei so vielen Gästen vertraulich miteinander reden?
Es gab da nur einen Ort.
Und so hing denn dauernd an der Tür des Abtritts der bunte Lappen, der anzeigte; hier ist besetzt!
Und während unten vor der Haustür die Männer von einem Bein auf das andere traten, während einige bereits ihre dringenden Geschäfte irgendwo am Rande des Misthaufens erledigten und sich dabei den Hintern nassregnen ließen, konferierte oben auf dem Thron der Gesandte Otto Brüggemann und erläuterte seine Pläne für die Verhandlungen mit dem Zaren von Rußland und dem Schah von Persien.

„Nun will ich doch mal sehen, ob die nicht bald fertig sind."
Mit zusammengekniffenen Arschbacken stolperte einer den Bohlenweg hinauf.
„He, wir anderen müssen auch mal", rief er schon von weitem.
Der Hamburger explodierte förmlich ob dieser Unverschämtheit.
Wer wagte es, ihn bei seinen wichtigen Unterredungen zu stören?
Die Tür mit dem Herzchen flog auf, der Kaufherr stürzte heraus und rannte den nassen, glitschigen Bohlenweg hinunter, dem Störenfried entgegen.
Der blieb wie angewurzelt stehen. Auch den anderen blieb für einen Moment die Luft weg.
'Der arme Kerl', so dachten alle, denn bei diesem Zusammenstoß mußte er ja den Kürzeren ziehen.
Da rutschte Brüggemann aus, rutschte, die langen Beine voraus und mit den Armen fuchtelnd, einige Ellen auf dem Bohlenweg entlang, rutschte auf dem Achtersteven direkt rein in die jauchige Suppe. Es spritzte nach allen Seiten auf und der Gesandte blieb für einige Augenblicke reglos liegen.

Die wenigen Augenblicke nutzte der 'arme Kerl' um kehrt zu machen und in den entferntesten Winkel des Hauses zu verschwinden.
Und als der Hamburger sich dann mit blödem Gesicht aufrappelte, konnten die Männer sich das Lachen nicht mehr verkneifen und verschwanden mit hochroten Köpfen ebenfalls, um irgendwo außer Reichweite des Kaufherrn ihre Schadenfreude zu genießen.
Obwohl Marga und Lissa sofort für reichlich heißes Wasser sorgten, den Gesandten und seine Kleidung tüchtig abzuschrubben, stank dieser doch noch tagelang, so daß selbst Olearius ihm tunlichst aus dem Wege ging.
Alle naslang starrte nun der Hamburger Kaufmann aus der Tür in die wolkenbehangene Landschaft, brummte, schimpfte auf alle Welt, auf das Wetter, auf die Rigaer, auf die Bauern, auf Philipp Crusius und den Marschall, Hermann von Staden.
Dieser kannte den Hamburger noch nicht richtig und versuchte geduldig, dem Gesandten die Unmöglichkeit einer Abreise zu erklären.
Von den Bauern, die die Gesellschaft mit Schlitten weiter befördern sollten, kam jeden Vormittag einer zum Wirtshaus, steckte den Kopf durch die Tür, grinste, zuckte die Schulter und verschwand wieder. Dann lief Brüggemann jedesmal die Galle über.
„Undeutsches Volk!" schimpfte er. „Grinsen und nichts sagen. Mit denen werden wir noch unseren Spaß haben. Warum faßt ihr die nicht schärfer an, Marschall von Staden? Man riecht förmlich, die sind nur aufsässig, die wollen nicht fahren!"
„Herr Brüggemann, glaubt mir, es geht nicht. Wenn wir aus der Stadt rauskommen, sacken wir bis zum Arsch und noch tiefer ein. Wir müssen auf Frost warten und auf Schnee."
Für alle war es eine Last, so lange eng gedrängt mit dem Gesandten aus Hamburg auf Reisewetter warten zu müssen. Um so größer war die Freude, als am 14. Dezember endlich Schnee fiel, der auf den in der Nacht gefrorenen Wegen auch liegen blieb. Sofort wurde das Reisezeug auf 31 Schlitten gepackt und nach Dorpat vorausgeschickt.

Die Reisegesellschaft folgte zwei Tage später. Kaum aus dem Stadttor heraus, hörte auch schon jede Andeutung eines Weges auf. Die von Viehherden und Wagenrädern hinterlassenen tiefen Spuren waren hart gefroren und vom immer noch fallenden Schnee bedeckt. Es war fast, als fuhr man im Dunkeln, da niemand die Unebenheiten des Weges erkennen konnte. Erst wenn die kleinen, wendigen Schlitten mit den eng zusammenstehenden Kufen umschlugen, wußte man, da war eine tiefe Rinne, eine Kuhle oder ein Huckel gewesen. Und da die Männer mit diesen ungewohnten Gefährten keine Erfahrung besaßen, mußten sie

sich, unter dem Gelächter der Bauern, sehr häufig den Schnee von den Röcken klopfen. Die meisten stimmten in das Gelächter ein, zumal die Stürze alle glimpflich verliefen. Selbst Brüggemann, immer wieder von Olearius besänftigt, beließ es bei einem mürrischen Gesicht, das bis Wolmar anhielt. Dort allerdings, im Quartier, machte er seinem Herzen Luft über das „unchristliche, undeutsche Gesindel“, das sich über die Herren nur lustig machen würde. Und als er dann später erfuhr, daß sich überall im Land immer wieder die Bauern gegen die deutschen oder schwedischen Herren zusammenrotteten, da forderte er die Gastgeber unverblümt auf, „diesem Treiben mit dem Schwert ein Ende zu bereiten, und diese Undeutschen dort hinzujagen, wo sie hingehörten, nämlich zur Hölle.“
Die des Landes kundigen lachten.
„Und wer soll dann die Arbeit machen?“ fragte der Hauswirt Halmer geradeheraus. „Laßt uns lieber fröhlich sein und essen und trinken.“
Ja, gastfreundlich waren die Menschen hier auch dann, wenn sie nicht dafür bezahlt wurden. Immer wieder wurde aufgetischt.
„Und wißt ihr denn, was ihr nun eßt? Hm, das kennt ihr nicht, was? Ihr soll es kennenlernen. Franz“, wies er einen der Knechte an, „Holt ihn rein!“ Und hereingeführt wurde ein zahmer Elch. Die Männer, schon teilweise sehr betrunken, begannen mit dem Tier, das in der Stube herumgeführt wurde, ihren Schabernack zu treiben. Der Elch wurde unruhig, stieß mit den großen Schaufeln um sich und wurde unter Johlen schnell wieder herausgeführt.

Trotz aller Überredungskünste des Hausherrn, doch die paar Tage bis Weihnachten seine Gastfreundschaft zu genießen, drängten alle, allen voran Brüggemann, auf Weiterfahrt. So kam die Reisegesellschaft am Tage vor Weihnachten in Dorpat an und verbrachte dort die Festtage. Danach ging es gleich weiter und zum Jahreswechsel 1633/34 saßen sie irgendwo im Schnee in einem Dorf zwischen Dorpat und Narva. Aber alles Drängen und Treiben Brüggemanns war nutzlos. In Narva, wo sie am 3. Januar 1634 ankamen, mußten sie viele Wochen warten.
Jacob von Köllen war Handelsmann und Gastwirt. In seiner geräumigen Herberge fanden alle Quartier und warteten auf die Ankunft einer schwedischen Gesandtschaft.
Auf der anderen Seite des Flusses lag die ehemals russische Festung Iwangorod, die vor über 50 Jahren von den Schweden erobert wurde. Drohend und düster ragten die Mauern am Flußufer empor.

In einem fünfundzwanzig Jahre dauernden Krieg hatten Russen, Schweden, Polen, Litauer und Ordensleute um die Herrschaft Estland und ihre Städte gerungen. Daß die Schweden siegten, erschwerte nun die Aufgabe der Gesandtschaft.

Crusius, schon selbst halber Schwede, erhoffte sich von einem gemeinsamen Vorgehen Vorteile, Olearius gedachte der mahnenden Worte des Herzogs, wenn möglich Streit zu vermeiden, Brüggemann machte wie immer ein grantiges Gesicht, weil zuviel Zeit darüber verloren ging. Er drängte darauf, daß Paul Flemming mit Mannschaft, Handpferden, Schlitten und Gerät schon nach Nowgorod vorausfuhr. Paul Flemming, ein Freund Olearius, Poet und Arzt, nahm den Medicus Wendelinus mit.

Die anderen Herren vertrieben sich die Zeit mit Gastereien, Schlittenfahrten und Jagden, bis in Narva der Proviant knapp wurde. Da reisten die Gesandten denn mit 12 Mann nach Reval. Dort lebte es sich besser. Sechs Wochen genossen sie die Gastfreundschaft der Revaler Kaufmannsschaft, bis Post aus Narva kam, die Schweden seien angekommen.

Die schwedischen Gesandten, Oberst Flemming (nicht verwandt und verschwägert mit Paul Flemming), Eirich Gyldenstierna und Andreas Burius ritten den Deutschen entgegen. Die Schweden, die hier Hausherren waren, zeigten sich den Reisenden gegenüber freundlich. In jeder Stadt wurden sie mit Freudensalven empfangen. Schneller wurde die Fahrt trotz der Freudensalven nicht. Sie mußten von nun ab ihr Reisetempo nach den Schweden einrichten.

*

In Narva hatten die Reisenden bereits jede Gasse kennengelernt. Solange lagen sie dort und warteten auf Nachrichten von der Grenze. Wer die Grenzen Rußlands überschreiten durfte, bestimmte der Zar. Waren die Gäste willkommen, schickte er einen sogenannten 'Pristaff', sozusagen einen Schaffner, der die Besucher einholte, sie begleitete, für ihre Sicherheit und ihr Wohlergehen sorgte. Die Perser, so wurde erzählt, hatten auch so einen Beauftragten, den sie 'Mehemander' nannten. Die Schleswig-Holsteiner mußten also erst in Moskau angemeldet werden, dort bestimmte der Zar den Pristaff, der mußte zur Grenze kommen, erst dann durfte man diese überschreiten. Das konnte dauern. Sie waren froh, als ihnen erlaubt wurde, sich auf den Weg zur Grenze zu machen.

Am 22. Mai brach die Gesandtschaft von Narva auf und verbrachte Pfingsten auf der Festung Karpurge. Obwohl auch hier die Schweden herrschten, überwog die russische Bevölkerung. Man sah das an der Kleidung, aber noch mehr an ihren religiösen Bräuchen.

Zu Hause grünt es um die Pfingstzeit überall. Hier dehnten sich die dicken Knospen der Weiden und Erlen und schienen doch Angst zu haben, voll aufzubrechen. Aber die Vögel sangen schon, die Männer hatte ihre Tschapkas in die Truhen gepackt, trugen leichte Mützen oder gingen gar barhäuptig. Und trotz der noch herrschenden Kälte machten auch die Gottorper voller Vorfreude auf den Frühling ihren Pfingstspaziergang.

Plötzlich hörten sie lautes Klagen und Jammern, das dann, während sie noch nach den Ursachen für das Gezeter forschten, eben so plötzlich abbrach. Sie waren zum Friedhof gekommen. Hinter einigen Büschen standen neben alten Grabstellen mehrere Frauen und unterhielten sich, tauschten wohl Neuigkeiten aus und legten dabei auf die teilweise Jahre alten Gräber Pfannkuchen, Piroggen, bunt gefärbte Eier. Und dann plötzlich wieder ein neuer, lauter Jammerschrei, die Weiber rauften sich die Haare, jede versuchte, lauter zu zetern, als ihre Nachbarin. Da stand eine sehr alte Frau vor einem Grab, das wohl schon Jahrzehnte alt war und klagte:
„Ach, mein lieber Mann, war ich dir denn nicht immer eine gute Frau? Warum mußtest du von mir gehen? Warum ließt du mich alleine zurück?“
Zwei andere Weiber kamen. Die Alte drehte sich um, unterhielt sich lachend mit ihnen, um dann einfach wieder weiter zu heulen.
Popen gingen umher, wurden von den Frauen an die Gräber gezerrt, um dort kurze Zeit mit ihrem Räucherfäßchen und mit Gebeten zu verweilen. Und das Geschrei, wollte der Pope weitergehen. Er solle doch noch bleiben, noch ein Gebet für den Toten sprechen, noch einmal das Räucherkesselchen schwenken, er solle auch ein ‘kupfernes Rundstück’* dafür erhalten.
Und während dieses ganzen Gezeters, Gebettels, während des Jammerns und des Getratsches, wieselten die Popendiener in ihren abgetragenen Kutten umher und sammelten mit ihren dreckigen Händen alles Eßbare ein, das auf den Gräbern lag. Und wehe, sie hatten ein Stück vergessen, einen Pfannnenkuchen, oder ein Ei. Beleidigt schleppten die Frauen ihnen das Liegengebliebene nach oder zerrten die Tagediebe an die Gräber zurück. War ihr’s etwa nicht gut genug?
So wurden den Popen Lebensmittel und Geld förmlich aufgedrängt.

* ‘kupfernes Rundstück’ = etwa ein Sechsling holsteinisch

Ende Mai wurden die Geräte und ein Teil der Mannschaft nach Neuschanz vorausgeschickt. Dem Troß folgten die anderen einen Tag später. In der Festung Gam - an der ganzen Grenze liegt eine Festung bei der anderen, wenn auch zum Teil sehr kleine - in Gam empfing der Statthalter Rosen die Deutschen mit Salven und einem tüchtigen Essen. Nach dem Essen wurden nachmittags um drei Uhr frische Pferde vorgeführt und weiter ging es zu einem Bojarenhof. Sie ritten fast die ganze Nacht hindurch und obwohl sie viel gewohnt waren, tat ihnen doch alles weh. Nur gut, Albert, der alte Diener des Herrn Olearius, war in Reval geblieben. Er hätte die Strapazen wohl nicht ausgehalten.

Früh morgens um drei wurden sie auf dem Hof des Bojaren Basilowitz mit Trompeten und einem mächtigen Essen empfangen. Obwohl alle hundemüde waren, es half nichts, es wurde ein tüchtiges Fest gefeiert. Gewaltig wurde aufgetragen. Der Bojar, der ein großer Zecher war, benahm sich dabei fast wie ein Wegelagerer. Wer immer an seinen Hof kam, mußte essen, trinken und seinen Erzählungen lauschen. Zwischendurch sang er und die Gäste mußten mitsingen. Dann nötigte er wieder zum Essen und Trinken, erzählte von seinen Kriegserlebnissen. Plötzlich sprang er auf, zog sein Hemd hoch und zeigte stolz die Narben seiner Wunden, die er 1631 bei der Schlacht von Leipzig erhalten hatte.

„Ach, Brüderchen", rief er ein über das andere Mal, „ach, Brüderchen, wir sind doch alle Freunde. Auf euer Wohl, Brüder!"

Und dann gab er wieder einen Auftrag. Soviel verstanden die Gäste, denn er begleitete seine Worte mit Gesten, die sie mit „rein damit" oder ähnlich deuteten. Und dann kamen drei Frauen.

Nicolai Basilowitz' Frau, mit deren Schönheit er kokettierte, eine nahe Verwandte, ebenfalls eine Schönheit, und, um die Schönheit dieser beider richtig hervorzuheben, eine alte, häßliche Vettel. Nachdem alle seine Frau und die Verwandte richtig gewürdigt hatten, erhielten die beiden Gesandten die Erlaubnis, die hübsche Ehefrau zu küssen.

*

In Nöteborg erholten sich die Reisenden von den Strapazen der Gastfreundschaft. Die Festung war schön gelegen, solange man sie nicht als Feind erstürmen sollte. Sie hieß nicht ohne Grund „Nöteburg".

Es ging nun schon auf den Sommer zu. Nachts wurden die Männer von den Mücken, tagsüber von Bremsen und Schmeißfliegen gequält. Da sie nicht schlafen konnten, bliesen sie Trompete und erfreuten sich am Echo. Als sie erfuhren, die Schweden würden in Neuschanz auf sie warten, blieben mit den Gesandten nur sechs Mann in der Festung Nöteborg, alle anderen marschierten in Richtung Grenze. Herr Olearius begleitete die Schweden bis zur Grenzstation und erfuhr dort, daß die Schweden abreisen konnten, die Holsteiner jedoch mangels Booten und Pferden, nicht vor drei Wochen geholt werden würden. Da bei einigen Herren der Gesandtschaft die Bindungen zu den Schweden familiär oder geschäftlich doch sehr eng waren und außerdem wieder Zeitverlust drohte, war das alles sehr ärgerlich.

Aber einige Wochen später ging es dann endlich los. Während man die Schweden noch an der Mitte des Flusses empfangen hatte, durften die Deutschen, die ja keine Grenzprobleme mit den Russen hatten, gleich zum anderen Ufer, wo sie der Pristaff, Simon Andreas Karechschin, mit dem nötigen Drumherum empfing. Er las vom Blatt und benannte alle Titel, sowohl des Zaren, als auch des Herzogs. Sie hörten dieses Zeremoniell später noch einigemal. Dann wurden die Gesandten begrüßt und dann das Volk. Der Offizier und seine zwölf Kosaken, die als Strelitzen den Geleitschutz stellten, wurden vorgestellt.
Hier fiel es den Holsteinern zum ersten mal auf, die Russen nutzten jede Gelegenheit zum Feiern. Nun gab die Ankunft der Gesandtschaft einen vortrefflichen Anlaß, aber sie hätten sonst sicher einen anderen gefunden.
Beginnt ein Fest, feiern alle. Die einen offensichtlich wegen des Essens, die anderen - und das scheint die überwiegende Mehrheit zu sein - wegen des Trinkens, die jüngeren vor allem wegen des Tanzens. Das ist ein seltsames Tanzen. Sie tanzen, bleiben dabei fast auf einem Fleck stehen, bewegen die Hände, die Schultern, die Hüften, und ganz sparsam, so als wollten sie sie schonen, bewegen sie auch die Füße. Und sie fassen sich dabei beileibe nicht an die Hände, wie es deutsche Tänzer machen würden. Nein, in der Hand halten sie vielmehr ein Schnupftuch.

Es ging weiter. Die Wolcha, oder Wolchow - Schweden und Russen sind nicht nur bei den Grenzen uneins, sondern auch bei der Aussprache der Namen von Orten, Flüssen und Landschaften - die Wolcha, die fast so breit ist wie die Elbe, ging es aufwärts vom Ladoga - bis zum Ilmensee. Schon gleich zu Beginn der Flußfahrt mußten zwei Wasserfälle überwunden werden, an denen die Boote an Seilen hochgezogen wurden. Je weiter sie den Fluß aufwärts fuhren, um so fremder wurden ihnen Kleidung und Gebräuche der einfachen Menschen.
Die Bauern trugen lange Hemden über ihre hochgebundenen Hosen. An den Füßen zumeist Bastschuhe. Die Haare trugen sie entweder wirr und ungepflegt oder kurzgeschoren. Die Schleswig-Holsteiner sahen dagegen recht ordentlich

aus. Sie trugen entweder ihre Haare lang, oder hatten, vor allem die höheren Chargen, Perücken. Überhaupt bemühten sich alle, einen guten Eindruck zu hinterlassen. Die meisten trugen Stulpenstiefel, Hosen und Jacken, Hüte, vielfach mit Federn und alle hatten ein kurzes Schwert oder einen breiten Säbel an ihrer Seite. Sie wollten sich schließlich durch ihr Auftreten Respekt verschaffen. Die Bauern nahmen, wurden sie von den Herren angesprochen, die Mützen vom Kopf. Betraten diese mal eine Hütte, standen die Erwachsenen sofort auf, während die Kinder blitzschnell auf die großen Öfen verschwanden.

Die Dörfer lagen hier sehr häufig weit vom Flußufer entfernt, gerade so, als hätte der Fluß im Laufe der Zeit seinen Lauf geändert. Den Gesandten war das recht, denn die Quartiere bei den Bauern entsprachen ohnehin nicht ihrem Geschmack. Auch den Bauern wird es lieber gewesen sein, weil Besuche ihnen zumeist teuer kamen. Die Ortschaft Budewe war vom Fluß her nicht zu sehen. Einige der Männer wollten trotzdem hin und frische Lebensmittel kaufen. Das Dorf war menschenleer. Dafür schwärmten Unmengen von Bienen in der Luft. In Massen griffen sie mit bösartigem Summen an. Die Bauern, die es kannten, daß Wojewoden oder Flußpiraten bei ihnen einkauften ohne zu zahlen, hatten die Bienenkörbe umgestoßen, die Tiere gereizt und das Dorf verlassen. Auch die Holsteiner verschwanden, so schnell sie konnten.
Insgesamt war die Fahrt die Wolcha aufwärts sehr angenehm und kurzweilig. Streckenweise war der Wind so günstig, daß sie Segel setzen konnten. Abends lagerten sie zumeist irgendwo zwischen den Dörfern am Ufer und trieben Kurzweil mit Lauten, Essen, Trinken, mit zahmen Tanzbären und manchmal auch mit Dorfmädchen. Die Reisenden erfreuten sich der schönen Flußlandschaft und der reichen Tierwelt. Nie vorher sahen sie so viele Kraniche wie hier. Die Luft war abends von ihrem Geschrei erfüllt.

*

Am 28. Juli endlich traf die Gesandtschaft in Neugard, oder Nowgorod, wie die Russen sagten, ein und fanden dort den Troß, der im Winter per Schlitten vorausgefahren war. Über eine Meile kamen sie den Booten entgegengefahren. Hier blieben sie vier Tage, ruhten sich aus, setzten sich instand und besichtigten die uralte Handelsstadt.

Sie lagerten am Ostufer der Wolcha, in jenem Stadtteil, der von Kaufleuten und Pelzhändlern aller Nationalitäten bewohnt war. Hier, so erzählte Olearius, hatte auch der Peterhof gelegen, die alte Niederlassung der Hanse. Rund um die St.

Peter-Kirche und noch mehr in der Kirche selbst, hatten die Waren gelagert, die aus aller Welt zusammengekauft waren und in alle Welt vertrieben wurden. Holz und Getreide, Raubtierpelze und Häute, Erze und Roheisen vom Ural, Gewürze und Früchte aus dem Orient, Seide und kostbares Porzellan aus China, Gold und Silber, Diamanten und Perlen.

Hier auf dieser Seite des Flusses hatten die Deutschen das Sagen gehabt. Hatten eigene Mauern, Wachen und Gesetze. Auf der anderen Seite, ebenfalls befestigt und nur durch eine Brücke mit dem Peterhof verbunden, lag das andere Nowgorod, das russische. Die orthodoxe Kirche in ihrem typischen prachtvollen Baustil, das Schloß der Nowgoroder Fürsten und die Häuser der russischen Handwerker und Händler.
Von der alten Herrlichkeit war nichts zu sehen. Alles war beim letzten Brand in Asche gefallen. In Nowgorod brennt es immer. Vor über 100 Jahren hatte der Zar Iwan III. den Peterhof geschlossen. Aber immer noch war diese Stadt eine bedeutende Handelsstadt, nur, daß nun die Russen das Sagen hatten.

Es war gut, daß sie bald weiter zogen, denn die Leute wurden übermütig. Das hatte sowohl zu tun mit dem herrischen Auftreten Brüggemanns den Einheimischen gegenüber, das auf einige der Männer abfärbte, hatte aber auch zu tun mit dem Alkohol, der immer reichlicher floß. Sie waren auch kaum aus der Stadt heraus, da stach ein besoffener Trompeter in dem kleinen Dorf Gam einen Strelitzen nieder. Nur mit großer Mühe und viel Geld konnten die Gesandten die Empörung der russischen Begleiter über diese Tat in Grenzen halten. Jedenfalls wurde nach diesem Vorfall ein etwas strengeres Regiment geführt, was letztlich auch dem Fortgang der Reise zugute kam.

Am Zarenhof

In Twer am gleichnamigen Nebenfluß der Wolga, bereiteten sich die Gesandten auf den Einzug in Moskau vor. Brüggemann ließ den Pristaff und die Strelitzen antreten, sprach ihnen im Namen des Herzogs seinen Dank aus für das gute Geleit und überreichte ihnen Geschenke. Dann zogen sie ein in die Residenz des Zaren. Voran Strelitzen, die man ihnen von der Stadt entgegengeschickt hatte. Dann mit zwei Handpferden, auf einem Rappen und zwei Apfelschimmeln die Herren Jacob Schewe, Michael Cordes und Johann Allgeyer. Als nächster kam der Trompeter und dann erst der Marschall. In drei Gliedern folgten nun neun Hofjunker und Truchsessen, dann Sekretär, Leibarzt und Hofmeister. Nun endlich, jeweils hinter vier Leibschützen mit Carabinern, die beiden Gesandten. Sie wurden immer noch vom Pristaff begleitet, der sich jedoch etwas abseits hielt. Hinter den Gesandten gingen sechs Pagen. Dann folgten eine Kutsche, der Wagenmeister und seine Leute, die Wagen mit den Geschenken für den Zaren und schließlich die Kalesche mit dem kranken Simon Friesen. Den Abschluß machten 46 Rüstwagen und drei Jungen.
Alle naselang kamen Boten und dirigierten mit Hilfe des Pristaffs die Marschkolonne. Immer wieder wurden Stops eingelegt, mal sollten sie langsamer, mal schneller marschieren, damit am vereinbarten Treff niemand warten mußte. Die Schweden kamen dem Zug entgegen, durften aber mit niemandem sprechen und konnten nur von weitem ihren Freunden zuwinken.

Dann näherten sich die Reisenden einem Spalier von 4.000 prächtig gekleideten und berittenen Russen und dahinter stand der Stallmeister mit zwanzig weißen Handpferden und begrüßte im Namen des Herrn Zaren und Großfürsten Michael Foedorowitsch, aller Reussen selbst Erhalter, zu Wladimir, Moskau, Naugardt / Zar zu Cassan, Astrachan, Sibirien / Herr zu Pleskow, Großfürst zu Twersky, Jugersky, Pemsky, Wadsky, Bolgarsky und anderen niedrigen Ländern... die Gesandten des Herzogs zu Schleswig-Holstein, Stormarn und Dithmarschen, Graf zu Oldenburg und Delmenhorst...

Es roch immer noch brenzlig. Die Straße, auf der sie in Moskau einzogen war zwar geräumt, aber hinter den Moskauern, die in ihren langen Hemden und Kaftanen die Wegränder säumten und den Einmarsch beobachteten, sah man die Brandruinen.
Hier und da standen, an den Straßenrand gefahren, lange Fuhrwerke mit frisch geschlagenen Baumstämmen und je näher sie dem Kreml kamen, um so mehr solcher Gespanne befuhren die Wege.

Es gab genug Wald rund um Moskau, um nach dem großen Brand die Hauptstadt wieder aufzubauen.
Im Zentrum, das am wenigsten zerstört wurde, waren überall die Zimmerleute an der Arbeit, machten eine kurze Pause, um die Gesandtschaft aus Holstein zu bestaunen, wurden aber schnell wieder angetrieben.
„Dawei, dawei!“
Die Paläste der Bojaren und Fürsten und die Kirchen sollten wieder glänzen.
Riesige Stapel grob behauener Balken, Bohlen und Bretter lagen an den Wegrändern.

Der Duft frisch bearbeiteten Holzes verdrängte den Brandgeruch. Das geräumige Quartier der Deutschen war ganz neu aufgeschlagen und die Reisenden richteten sich ein.
„Morgen“, sagte der Bojar, der für die Gesandten abgestellt war. „Morgen sehen wir weiter.“
Und morgen hieß es dann wieder „Morgen!“
„Morgen gehen wir zu unserem Väterchen, zur Audienz.“
Die Gesandten hatten es anfangs ernst genommen und geschniegelt und gebügelt auf den Abmarsch gewartet. Sie verstanden das erstaunte Gesicht des Bojaren nicht, als der fragte:
„Was habt ihr denn vor?“
„Es hieß doch gestern ‘morgen’.“
„Heute ist doch nicht morgen. Ihr müßt Geduld haben. Alles kommt zu seiner Zeit.“ Er hob die Achseln:
„Morgen!“

Das Warten zerrte an den Nerven. Was war der Grund dafür, daß der Zar sich mit dem Empfang so lange Zeit ließ? War er an Handelsbeziehungen nicht interessiert oder war den Gesandten in ihrem Auftreten ein Fehler unterlaufen?
Brüggemann sprach jeden Russen auf die Audienz an, knüpfte Kontakte zu jedem, der vielleicht Einfluß haben könnte. Und er verlangte gleiches von den anderen Mitgliedern der Gesandtschaft.
„Statt mit Eurem Gerät herumzulaufen“, pflaumte er Olearius an, „solltet Ihr Euch lieber um unsere Aufgabe kümmern. Dann kämen wir möglicherweise weiter.“
Der Gesandtschaftssekretär öffnete den Mund zu einer scharfen Antwort, hielt dann aber doch inne. Er wußte, auch die anderen Herren brachten seinem Tun wenig Verständnis entgegen.

Die Messungen in Riga, Reval und Narva hatten keine Überraschungen gebracht, wohl aber den Spott seiner Kameraden.
Der Marschall, Hermann v. Staden war mit einer alten Karte gekommen.
„Hier, Herr", sagte er zu Olearius und breitete den Plan aus. „Hier habt Ihr es einfacher, festzustellen, wo wir uns befinden."
„Und Ihr wißt es genau, mein Lieber?" fragte dieser zurück. „Ich kann es Euch sagen, meine Herren, wo wir uns derzeit befinden."
Er wies auf einen Punkt auf der Karte, östlich von Moskau. „Hier! Ungefähr in der Mitte zwischen der Hauptstadt und Sagorsk. Oder richtiger", setzte er hinzu, "hier hätten wir uns befunden, wären wir Eurer Karte gefolgt und nicht den Flußläufen."

Die ersten Wochen fiel es nicht schwer, Geduld zu üben. Zuviel Neues gab es zu sehen. Dann aber begann es den Männern unter der Haut zu kribbeln. Sie wollten weiter. Irgendwie, aber weiter.

Und während die Schleswig-Holsteiner immer ungeduldiger wurden, ließen die Russen sich Zeit und feierten am 1. September Neujahr.
Sie hatten nämlich nicht nur Zeit, sie hatten auch eine andere Zeitrechnung.
Sie feierten den Beginn des Jahres 7142.
Sie rechneten die Zeit, so sagten sie, von der Erschaffung der Welt an. Aber da begann auch schon ihr Irrtum. Von der Erschaffung der Welt bis Christi Geburt zählten sie 5508 Jahre, dazu 1634 Jahre, so kamen sie auf ihr Ergebnis. Olearius rechnete ihnen nach der Wahrheit der Heiligen Schrift vor:
Von der Erschaffung der Welt bis Christi Geburt 3349 Jahre und 1634 Jahre sind zusammen 5583 Jahre. Man konnte da nicht mit ihnen reden. Sie beharrten auf ihrem Irrglauben.
So oder so glaubten sie sich der übrigen Welt um anderthalbtausend Jahre voraus und Flemming meinte, sie würden sich darum so viel Zeit lassen.

Am Neujahrsmorgen versammelten sich auf dem 'Roten Platz' bestimmt über 20.000 Menschen. Von der prächtigen Kathedrale mit ihren vergoldeten Türmen kamen etwa 400 Popen, die Fahnen und Ikonen vor sich hertrugen. Allen voran aber ging der Patriarch, weit zu sehen, mit seiner Bischofsmütze.
Zur gleichen Zeit, da die Geistlichkeit die Basilius-Kathedrale verließ, öffneten sich die Tore des Kremls und heraus kam an der Spitze seiner Würdenträger der Zar.
Unter dem gespannten Schweigen der Menge bewegten sich beide Züge aufeinander zu. Langsam und gemessenen Schrittes, immer darauf bedacht, kein

Schrittchen, und sei es auch noch so ein kurzes, mehr zu machen, als der andere. Es mutete an, wie ein Wettrennen der Langsamkeit. Wer mußte wem am weitesten entgegen kommen? Ging der Patriarch dem Zaren oder ging der Zar dem Patriarchen entgegen?
Wer, so stand die Frage, war denn nun der mächtigste Mann in 'Mütterchen Rußland'?
Der Patriarch wollte entscheiden, wer in Rußland die Macht ausübte, der Zar wollte selbst die Kirchenoberen einsetzen.
Um seine Unabhängigkeit zu betonen, war der Monarch barhäuptig erschienen, konnte also vor dem Patriarchen sein Haupt nicht mehr entblößen.
Der Patriarch Nikon, genannt das 'reißende Tier', war eindeutig gegen die Zarenmacht.
„Der Patriarch ist die Sonne", behauptete er „und der Zar ist der Mond, der sein Licht von der Sonne erhält."
Und als beide Züge endlich doch zusammen trafen, grüßten sich die beiden Männer ohne jede Bewegung.

*

Endlich war es so weit.
Die Aufforderung zum Besuch beim Zaren, so lange erwartet, kam dann doch überraschend.
Fast zehn Monate waren vergangen, seit die Abgesandten des Herzogs in Travemünde die Fortuna bestiegen hatten. Zehn Monate voller Anstrengungen und Erlebnissen, zehn Monate, in denen sich Freundschaften entwickelten, Abneigungen verstärkten, zehn Monate, in denen sich die Reisegesellschaft so oder so zusammenraufte.
Und nun fieberten alle dem großen Ereignis entgegen, dem Empfang beim Zaren. Selbst die Schweden, zu denen die Holsteiner immer guten Kontakt pflegten, wünschten ihnen Glück. So richtig freuen konnten sie sich jedoch nicht. Obwohl sie sich Wochen vor den Holsteinern auf den Weg nach Moskau gemacht hatten und dort auch lange vor ihnen angelangt waren, sie waren keinen Schritt weitergekommen. Der Kreml war ihnen nach wie vor verschlossen. Die Deutschen verstanden die schlechte Laune der Schweden sehr gut. Während der letzten Monate hatten sich zwischen ihnen gute Beziehungen entwickelt.

In Nöteborg hatten die deutschen Gesandten zum ersten Mal etwas von dem ewigen Streit Schweden - Rußland verstanden. Nöteborg, das „Nüßchen", war eine verdammt harte Nuß, die die Schweden den Russen vor die Nase gesetzt

hatten. Eine fast uneinnehmbare Festung, die dem Zaren den Weg zur Ostsee versperrte. Ja, auch hier ging es um die „Dominium Mare Balticum".
Um so mehr staunten die Deutschen dann, als die Schweden lange vor den Holsteinern die Grenze passieren durften, die doch keinerlei Probleme mit den Russen hatten. Jeder merkte, Brüggemann wurmte damals die zeitige Abreise der Schweden. Aber angesichts der Notwendigkeit möglichst gemeinsam zu handeln und eingedenk der Mahnungen des Herzogs, nahm er sich zusammen. Mehr noch, er hockte in den letzten Tagen vor der schwedischen Abreise so oft bei ihnen, daß der Sekretär Olearius zum ersten Mal mißtrauisch wurde. Er betrachtete die vorzeitige Abreise der Schweden als ein Ergebnis der unklaren Haltung der Gesandten. Aber auch er hatte seinen Ärger nicht laut werden lassen, weder den Schweden, noch den Gesandten gegenüber.

Auch in Moskau waren die Schweden den Holsteinern gegenüber aufgeschlossen und hilfreich. Und dabei hatten sie doch selbst genug Probleme.
Rußland und Schweden lagen immer im Krieg und so gab es auch in Moskau Spannungen genug. Als am 18. August in der Stadt geschossen wurde, befürchteten schon alle das Schlimmste. Die Gesandten untersagten sofort jeden Ausgang. Konnten, durften sie sich heraushalten bei kriegerischen Auseinandersetzungen? Konnten solche Schießereien negative Auswirkungen auf ihre Verhandlungen mit dem Zaren haben? Dann stellte sich heraus, es war nichts. Ob die Moskauer den Schweden nur zeigen wollten, daß sie noch Kriegsgeräte hatten? Vielleicht wollten sie auch nur einige Kanonen ausprobieren? Oder war es eine Phantasia nach orientalischen Bräuchen? Die Gesandtschaft hat es nie erfahren.
Aber das lange Hinhalten, die Schießerei, die endlose Warterei hatte die Schweden mürbe gemacht. Die Einladung der Deutschen beim Zaren gab ihnen den Rest. Einige Tage nach der Audienz verließen sie bis auf zwei Gesandte, Moskau.

Die Holsteiner aber machten ihren Besuch beim Zaren.
Festlich geschmückt, jedoch ohne Degen, ritten sie auf den Schimmeln des Zaren durch ein Spalier von 2.000 Strelitzen zum Kreml. Die Russen trugen kostbare Gewänder und Mützen aus dem Schatz- und Gewandhaus des Zaren.
Etwas beklommen betraten die Holsteiner den großen Saal. Selbst die welterfahrenen und selbstbewußten Gesandten waren von dem Drumherum beeindruckt. Am gegenüberliegenden Saalende saß unter einem großen, prächtigen Baldachin der Herrscher aller Reussen. Vor ihm standen, die Hellebarden geschultert, vier große Strelitzen. An den erhöhten Seitenwänden

hatten sich Bojaren postiert. Alle mit hohen Pelzmützen und bis zum Boden reichenden Mänteln, die vielleicht auch aus der Kleiderkammer des Zaren stammten und wieder abgeliefert werden mußten. Kostbare Pelze waren dort zu sehen. Nerz, Zobel, Polarfuchs. An der Sitzordnung, am Pelz und an der Höhe der Mützen konnte man den Rang der Männer erkennen.

Zwei Stufen führten hinunter in die Mitte des Saales wo die Reisegesellschaft Aufstellung nehmen mußte. Der Kanzler des Zaren vermittelte die Überreichung der Kreditive. Das Ritual, der ganze Pomp verschlug selbst den Gesandten die Worte. Auch an den Seitenwänden, bei den Bojaren herrschte Schweigen. Beim Zaren sprach man nicht ungefragt.
Dann ertönte die Stimme des Haushofmeisters, der alle Titel des Herrschers und des schleswigschen Herzogs aufzählte, wobei die Bojaren ernsthaft nickten und höllisch aufpaßten, daß auch nicht ein Titel des Zaren vergessen wurde.
Erst dann durften die Vornehmsten der Gesandtschaft nacheinander an den Thron herantreten und dem Zaren die Hand küssen. Fein säuberlich wurde nach jedem Kuß die Hand gewaschen und dann waren sie entlassen. Crusius und Brüggemann, die im Stillen vielleicht gehofft hatten, mit dem Zaren über ihr Anliegen sprechen zu können, sahen sich verunsichert nach ihrem Pristaff um, wollten an ihren Auftrag erinnern, wurden aber von den Russen einfach aus dem Saal geschoben. „Morgen, morgen", wisperten sie.

„Ruhe meine Herren. Ich bitte um Ruhe."
Paul Fleming schwenkte einige beschriebene Bogen Papier in der Hand, stieg dann auf einen Stuhl und bat noch mal eindringlich um Gehör. Aber nach der Audienz hatten die meisten dem „Wässerchen" zu häufig zugesprochen. Leicht angetrunken, mochten sie lieber reden, als hören. Erst ein energisches „Silencium!" des Gesandten Crusius sorgte für Aufmerksamkeit.
Fleming stand noch auf dem Stuhl.
„Meine Herren, ein Poem unserer heutigen Audienz. Gestattet, daß ich deklamiere." Und nach einer kleinen Kunstpause begann er, seine Worte mit weitausholenden Gesten begleitend:

„Hier läßt der Russen Zar,
die Holstein hat geschickt
zur ersten Audienz
sobald er sie erblickt
Reicht einem jeden er
die kaiserliche Hand

zu küssen, welches ist
der Gnaden Unterpfand.
Fragt selbsten, wie es doch
mit Herzog Friedrich stehe.
Ob er noch sei gesund,
ob es ihm wohlergehe.
Empfängt das Geschenk
so ihm der Herzog sendt,
gibt den Gesandten drauf
ein köstliches Tractament."

Und er beschrieb in weiteren Versen den Besuch beim Zaren, stand immer noch auf dem Stuhl und sah sich zum Schluß um, gespannt auf die Wirkung seines Vortrages. Als Crusius und Olearius klatschten, fielen die anderen ein. Fleming dankte nach allen Seiten für den Beifall.

Die unmittelbare Folge der Audienz war die Erlaubnis, zu jeder Zeit das Quartier verlassen zu dürfen. Sogar offizielle Besuche beim schwedischen Gesandten wurden möglich.
Wenn der Dienst es erlaubte streiften Thomas und Christoff Glantz gemeinsam mit Iven Bartelsen, dem Trompeterjungen aus Schleswig und Hans Lück aus Kiel durch die große Stadt.
„Hört zu", sagte Thomas eines Tages, „was ich nun sage, muß unter uns bleiben, unbedingt. Es geht um Brüggemann. Der hat Heimlichkeiten. Macht Besuche und führt Gespräche, von denen niemand was ahnt. Ich sah ihn heute morgen mit einem reichen Bojaren. Ganz plötzlich verschwanden beide in einem großen Gebäude. Sie haben mich nicht gesehen, aber irgend etwas stimmt da nicht. Wir sollten die Augen offen und den Mund geschlossen halten. Zuerst müßten wir rauskriegen, wer der Bojar ist, mit dem der Hamburger sich herumtreibt."
Die anderen waren stolz, daß sie der erfahrene Thomas ins Vertrauen zog und beobachteten genau.

Der Bojar war, wie sich herausstellte, durchaus kein Unbekannter. Im Gegenteil. Boris Iwanowitsch Morosow war einer der reichsten und einflußreichsten Männer im Land, der auch bei der Audienz im Kremlpalast anwesend war.
Über 300 Dörfer besaß der Mann mit über 40.000 leibeigenen Bauern und er erhielt von ihnen jährlich an die 10.000 Rubel an Geldzins. In seinen Scheunen lagerten hunderttausende Pud Getreide, mit denen er nach Mißernten gewinnreiche Spekulationsgeschäfte tätigte. In der Nähe des Urals hatte er

Eisenhütten und Pottaschefabriken gegründet und er zwang seine Bauern, dort für ihn zu arbeiten.
Alles in allem war er ein vielumworbener und vielgehaßter Mann.
Was hatte Brüggemann mit ihm zu tun, das Crusius nicht wissen durfte?

Christoff fühlte sich gar nicht wohl in seiner Haut. Nicht, daß er dem Brüggemann nachschnüffelte bedrückte ihn. Aber hatte er nicht Olearius versprochen, jederzeit ihm gegenüber ehrlich zu sein? War das in Ordnung, ihm Brüggemanns Heimlichkeiten zu verschweigen?
Andererseits, was konnte er dem Sekretär schon berichten?
„Herr Olearius, der Gesandte Herr Brüggemann trifft sich mit dem Bojaren Morosow!“
„Na und ?“ würde der Sekretär fragen.
Wahrscheinlich hatte Thomas doch recht, wenn er vorschlug abzuwarten und weiter zu beobachten. Vielleicht kam man dem Hamburger ja auch durch einen Zufall auf die Schliche.
So überlegte Christoff. Das ungute Gefühl aber blieb.

Die Manndränke

Die Maschopei* Glantz Eckernförde, Otten und Glantz Wolgast hatte sich erfolgreich entwickelt, ihre Schiffe konnten über Fracht nicht klagen. Ottens 'Charlotte', der große Ewer Glantz und die gemeinsam gecharterte alte Holk Nijsens fuhren immer wieder vollbeladen Wolgast - Schlei - Schleswig. In Friedrichstadt wurde das Getreide dann auf holländische Schiffe verladen und überall im Westen, vor allem in England, verkauft. Soweit war alles in Ordnung. Ein gutes Geschäft mit kalkulierbarem Risiko. Das gefiel dem Eckernförder Glantz.
Aber nun wollten sein Vetter und Otten unbedingt van Buren aus Friedrichstadt oder Holland als neuen Partner aufnehmen. Und van Buren wollte unbedingt den Getreidehandel erweitern, wollte in der Ostsee ein neues Schiff in Dienst stellen, eines von diesen neuen Schiffstypen, diesen langen Zweimastern mit den Rah- und Lateinsegeln, die bis zu 250 Last laden konnten. 'Fluite' nannte man diesen holländischen Schiffstyp mit dem sie nun ihre Ostseeflotte verstärken und den Engländern, die sich immer breiter machten, Paroli bieten wollten.

Am liebsten wäre Glantz zu Hause geblieben. Anders als Otten, der sich gern überall herumtrieb, erledigte Glantz seine Geschäfte zumeist von Eckernförde aus. Aber er konnte nicht gut von seinem Vetter verlangen, von Wolgast nach Friedrichstadt zu reisen. Und Otten alleine mit diesem van Buren verhandeln lassen? Den kannte ja noch keiner so richtig. Nein, da fuhr er lieber selbst mit.
Und nun war er in Friedrichstadt. Eine kleine, schöne Stadt. Vor allem sehr sauber. Aber ganz anders als Eckernförde. Überall die Kanäle.
„Grachten sind das“ erklärte van Buren. „Die haben wir überall in Holland. Man kann vom Speicher aus seine Schiffe be- und entladen.“

Sie standen oben in van Burens mit Getreide voll gepacktem Speicher und guckten in das Wasser.
Das Beste an dieser Stadt war zweifellos ihre Lage an Eider und Treene. Die größten seegängigen Schiffe konnten den kleinen Hafen anlaufen. Und über Treene und Eider kamen in Schuten, auf Ewern und anderen Frachtkähnen der verschiedensten Bauart die Produkte des Landes, um hier umgeschlagen zu werden. Hier löschten sie Getreide aus Angeln, nebenan wurden Schweine von den Schiffen getrieben. Etwas weiter entlud man von flachen Flußkähnen Torf aus der Sorgeniederung.

* Maschopei = im Mittelalter eine Gemeinschaft, hier für Handelsgesellschaft

„Hier ist doch genug zu tun."
Glantz war sichtlich beeindruckt, von der Stadt, dem Hafen, dem Speicher und von dem Haus van Burens. „Versteht mich, Herr van Buren. Ich habe gar nichts gegen Eure Partnerschaft. Im Gegenteil. Wir arbeiten ja bisher auch schon zusammen. Ihr tretet ein in unsere Maschopei und regelt auf gemeinsame Rechnung den Weiterverkauf und Transport unseres Getreides. Dazu müssen wir das Geschäft nicht ausweiten. Ihr habt hier schon die Speicher voll. Genauso geht es meinem Vetter in Wolgast. Die Schiffe sind voll beladen. Auf den großen Gütern in Pommern lagert Getreide, das uns schon gehört. Wenn wir noch mehr aufkaufen, wird das doch alles unübersehbar. Was ist denn, wenn die in England mal selbst wieder eine gute Ernte einfahren? Wer nimmt uns das Getreide dann ab? Dann bleiben wir sitzen auf dem Zeug."
„Die hatten keine Mißernte in England."
Van Buren war erstaunt. Wußte der Eckernförder nicht, was in England geschah? „Es wird dort kaum noch Getreide angebaut." Und als er Glantz verdutztes Gesicht sah: "Es gibt keine Bauern mehr. Wo früher zehn, zwölf Bauernhöfe waren, hält ein Lord sich nun einige große Schafherden. Wegen der Wolle. Die Tuchfabriken brauchen Unmengen an Wolle. Und sie brauchen auch die Bauern als Arbeiter. Und die Arbeiter brauchen Brot. Darum kaufen sie wie verrückt Getreide. Jedes Jahr mehr. Und darum müssen wir unseren Getreidehandel ausweiten. Und darum brauchen wir die Fluite."

Van Buren hatte recht. So gut wie nichts wußte Glantz von England. Nur, daß sie dort ihre Gerste verkauft hatten. Und daß sie dort gute Preise erzielten.
Glantz krauste die Stirn.
Er hatte noch den alten Handel gelernt. Ordentlich, solide, überschaubar, ja, und auch ein wenig geruhsam. Aber seit sein Vetter aus Wolgast mit ihm Verbindung aufgenommen hatte, war die Ruhe dahin. Sein Vetter ähnelte Otten. Jeden Tag mußten sie was Neues unternehmen. Er wurde in Dinge hineingezogen, von denen er nichts verstand. Wenn, wie gestern abend, van Buren und Otten über England redeten, saß er dabei, wie der Ochs vorm neuen Scheunentor. Und wenn er dann gedanklich gerade eben auch in England angekommen war, sprachen die beiden schon wieder von Indien, Virginien oder von anderen Ländern, die kein Mensch kannte und von denen niemand wußte, wo sie überhaupt lagen. Für ihn, Glantz, war die Fluite ein großes, neues Schiff. Das größte und neueste, das es überhaupt gab. Aber van Buren sprach von Indienfahrern, von Kauffahrtei-Schiffen, die von Siam, Ceylon, Sumatra und Madagaskar - lauter unbekannten Ländern - Gewürze, feine Stoffe, Schmuckperlen usw. brachten.

Wozu hatte er seinen Sohn durch das kalte Rußland nach Persien geschickt, wenn holländische Schiffe in den Indischen Ozean fahren? Na gut, schaden würde es dem Bengel nicht. Er selbst konnte sich auch nicht immer das Bequemste aussuchen. So war er nun an diese Maschopei gebunden, auf Gedeih und Verderb, wie man so sagte.

Am nächsten Tag - Otten blieb länger, um Einzelheiten mit dem neuen Kompagnon zu besprechen - bestieg Glantz eine der Schuten, die nach Treia fuhren. Er hatte es eilig, nach Hause zu kommen. Sein Blick schweifte über die nassen Weiden, aber von der schönen Treeneniederung sah er nichts. Er war vielmehr in Gedanken dabei, einen Teil seines Vermögens irgendwo außerhalb der Maschopei sicher anzulegen, damit er was hatte, wenn alles zusammenbrach. Vielleicht sollte er noch ein Haus in Eckernförde kaufen? Aber war das in dieser Zeit denn sicher?

Stine hatte ihm das große Postpaket auf den Tisch gelegt. Christoff hatte geschrieben, ausführlich und es war Glantz fast so, als wäre er selbst mit auf Reisen. Von einem großen 'Praßnik' hatte der Junge berichtet, von dem Essen und Trinken und der nachfolgenden Schlittenfahrt, von einer Prozession, bei der unmittelbar vor den Popen Männer mit Besen liefen um die Straße zu kehren. Und man konnte dem Brief auch die Ungeduld entnehmen, mit der die Reisenden nach der Audienz auf den Bescheid des Zaren warteten.
Diese Ungeduld führte zu Mißtrauen unter den Gesandten und zu Verdächtigungen.
Hatte der Bojar Morosow, mit dem Brüggemann häufig zusammentraf, genug Einfluß beim Zaren, um den Lauf der Dinge zu beschleunigen? Oder war es besser, die Kontakte zum Knees zu pflegen, dem Sohn und Nachfolger des Zaren? Vielleicht war auch beides falsch und man tat besser, sich mit dem Patriarchen zu verbünden, der bisher strikt gegen alles war, was der Zar entschied.
Wer gab den Ausschlag am Hofe und wer von den Gesandten unterhielt die besseren Kontakte?

Am 16. Dezember 1634 endlich, hatten sie dann die zweite Audienz beim Zaren gehabt und die Gesandten hatten Briefe für den Herzog erhalten. Noch zum Weihnachtsfest waren sie daraufhin nach Reval abgereist und hatten am 10. Januar 1635 bei Herrn Heinrich Kosen Quartier genommen. Den Streit darüber, ob um diese Jahreszeit eine Seereise über die Ostsee überhaupt möglich sei,

hatten die Schiffer, die etwas von der Seefahrt verstanden, ruhig und geduldig angehört, um am Ende zu sagen:
„Wir bringen Euch gerne nach Schleswig-Holstein. Im Frühjahr, nach dem Eisgang. Vorher geht es nicht.“ Da hatte kein Geschimpfe geholfen und keine großartigen Versprechungen. Also hatten die Gesandten sich Pferde besorgt und waren mit nur zehn Mann Begleitung nach Gottorp zum Herzog geritten.

*

Noch in seinen Nachtgewändern lief Herzog Friedrich in seinem Zimmer umher, schimpfte auf den Diener, der ihm beim Ankleiden behilflich sein sollte und schimpfte auf den Kanzler.
Was fiel dem Kielmann ein, ihn frühmorgens um 9 Uhr sprechen zu wollen? Das letzte Schleifchen war noch nicht gebunden, da hörte er schon die Schritte des Kanzlers auf dem Gang. Kielmann klopfte kurz und trat sofort darauf ein. Ein Stirnrunzeln des Herzogs empfing ihn.
„Vor dem Frühstück schon Staatsaffären, Kielmann?“
„Es muß ein Unglück geschehen sein, Durchlaucht. Ein großes Unglück. Ein Mann von der Westküste ist hier. Ihr solltet ihn empfangen.“
„Wohl Überflutungen was? Kein Wunder bei dem Sturm heute nacht. Wir werden uns nach dem Frühstück damit befassen.“
„Das Frühstück ist bereits bestellt, Hoheit. Ihr solltet den Mann gleich vorlassen.“
„Na gut, wenn es denn sein muß.“
Der Kielmann neigte nicht zu Übertreibungen und das Frühstück konnte er sich auch so schmecken lassen. Vielleicht war es ja tatsächlich wichtig. Aber so früh, um 9?
Der Mann war erschöpft. Man sah es.
„Ich komme aus Husum, vom Bürgermeister. Wir brauchen Hilfe. Kranke, Verletzte, Obdachlose, Tote. Wir wissen nicht mehr, was wir machen sollen. Der Strand ist weg“, brachte er abgerissen hervor.
Der Strand ist weg?

Wie oft hatte er, der Herzog, die Insel zum Teufel gewünscht. Wenn die Strander z. B. holländische Deichbauer verjagten, wenn sie Gesetzesänderungen nicht hinnehmen wollten. Vor allem aber, als sie sich 1628 offen gegen den Herzog erhoben.
„König Christian respektiert unsere Rechte“, hatten sie frech erklärt, als der Herzog die Hauptleute der Insel bestimmen wollte.
„Wir setzen nach altem Brauch unsere Hauptleute selbst ein.“

Und dann hatten sie des Herzogs Offiziere weggejagt, sich einfach mit dem Dänenheer gegen ihren Fürsten verbündet und sich so offen gegen den Herzog erhoben. Das war während des Krieges 1628. Lange konnte das natürlich nicht gutgehen, denn auch Christian bestimmte über seine Hauptmänner lieber selbst. Und so einigten sie sich später. Vergessen aber hatte der Herzog ihnen das nicht.

Zur Hölle mit den Strandern.
Aber es waren seine Untertanen. Und außerdem war die Insel reich. Er mußte sich kümmern.
„Begrabt die Toten. Für die Kranken und Verletzten schicke ich meinen Medicus hin. Die Obdachlosen steckt erst einmal in die Kirchen."
Darauf hätte der Bürgermeister auch selbst kommen können. Aber was ging den überhaupt der Strand an?
„In welche Kirchen, Durchlaucht?"
„Na", der Herzog wurde ungehalten. „In irgendeine der Kirchen. Auf Strand gibt es meines Wissens über zwanzig Kirchspiele."

Was wollten die Strander denn nun bloß wieder von ihm? Da steckte doch eine Teufelei hinter. Sind doch ein eigenes Volk, diese Strander. Wenn es nicht immer nach ihrem Kopf geht. Ihre eigenen Deichbaumeister wollen sie haben, ihre eigenen Hauptleute und ihre eigenen Gesetze. Das war schon immer so gewesen. Auch, als Johann der Ältere regierte.

Die Strander hielten stur an alten Bräuchen fest, an den heimlichen Verlobungen, ohne Wissen der Eltern, an ihren gottlosen Totenschmäusen, an ihren Orgien zur Kirchweih und auch daran, daß die Sippen Mord und Totschlag durch Vergleiche und Bußen beilegten, wie zur Heidenzeit.

Der Herzog hatte auf die Antwort des Mannes nicht richtig achtgegeben.
„Was ist los mit den Kirchen?" fuhr er ihn an.
„Es gibt keine Kirchen mehr auf Strand, Durchlaucht. Es gibt keinen Strand mehr."
Nein, der Mann machte keine Scherze. Das würde er sich dem Herzog gegenüber nicht herausnehmen. Er war auch nicht nur vom scharfen Ritt nach Gottorp so erschöpft, er mußte Schreckliches erlebt haben.
„Kielmann, schickt einen zuverlässigen Mann dorthin. Der soll uns berichten." Und nach einer kleinen Pause. „Schickt den Medicus gleich mit."
„Wir sollten auch Lebensmittel schicken, Durchlaucht."

Der Kanzler nahm die Sache sehr ernst. Er hatte auch nicht die Abneigung gegen die Strander, die die Urteilsfähigkeit des Herzogs im Moment trübte.
„Macht das, macht das.“ Der Herzog war mit seinen Gedanken bereits woanders. „Vielleicht ist es den Strandern eine Lehre.“
Kielmann hob die Achseln und verließ mit dem Boten das Zimmer.

Kanzler Johann Adolph Kielmann hatte sich entschlossen, selbst an die Westküste zu gehen. Nun ritt er mit dem Husumer Bürgermeister und dem holländischen Deichbaumeister Jan Adrian Leeghwater, am Ufer entlang. Der Spülsaum lag voller Trümmer und totem Vieh. Das Rauschen der Wellen wurde übertönt von dem Gekreisch und Gekrächze der Möwen und Krähen, die in dichten Schwärmen über den Reitern kreisten und sich am Ufer um die Kadaver stritten. Ein vom Amtmann bestellter Trupp kümmerte sich darum, angeschwemmte menschliche Leichen sofort zu bergen. Sie ritten in nördliche Richtung zum Ringstrom ‘datt Bottergatt’. Leeghwater kannte sich hier aus. Hier begann der Abschnitt, wo er für das Festland die Deichbauarbeiten leitete.
„Wie eine Sündflut“, sagte er.
Eigentlich sollte man auch von hier aus die Insel sehen. Die Kirchtürme von Morsum und Eesbüll und auch die von Rörbeck. Aber sie sahen nur den Rest eines Kirchturms aus dem Wasser ragen, einige wenige Deichreste, früher der Stolz der Strander Friesen, und weiter hinten ein wenig Land.
„Das ist der Rest vom ‘wüsten Moor’, das ‘lütte Moor’. Hier erkennt man auch einen der Gründe für dieses Unglück.“ Bisher hatte Kielmann nur von der Strafe Gottes gehört. Der Deichbaumeister war der Sache offenbar etwas näher auf den Grund gegangen.
„Was meint Ihr?“
„Seit Jahrhunderten wird hier Salztorf abgebaut. Darum liegt die Insel auf weiten Strecken zu tief. Fast drei Fuß unter Normal. Wenn irgendwo der Deich bricht, läuft sie voll, wie eine Schüssel. Dort, was Ihr dort seht, das ‘lütte Moor’, dort wurde nicht gegraben. Dort soll es immer nicht recht geheuer sein, Trolle sollen dort ihr Unwesen treiben. Das ragt überm Wasser heraus.“

Kielmann hatte aufmerksam zugehört. Auf einen Disput wollte er sich nicht einlassen. Dazu verstand er zuwenig von der Sache.
Und immer noch schwemmte das Meer Trümmer, Vieh und Menschen an das Ufer. Der Bergungstrupp war gerade unter lauten Zurufen dabei, einen Dachstuhl ans feste Land zu ziehen. Menschen waren darauf festgebunden, aber sie bewegten sich nicht. Die Männer schnitten sie von den Balken los. Ein alter Mann, zwei Frauen, zwei Kinder und ein junges Mädchen. Alle tot.

Nein! Nicht alle. Das junge Mädchen verfolgte mit großen, weitaufgerissenen Augen das Tun ihrer Retter. Sie hielt die Lippen fest verschlossen, als hätte sie immer noch Angst, Salzwasser zu schlucken, zu ertrinken. Mühsam wurde ihr frisches Wasser eingeflößt. Sie trank mit kleinen quälenden Schlucken.
„Bringt sie ins Hospital!“ ordnete der Bürgermeister an.

Die drei Männer kehrten um und ritten nun in Richtung Eiderstedt.
„Dort“, erklärte der Husumer Bürgermeister, „dort lag früher Alt-Simonberg. Das Dorf wurde schon vor über 100 Jahren ausgedeicht. Und dort weiter westlich, Alt-Lundenberg ebenso. Und dort, direkt vor uns, liegt Lundenberg, oder lag vorgestern da.“
Es waren nur noch kümmerliche Überreste einer Kirche zu sehen. Das Dorf mit Menschen, Vieh, Häusern und Stallungen hatte die See geholt.
Und wieder ging der Blick rüber zur Insel. Die Überbleibsel einer Kirche ragten aus dem Wasser.
„Das war Lith. Und da, weiter links, sollte das Kirchspiel Hersbüll liegen.“
Sie sahen nur aufgewühltes, braunes Wasser.

Über den zerzausten, an etlichen Stellen durchbrochenen Deich, näherte sich ein Trauerzug. Die Leute, teilweise noch in Arbeitskleidung, trugen mehrere einfache, unlackierte Särge.
„Das sind die von Lith“, sagte der Husumer Bürgermeister. „Jedenfalls ist es der Lither Pastor.“
Plötzlich stockte der Zug. Der Pastor sprach heftig auf einen Mann ein. Als sich die Reiter mit entblößtem Haupt und die Gäule am Zügel führend, dem Zug näherten, hörten sie:
„Ich singe auf dem Friedhof. So steht es im Vertrag.“
„In deinem Vertrag, Schulmeister, steht, daß du bei Beerdigungen erster Klasse vom Sterbehaus an singen mußt, bis zum Friedhof.“
„Ihr wollt mir aber doch nicht erzählten, Pastor, daß Hans Olten erster Klasse ist? Und wo ist denn das Sterbehaus? Nein, Pastor, ich singe heute dritter Klasse, auf dem Friedhof.“
„Gut, Boysen. Der Streit hier ziemt sich nicht. Fang an zu singen, wenn wir auf der Höhe des alten Friedhofes sind. Dann wirst du den meisten gerecht.“
Der Schulmeister nickte zustimmend.
Fragend und nicht verstehend, sah Kielmann den Bürgermeister an.
„Eine uralte Vereinbarung“, erläuterte dieser. „Der Schulmeister muß bei allen Beerdigungen singen. Erster Klasse den ganzen Weg, zweiter Klasse den halben und dritter Klasse nur auf dem Friedhof.“

Nachdenklich nickte der Kanzler. Was mochte da in den vergangenen Jahren an Unrecht, an Rechthaberei, an Streit und Neid vor sich gegangen sein, daß es heute, wo das Sterbehaus, um das es ging, von den Fluten begraben ward und angesichts des Grabes, aufbrach.

Bedrückt ritten sie zur Stadt zurück und besuchten das Hospital.
Pastor Lobedantz aus Gaikebüll hatte das Mädchen vom Dachstuhl erkannt und sich ihrer angenommen. „Sie gehört zu meinem Kirchspiel. Gehörte“, verbesserte er sich. „Das Dorf Gaikebüll gibt es ja nicht mehr.“
Das Mädchen verfolgte das Gespräch, sagte selbst aber nichts.
„Wiebke war in Diensten beim Bauern Pole Fringsen. Die Toten auf dem Dachstuhl waren seine Eltern, seine Frau und seine Kinder. Er wird, so fürchte ich, auch ertrunken sein.“
„Ihr wart nicht auf der Insel, als das alles geschah?“
„Doch, doch. Ich war in meiner Kirche. Bis kurz vor 9 Uhr abends. Da ging ich zu den Männern am Deich. Die ersten Wellen stürzten schon rüber. Ich war vielleicht eine Stunde dort, sprach den Männern Mut zu und vertröstete sie auf Gott. Da brach der Deich bei Stintebüll. Es war wie ein Gottesgericht.“
Der Pastor schloß die Augen.
„Was geschah weiter?“ fragte Kielmann nach einiger Zeit. Pastor Lobedantz fiel es offensichtlich schwer, weiter zu reden.
„Wasser, Wasser und Sturm. Und Geschrei. Ein Inferno.“
Es war, als erlebte er alles noch einmal.
„Ich wollte in meiner Kirche Zuflucht suchen, da sah ich, wie der Turm und das Dach einstürzten. Ich rannte, rannte weiter bis nach Oldenbüll.“
Er sah die Männer an und meinte, mehr fragend, als antwortend: „Die Kirche und Oldenbüll stehen noch!?“
Der Bürgermeister wandte sich dem Mädchen zu.
„Rede doch. Rede doch mit den Herren. Es wird dir gut tun“, sagte der Pastor. Aber kein Wort kam über ihre Lippen.
„Ist sie stumm?“ fragte der Kanzler.
„Nein, Herr. Wiebke war immer ein frommes, freundliches und fröhliches Mädchen. Und fleißig. Es wäre schön, wenn Ihr etwas für sie tun könntet. Sie braucht wohl einige Zeit, das alles zu vergessen.“
„Würdest du mit nach Schleswig kommen?“
Kielmann beobachtete das Mädchen und ihre Reaktionen. Es schien ihm, als änderten sich die Augen.
„Das wäre gut, Herr“, meinte der Pastor. „Weit weg von diesem Unglücksort. Ja, das wäre gut.“

Von der Pellwormer Harde war Pastor Peter Sax nach Husum gekommen. Anhand der verschiedenen Kirchen- und Steuerbücher versuchte er, einen Überblick über die Verluste an Menschen und über den Schaden an Vieh und Häusern zu bekommen. Das Ergebnis berichtete der Kanzler Kielmann einen Tag später in Gottorp dem Herzog.

„Alleine auf der Insel Strand ertranken danach 6.123 Menschen. An der ganzen Küste lang und auf den anderen Inseln sind wohl insgesamt über 10.000 Menschen ertrunken. Ich berichte nun nur von Strand, nach den Angaben Pastor Sax'. Also, von den etwas über 9.000 Strandern leben keine 3.000 mehr. Unter den Toten sind neun Prediger und zwölf Küster. 28 Windmühlen und sechs Glockentürme wurden weggetrieben. Aber auch dort, wo die Türme noch stehen, sind die Kirchen vielfach zerstört, die Dörfer rundum vernichtet. Über 1.300 Höfe mit über 50.000 Stück Vieh sind verloren. Von den zwanzig Kirchspielen sind heute nur zwei bewohnbar, Pellworm und Oldenbüll. Von den fünf Harden stehen drei praktisch unter Wasser."

„Dann werden wir wohl bei den Strandern auf Jahre hinaus keine Steuern erheben können?" meinte der Herzog.

*

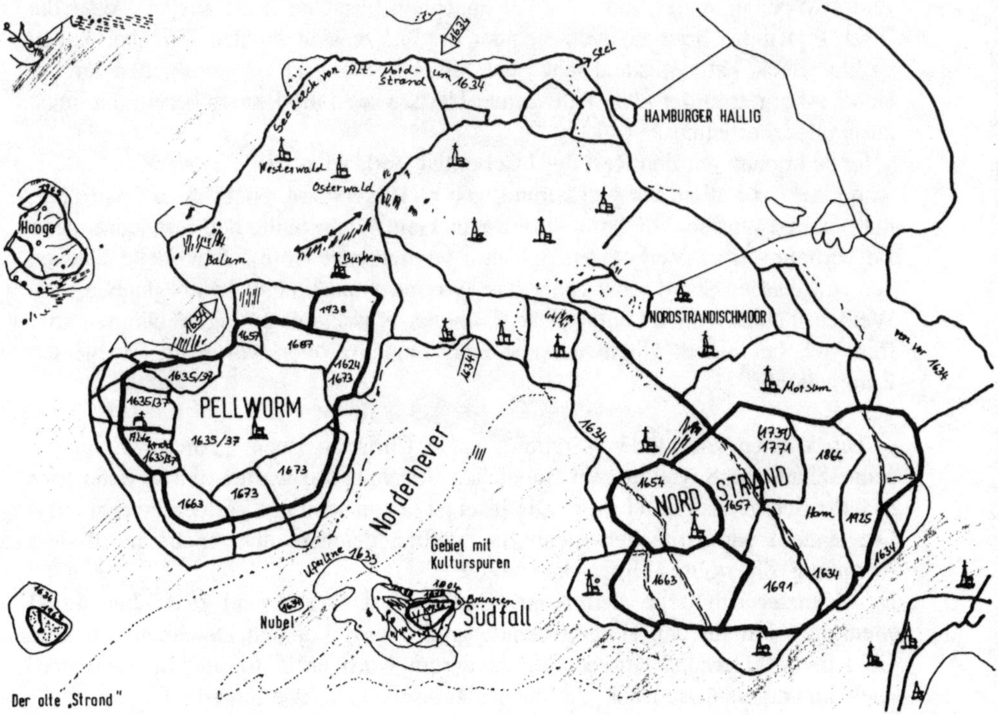

Die Insel Strand vor der 2. Manndränke

Die heutigen Inseln und Halligen: Pellworm, Nordstrand, Nordstrandischmoor und Hamburger Hallig

Einige Wochen später, kurz vor Weihnachten, besuchte der Kanzler wieder die Insel. Er nahm Christian Beck mit, der die Konzession für den Deichbau haben wollte. Beck hatte ausländische, vor allem holländische Interessenten an der Hand. Aber nur in der alten Pellwormer Harde waren die Bauern bereit, mit ihnen zusammenzuarbeiten.
„Nur so können wir den Rest der Insel retten", erklärten sie.
Anderswo, vor allem auf Nordstrand, gab es Widerstand. Nicht mehr wie früher, mit blanken Waffen. Die Kraft zur offenen Gegenwehr fehlte den Strandern. Aber sie verließen trotz Verbots einfach ihre vernichteten Höfe. Über weite Flächen der Nordharden stand ganz ruhig das Wasser. Man konnte kaum glauben, daß Weiden, Felder, Häuser unter diesem ruhigen Wasserspiegel lagen. Die See aber fraß sich bei jedem Hochwasser weiter. Immer größer wurde die Wehle am Rummelloch.

„Noch können wir hier was retten", sagte Christian Beck. „Aber wir müssen schnell handeln. Soviel es geht eindeichen. Je länger wir warten, um so tiefer frißt sich die See in das Land hinein. Die Insel ist ja nun schon so gut wie zweigeteilt."
Die Bauern widersprachen nicht. Sie wollten deichen, aber nicht auf fremde Rechnung. Sie wollten Hilfe vom Herzog.
Der Kanzler schüttelte den Kopf. Der Verlust von Strand und über 6.000 Menschen war für den Herzog gerade groß genug. Für den Deichbau war kein Geld in des Herzogs Kasse. Gerade darum warb er ja fremde Interessenten. Kielmann unterstützte Beck, der die ausländische Hilfe wie Sauerbier anbot.
Der alte Iver Runge besaß nichts mehr. Familie, Hof, Vieh, alles war weg. Er gab der Meinung der meisten Ausdruck.
„Für uns ist die Insel doch sowieso weg. Wenn wir nicht deichen, holt die See sich den Rest, deichen wir, holt sichs der Holländer."
„Ihr könnt das Land pachten von den Holländern."
„Unser eigenes Land pachten?"
Die Männer schüttelten den Kopf.
„Und dabei hatten wir die stärksten und besten Deiche", bemerkte einer.
„Die stärksten Deiche? Ich weiß nicht recht." Iver Runge kannte sich aus im Deichbau.
„Diese abgeschrägten Deiche sind natürlich besser, als früher unsere steilen. Aber ich denke an Stintebüll. Dort, wo das Wasser am gewaltigsten drückte, waren unsere Deiche am schwächsten. Wir alle hatten immer nur die große Lösung im Kopf, die Insel wieder rund zu machen, wie früher, vor ein paar hundert Jahren.

Nein, unsere Deiche waren nicht die besten. Wir wußten ja doch, daß eine Sturmflut kam, konnten uns vorbereiten und haben trotzdem nichts gerettet."
„Wieso? Ihr wußtet von der Katastrophe?"
„Na ja, wir wußten nicht, wie schlimm es kommen würde. Aber wir hatten einige Tage Sturm aus Südwest, der treibt das Wasser durch den englischen Kanal. Wenn dann der Wind dreht, mehr aus Nordwest kommt, ist das ein Alarmzeichen."
„Pastor Sax meint ja, die Deiche wären in Ordnung. Er hält den Untergang Strands für ein Strafgericht Gottes, vor allem wegen eurer Widerborstigkeit. Du machst nun im Gegenteil den schlechten Zustand der Deiche für die Katastrophe verantwortlich. Könnte nicht auch der Deichbauer Leeghwater recht haben, der eurem Torfabbau die Schuld gibt?"
„Es ist wahr. Die Insel liegt zu tief. Bei jeder Tide laufen ungeheure Wassermengen durch die vielen Wehlen und richten große Zerstörungen an. Wir haben früher schon oft darüber gesprochen, daß wir unterm Meeresspiegel liegen. Aber etliche Strander leben nun mal vom Torfabbau."
„Was hilft das Reden? Wenn die Deiche schwach waren, müssen wir sie nun stärker bauen. Wie sagte noch der Deichgraf von Risummoor: 'Trutz nun, blanke Hans!'"
Einige Männer nickten zustimmend zu den Worten Becks. Der alte Iver Runge war nicht einverstanden.
„Ich habe lange darüber nachgedacht. Ich bin alt und werde wohl keinen Deich mehr bauen. Aber ich kann ja sagen, was ich manchmal denke. 'Wer nich will diken, de mut wiken', das ist richtig. Aber 'Trutz blanke Hans'? Irgendwo muß das Wasser ja hin. Seht mal, Eiderstedt. Gut bedeicht. Früher waren da die drei Inseln Eiderstedt, Everschop und Utholm, und zwischen diesen Inseln war Platz, da konnte viel Wasser ablaufen. Heute stauen sich dort die Wassermassen. Oder die Nordereider. Treene und Eider entwässerten auch dort, wo heute Adolfskoog ist. Die See konnte die Flußlandschaft überfluten. Die Auen nahmen viel Wasser auf. Nun ist alles abgedämmt. Wo soll das Wasser hin? Wir sollten mal darüber nachdenken."

Die anderen schwiegen. Selbst Beck wußte nichts zu sagen. Sowas hatte er noch nie gehört.
Richtig war, der Deichbau hatte in den letzten Jahren ein wenig gelitten. Das wollte nur niemand wahrhaben. Geschaufelt und gekarrt wurde dort genug. Aber schon Johann Adolf vergab das Deichrecht an Privatpersonen. Reiche Kaufleute aus Hamburg und Holland erwarben das Deichrecht und damit das Recht auf den Besitz des Kooglandes. Das erhielten sie als Erbgut und durften, so stand es

geschrieben, „Stete und Flegken“ darauf gründen. Und das Deichvorland, das früher der Deichgenossenschaft gehörte, wurde nun herzogliches Eigentum. So bestimmte es das herzogliche Außendeichregal.
Diese Politik wurde auch seit 1623 von Friedrich III. weitergeführt, mit dem Ergebnis, daß die Küstenbewohner immer mehr herausgedrängt wurden. Die Strander aber bestanden auf ihre alten Rechte, nicht zuletzt auf dem 'Spadelandrecht'* von 1572. Damals stand die Sicherheit der Küstenbewohner im Vordergrund und jeder Mensch achtete auf die Deiche. Heute, wo Fremde das Sagen hatten, stand die Landgewinnung obenan, und das auf Kosten der Sicherheit. Über den großen Plan, die Rungholter Bucht wieder einzudeichen, den Strander Deich wieder 'rund' zu machen, herrschte Einigkeit. Aber wem sollten Koog und Außendeichland gehören? Da schieden sich die Geister. Die, die den Deich bauten, sollten leer ausgehen. Ja, und darum ging alles nur langsam voran.

Kanzler Kielmann ritt nachdenklich zurück nach Gottorp. Steuereinnahmen von den Strandern lagen in weiter Ferne.

Ebenfalls nachdenklich blieb Iver Runge zurück.
Einen Hof hatte er besessen, Haus und Land und Vieh. Nun besaß er nicht einmal mehr einen Bettelsack.
Von seiner großen Familie war nur ein Sohn übriggeblieben, alle anderen hatte die Flut geholt. Nur gut, Okke war gesund und stark. Auf einem Robben- und Walfänger hatte er angemustert. Gleich Okke hatten sich noch andere Männer, die Hab und Gut verloren hatten, zum Robbenschlagen verdingt.
Aber Iver war zu alt. Er taugte weder zum Robbenschlagen noch zum Walfang. Taugte er überhaupt noch zu was?
Alles, alles hatte er verloren, und sein Okke fuhr zur Robbenjagd ins Eismeer, nach Grönland.
Ja, hätte ihm irgendwer sein Eigentum gestohlen. Bei Diebstahl und Raub hätte ihm schon irgendeiner der 23 Artikel der 'Siebenharden-Beliebung' zu seinem Recht verholfen.

* 'spade Land', d. h. spätes, junges, neugewonnenes Land, das nach der 'Siebenharden Beliebung' den Bauern gehörte. Mit dem herzoglichen 'Außendeichregal' wurden praktisch uralte Rechte einseitig außer Kraft gesetzt.

Oder hätte ein feiger Mörder die Seinen erschlagen. Dann wäre Okke nicht zum Walfang gefahren, er hätte mit der Blutrache genug zu tun gehabt. Sagten nicht die alten Rechte der Beliebung:

'de dar Füste hett, mag schlagen,
und de Geld un Gut hett, schall betalen.'

Aber Klage und Blutrache gegen die mordende, salzige See?

Am nächsten Morgen ließ sich Iver Runge über den Heverstrom nach Vivesbüll rudern und marschierte nach Utholm. Müde wanderte er durch Witzwort, Tetenbüll und Tating nach Ording. Dort wohnte seit etwa dreißig Jahren sein Bruder Japp.

Hinter einigen einsam liegenden Höfen erhob sich weit vor ihm die lange Düne.

Er hatte schon von ihr gehört. Früher sollte vor den drei Eiderstedter Marschinseln eine weitere Insel gelegen haben, der Südstrand. Einen Teil dieser Insel hatte die See geholt, bei Niedrigwasser waren auch heute noch die Sandbänke zu sehen, der andere Teil wanderte, stetig vom Wind getrieben, nach Osten, bildete nun praktisch einen Wall, einen Sandwall vor der Halbinsel.

Japps Hof lag schon fast am Fuße dieser Düne.

'Schön vor den Westwinden geschützt', dachte Iver und 'das ist fast wie ein Deich.'

Japp gefiel dieser Schutz weniger.

„Sie kommt nicht zur Ruhe", erklärte er seinem Bruder am anderen Morgen, als sie vor der Düne standen.

Er wies auf eine Reihe von Stäben, die im Sand steckten.

„Da kann man deutlich sehen, wie sie wandert. Manchmal denke ich, nun ist sie zur Ruhe gekommen. Aber am nächsten Morgen hat sie wieder einen Daumen breit oder mehr Ackerland bedeckt. Das ist immer mein erster Weg morgens, hierher. Und dann rechne ich. Einen Daumenbreit am Tag, eine Handbreit in der Woche, einen Fuß im Monat, sechs Ellen im Jahr.

Wie lange wird es dauern, bis sie dort drüben Sandkorn um Sandkorn mein Haus unter sich begräbt?"

Iver spürte, die Gedanken seines Bruders drehten sich nur um die Düne.

'So hat jeder seine eigenen Sorgen', dachte er.

„Was haben wir nicht schon alles versucht", fuhr Japp fort, „die Düne zum Halten zu bringen. Sandroggen haben wir gepflanzt und Strandhafer, Heide und Ginster. Aber der Sand kommt näher und näher."

'Die haben mit sich genug zu tun', dachte Iver.

Nein, nicht daß sie ihn los sein wollten. Auch die Schwägerin war nett und freundlich, wenn auch etwas wirr im Kopf.
Iver ahnte, woher das kam.

Japp und Ische hatten als junge Leute ein kleines Anwesen auf Strand besessen. Irgendwann lief das Gerücht herum, Ische hätte was mit einem jungen, fremden Kaufmann angefangen. Es wurde geredet und geflüstert, nicht so laut, daß die beiden sich hätten wehren können gegen die Vorwürfe, aber überall. Gewarnt wurde Ische erst durch das 'Trakin'*
Vermummte überfielen sie eines Abends, verbanden ihr die Augen und führten sie kreuz und quer durch die Gegend, so daß sie bald gar nicht mehr wußte, wo sie sich befand. Kein Wort sprachen die Entführer dabei, trotz ihrer Fragen und Bitten.
Und dann ließ man sie los. Sie hörte noch einige, sich entfernende Schritte und war alleine. Ohne sich sonst zu rühren nahm sie die Binde von den Augen und sah sich im dunklen Moor vor einem tiefen, mit braunem Wasser gefüllten Loch, in dem man früher Torf gegraben hatte.
Sie hatte lange gebraucht, bis sie endlich nach Hause gestolpert war. Japp hatte sie bereits überall gesucht. „Und", fragte er, nachdem sie erzählt hatte, „und, hast du mich mit dem Kaufmann betrogen?"
„Nein", hatte sie geschrien, „nein! Er hat mir schöne Augen gemacht und ich habe es ihm nicht verboten. Das war alles, Japp"
Japp glaubte an Isches Unschuld. Aber ihr Vater und ihre beiden Brüder mieden die beiden, sprachen kein Wort mit ihnen. Offenbar erwarteten sie, Japp würde das 'Wrögin' ausüben, die alte Strafe bei Ehebruch. Ehemann, Vater oder Bruder der Ehebrecherin hatten nach alter Überlieferung die Pflicht, die Strafe zu vollziehen.
Die Schuldige, oder die man für schuldig hielt, wurde ertränkt, im Winter einfach unter das Eis gedrückt. Bei Flut, denn die Flut sollte Sünde und Schande hinweg spülen.
Wenn Japp nichts unternahm, würden sicher die Brüder Isches handeln. Das wollte Japp damals nicht abwarten. Er verkaufte sein Anwesen weit unter Wert, verließ die Insel und wurde hier seßhaft.
Und so hausten sie hier. Kinderlos.
Ische mit dem Moorloch und Japp mit der Düne im Kopf.

* 'Trakin' = Warnung

Nein, hier konnte Iver nicht bleiben.
Er machte sich auf den Weg nach Husum.
Vielleicht fand er dort eine Bleibe, wo er mit Korbflechten sein Leben fristen konnte.

*

Herzog Friedrich war froh, als die Ankunft der Gesandten gemeldet wurde. In den letzten Wochen gab es sonst immer nur ein Thema, 'die große Manndränke'. Endlich konnte er hoffen, etwas Erfreulicheres zu hören.
Der Kanzler Kielmann führte die Gesandten Crusius und Brüggemann zusammen mit dem Sekretär Olearius hinein.
„Ich bin erfreut, meine Herren, Euch hier wieder zu sehen. Das scheint doch auf einen guten Verlauf Eurer Reise hinzudeuten. Der Zar ist offen für unsere Vorschläge?“
Friedrich sah bei diesen Worten Crusius an, bevor der jedoch antworten konnte, sprach Brüggemann.
Er berichtete von der Reise, erzählte von den Schweden, legte noch einmal den Verlauf der Audienz beim Zaren dar und übertrieb dabei ein wenig deren Ergebnis.
„Ich bin so fest von dem Erfolg überzeugt, daß ich Cordes schon mit sechs Mann nach Nisen vorausschickte. Sie sollen dort das Schiff bauen, mit dem wir die Wolga runter und über die Kaspi-See fahren werden.“

Und dann wurde der Herzog doch an Strand und vor allem an den Steuerausfall der Insel erinnert. Brüggemann wollte größere finanzielle Zuwendungen als vom Herzog vorgesehen. Mehr Geld für höhere Reisekosten und weitere Geschenke.
„Es reicht nicht, nur den Standespersonen Präsente zu machen. Pristaff, Bojaren, Wojewoden. Alle halten sie die Hand auf.“

Der Kanzler wehrte ab und berichtete von der Sturmflut und der gähnenden Leere in der herzoglichen Schatulle.
„Könnt Ihr nicht Konzessionen auf den Persienhandel verkaufen?“
„Konzessionen?“
Der Herzog war etwas erregt, wie so oft wenn es um Geld ging.
„Konzessionen haben wir schon eine ganze Menge vergeben. Nun erst wieder für den Deichbau. Aber bis davon Geld in unsere Kassen kommt, das dauert.“
„Nicht vergeben, verkaufen. Sofort und gegen bar.“ Ziemlich respektlos, wie Brüggemann dem Herzog widersprach. „Ein Kaufmann kauft sich das Recht, im

Rahmen der Vereinbarungen zwischen dem Herzog von Schleswig-Holstein..." Und nun begann er, um seine Respektlosigkeit wieder wett zu machen, die Titel des Herzogs aufzuzählen. „Genug, genug", unterbrach ihn dieser.
„Zwischen dem schleswig-holsteinischen Herzog und dem Schah Sefi von Persien, Geschäfte zu tätigen."
„Noch gibt es keine solchen Vereinbarungen."
„Es wird sie geben, bald!"
„Aber für dieses 'bald' gibt doch ein ordentlicher Kaufmann nicht einen Taler."
„Mein Vater ist ein ordentlicher Kaufmann. Er und andere haben für diese Reise schon Geld gegeben, Hoheit. Es ist doch einen Versuch wert, meine Herren."
„Zumindest kann ein solcher Versuch nicht schaden", unterstützte Crusius den Kaufherrn.
„Ich denke das auch", für neue Geldquellen hatte der Kanzler jederzeit ein offenes Ohr.
„Wir könnten vor allem die Kieler und Eckernförder Kaufmannschaft ansprechen. Geld kann man ja nur dort holen, wo was ist. Die Bauern haben nichts, der Adel hat mehr Schulden als Geld, und wenn es anders wäre, würden sie trotzdem nur schwer Bares rausrücken. Bleiben die Kaufleute. Nur, das geht sicher nicht so, wie Ihr Euch das vorstellt, Brüggemann. Ihr kriegt morgen das Geld und wir verkaufen übermorgen die Konzessionen. Nein, das muß vorbereitet werden, da müssen wir den Kaufleuten noch etliche gute Gründe mitliefern. Also es ist so: Was wir haben, bekommt Ihr mit. Auch einige wertvolle Geschenke. Die Idee mit den Konzessionen ist ja gut. Die könnt auch von einem Kanzler sein. Wir versuchen in der nächsten Zeit solche Konzessionen zu verkaufen. Und Ihr kriegt was ab. Eben wegen der Idee. Wir schicken es dann mit einem zuverlässigen Mann nach."
Das mußte nun selbst Brüggemann akzeptieren.

Später nahm Kielmann Olearius beiseite.
„Du warst mit dem Bericht des Hamburgers nicht einverstanden?"
„Der Bericht stimmte, alles Wichtige wurde gesagt."
„Und warum zogst du so oft die Stirn kraus?"
„Brüggemann war gar nicht gefragt. Crusius hätte antworten sollen."
„Brüggemann war schneller."
„Er ist immer schneller. Das ist ja auch in Ordnung."
„Aber?"
„Es sind ein paar mehr Leute nach Moskau gereist. Nicht nur Brüggemann. Und wenn ich das dann höre:
' i c h habe auf die Weiterreise gedrängt',

' i c h sprach mit den Schweden',
' i c h sagte bei der Audienz beim Zaren',
' i c h schickte Cordes nach Nisen'."
„Dir gefällt er nicht?"
„Er treibt tatsächlich voran. Ich frage mich immer wieder, wo er die Energie hernimmt. Im gewissen Sinne ist die Unruhe, die er immer wieder stiftet, ja auch gut. Aber er ist arrogant und das färbt auf Teile der Mannschaft ab und so wird dann unser Verhältnis zu den Russen strapaziert. Er bringt auch einige Leute gegen die Gesandten auf."
„Aber das ist noch nicht alles, ja?"
„Ich komme selbst gut mit ihm aus, wünschte nur, der Crusius würde mehr auf die Einhaltung unserer eigenen Vereinbarungen drängen. Brüggemann macht zu gerne Alleingänge."
„Gibt es da konkrete Dinge?"
Olearius zuckte die Achseln.
„Hm. Halte die Augen offen, mein Freund. Trinken wir noch einen Schluck, bevor wir schlafen gehen."

Stürmische Ostsee

Aus dem dicken Postpaket, das vor Glantz auf dem Tisch lag, suchte er einige Bögen heraus. Bei aller Zurückhaltung, die er sonst pflegte, die Briefe seines Sohnes gab er überall, wo es nur irgend möglich war, zum Besten. Sein Mitteilungsbedürfnis bei allem, was mit der Reise nach Persien zusammenhing, war auch Grund dafür, daß er häufiger als früher in den 'Ratskeller', das 'Schifferhaus' oder 'zum Ochsen' ging. Auch heute wollte er erzählen.

„Einige unserer adeligen Herrn haben auf dem Domberg, der 'Toompea' Quartier genommen", schrieb Christoff. „Auf der Toompea liegen die Domkirche und das Schloß und sie ist mit starken Türmen befestigt. Unter anderem stehen dort der 'lange Hermann' und 'kiek in de Kök'. Seit einigen Jahren herrscht Frieden zwischen dieser Oberstadt und dem übrigen Reval. Das war nicht immer so. Die adeligen Machthaber auf dem Domberg guckten darum den Bürgern ganz gerne in die Küche. Die 'Pikk jaleg' die Straße, die von der Stadt zum Schloß führt, ist darum in beiden Richtungen befestigt. Heute kann man auch als einfacher Bürger hier oben stehen und auf den Rathausmarkt runter sehen, wenn man die Torwachen passiert hat.
Wenn man es genau betrachtet, besteht Reval sogar aus drei Städten. Oben auf dem Berg das stark befestigte Toompea, dann ebenfalls gut befestigt, das eigentliche Reval, und die Vorstadt Fischermai und andere Siedlungen.
Die Revaler sind recht stolz darauf, eine Tochterstadt Bremens zu sein. Ab 1285 gehörten sie der Hanse an, ab 1561 waren sie schwedisch. Früher war Reval eine Republik, in der die verschiedenen Gilden großen Einfluß hatten. Den Einfluß haben sie noch und ohne ihreZustimmung können die Schweden nicht regieren.
Da gibt es zuerst die „Schwarzhäupter", die mächtige Vereinigung reicher Kaufleute, dann die Olai-Gilde, auch Kaufleute, dann die Knutgilde, ein Zusammenschluß der Handwerker. Die haben alle ihre eigenen festen Häuser in der Stadt und eine Menge zu sagen. Die meisten Bürger sind Deutsche, Dänen, Schweden. Die paar Esten, die man hier sieht, arbeiten in der Regel nur hier und wohnen in der Vorstadt.
Ich war schon einige Male in Fischermai. Dort nennen sie die Stadt 'Tallin'. Das kann ein normaler Mensch gar nicht nachsprechen. Mit so einem komischen 'l'. Geradeso, als würden sie die Zunge nach oben - oder nach unten, ich weiß es nicht - drücken. Und immer haben sie ein i oder ü am Ende. Jedenfalls ist die Sprache ganz anders als z. B. schwedisch oder dänisch. Auch anders als russisch oder polnisch. Das ist einfach eine Sprache für sich. Diese Leute haben auch Gilden. Die Fischergilde z. B.. Diese Esten sind ein fröhliches Volk. Ob die

Frauen oder Kinder vom Feld kommen, ob sie an den Fischerei-Geräten arbeiten oder die Fuhrleute mit ihren Karren unterwegs sind, sie singen. Wo zwei Esten zusammen sind, da wird gesungen.
Und erst bei einer Hochzeit!

Thomas und ich saßen in Fischermai bei einem wohlhabenden Fischer, der zwei hübsche Töchter hatte. Da kamen mit Gesang einige Leute auf das Haus zu. Eine ältere Frau und einige junge Burschen, die ein Branntweinfäßchen trugen. Es waren Brautwerber. Wurde das Branntweinfäßchen abgelehnt, war auch der Freier abgelehnt. Trank man zusammen aus dem Fäßchen, war die Werbung angenommen. Wir tranken. Einige Wochen später wurden wir zur Hochzeit geladen. Alle waren festlich gekleidet, in einer Tracht, die der der Russen ähnlich war. Alle Augenblicke stimmte einer einen Gesang an, in den dann nach und nach der Chorus einfiel. Zwischen Essen, Trinken und Singen verging die Zeit. Plötzlich wurde das Brautpaar ins Bett gebracht. Wir waren erstaunt, als sie nach etwa zwei Stunden wieder an den Tisch geholt wurden. Dann wurde weiter gefeiert.

Das war bei einem wohlhabenden Mann. Viele Esten, besonders auf dem Lande, sind arm. Um den drückenden Abgaben zu entgehen, gehen die Bauern in den Busch, ins Moor, roden im tiefsten Wald eine Fläche und bestellen dort ihre Äcker, um zu überleben. Dabei leben sie in Furcht. Werden sie vom Adel erwischt, müssen sie Spießrutenlaufen. Kein Wunder, daß es auch heute oft Aufstände gibt.

Dort in Fischermai hörte ich auch eine kleine Sage:
'Jedes Jahr im Herbst kommt einmal um Mitternacht ein kleines, graues Männlein zum Torwächter und fragt: 'Ist die Stadt schon fertig?'. Nun ist so eine große Stadt ja nie fertig, immer ist da noch was zu bauen, und wenn der Torwächter entsprechend antwortet, murmelt das Männchen sich erbost etwas in seinen Bart und verschwindet im Ülemistesee. Dieser große See liegt oberhalb der Stadt und versorgt Reval schon seit Jahrhunderten über eine Wasserleitung mit Wasser. Wenn aber die Stadt einmal fertig sein sollte, so geht die Sage, wird sich das Wasser des Ülemistesees über die Stadt ergießen und Reval ersäufen.'

Aber nun zu Wichtigerem. Wir haben, nicht zuletzt dank Herrn Heinrich Kosen, gute Kontakte zur Revaler Kaufmannschaft. Reval gehörte früher, wie Dorpat, Riga und Nowgorod zum vierten Quartier der Hanse. Es pflegt noch heute die alten Beziehungen, was dem Handel der Stadt zugute kommt. Neben den

Produkten des Landes rundherum, wie Getreide, Flachs, Wachs, Holz usw. werden aus den großen östlichen Wäldern Rußlands viele Pelze und aus südlichen Ländern Produkte wie Gewürze, Weine u. ä. gehandelt. Aus den Wäldern kommen auch Waldhonig und Erze. Metallerzeugnisse kommen zum Teil aus eigenen Werkstätten, zum Teil vom Ural. Thomas und ich sind der Meinung, engere Handelsbeziehungen zu Reval würden sich lohnen, zumal die Stadt auch beim Persienhandel eine Rolle spielen wird. Ich habe diesbezüglich bereits mit dem Kaufmann Herrn Franz Karbek einige Gespräche geführt. Natürlich unverbindlich.“

Diesen letzten Absatz hatte Glantz im ‘Ochsen’ vorgelesen und damit gleich ein reges Gespräch ausgelöst. Der dicke Garbsen, immer noch ein Mann des Herzogs, wenngleich er im Zollhaus kaum noch anzutreffen war, brachte sofort die Persien-Konzessionen zur Sprache. Glantz beglückwünschte sich im Stillen. Seinen Sohn mitzuschicken nach Ispahan, war doch eine gute Idee gewesen. Er war so oder so am Persienhandel beteiligt. Und dann nahm hier beim Bier ein anderer Gedanke, der ihn schon lange beschäftigte, Gestalt an. Er wollte schon seit Jahren den Unsicherheiten des Überseehandels begegnen. Sicher, die Schiffe der Maschopei brachten Geld ein, viel Geld. Aber wenn so ein Schiff mit Mann und Maus, und vor allem mit voller Ladung unterging, war auch der Verlust sehr groß. Glantz mochte großen Gewinn, wollte aber das Risiko klein halten. Zumindest wollte er abgesichert sein. Grundstücke, Häuser, das war was Solides. In Kiel waren einige Kaufleute bereits dabei, Speicher für den kommenden Handel mit dem Orient zu bauen. ‘Persische Häuser’ nannten die Kieler diese ganze neue Straße. Warum sollte er nicht in Eckernförde gleiches tun? Am Hafen ein Grundstück kaufen und einen Speicher bauen. Dann hätte er beides. Sicherheit und eine Option auf den Handel mit dem Schah. Glantz sagte jedoch nichts davon. Während die anderen das Für und Wider solcher Konzessionen erörterten, suchte Glantz schon in Gedanken das passende Grundstück, überlegte, wie groß der Speicher sein müßte. Vor allem dachte er darüber nach, ob es genügen würde, seinen Christoff bei der Gesandtschaft zu haben, oder ob er zusätzlich noch einige Taler riskieren müßte.
Ähnliches hatte wohl auch Otten gedacht.
„Dich interessiert die Frage der Konzessionen wohl nicht? Du denkst wohl, du bist mit deinem Christoff ausreichend beteiligt?“
„Zugegeben, darüber dachte ich nach.“
Glantz fühlte sich ertappt.

„Jedenfalls ist Christoff ein Extrapunkt bei der Geschichte. Aber kann man nicht, wie in Kiel, gemeinsam solche herzoglichen Konzessionen kaufen? Das wäre doch alles viel sicherer."

*

Währenddessen half Christoff Glantz seinem Quartiergeber Herrn Franz Karbek bei der Übernahme von Waren, die gerade auf zwei großen Fuhrwerken aus Narva gekommen waren. Franz Karbek handelte en gro und en detail. Während er den Einkauf machte und Weiterverkauf nach außerhalb, betrieb sein Sohn Johann ein Ladengeschäft. Nun aber waren alle Mann beschäftigt, die neue Ware in dem Speicher zu verstauen. Getreide, einige Fässer Honig, gepökeltes Fleisch und anderes waren geliefert.
Christoff fühlte sich wohl im Hause Karbek und verstand sich mit allen, besonders gut mit Ännchen. Nur einmal begegnete sie ihm einige Tage lang etwas kühl. Das war nach der Hochzeit in Fischermai. Kurz angebunden ließ sie ihn links liegen. Und der Junge verstand nicht, warum? Bis sie nach drei Schmolltagen kurz und knapp die Frage stellte:
„Es war wohl schön auf der Hochzeit?"
Christoff dachte an alles andere, nur nicht an die Hochzeit, und er muß sie wohl entsprechend dumm angesehen haben.
„Na, du hast da doch tüchtig mit dem Fischermädchen getanzt." Damit drehte sie sich um und verschwand in der Mädchenkammer.
Der Kaufmannssohn erzählte Thomas davon.
„Kannst du dir einen Reim darauf machen?"
Und sein Vetter lachte und lachte und lachte.
„Was soll das?" fragte Christoff wütend.
„Mensch, bist du dämlich! Begreifst du nicht, Christoff? Dein Ännchen ist eifersüchtig, ganz einfach eifersüchtig. Na, das solltest du ja wohl wieder ins Lot kriegen.

Die Gelegenheit dazu ergab sich bald.
Ein Schiff war eingelaufen und alle hatten am Hafen zu tun. Zusammen mit Ännchen ging der Kaufmannssohn runter, durch die große Strandpforte und dann durch Fischermai, wo er vor kurzem getanzt hatte. Aber nun hatte er nur Augen für seine Begleiterin und Ännchen wußte es und ließ sich die Aufmerksamkeiten gerne gefallen.
Am frühen Abend gingen sie auch gemeinsam zurück, diesmal nicht durch die Strandpforte. Sie schritten in weitem Bogen an der Stadtmauer entlang, überquerten die 'Grusbeke' und näherten sich der Mühle.

Welch eine Stille, im Gegensatz zum lebhaften Treiben am Hafen. Sie hörten die Vögel singen und wanderten den Bach aufwärts, bis vor ihnen die hohen Mauern der Festung oben auf dem Kalksteinfelsen aufragten. Die Stimmen der Burgwachen hallten herunter.
Direkt neben der Mühle war das Tor, das in die 'Süsterstraße' zum Nonnenkloster der Ziesterzienser führte. Von dort zu Karbeks Haus war es nur ein Katzensprung.
Hier vor dem Tor blieben sie unter einem Hollunderbaum stehen. Fast betäubt von dem Duft der Fliederbeerblüten und den Umarmungen vergaßen sie die Zeit.
„Mehr, mehr“; hauchte Ännchen zwischen den Küssen. „Immer mehr!“
Das laute Knarren der Torflügel brachte sie zur Besinnung. Wollten sie nicht die Nacht vor den Toren verbringen, mußten sie sich sputen.

*

Die Krankheit Olearius', die er bei den Brüggemanns in Hamburg auskurierte, hatte die Abreise verzögert. Es war bereits Ende Oktober, als sie sich in Lübeck einschifften, bei starkem Wind, der ein Auslaufen unmöglich machte und zu einer Kollision mit zwei anderen Schiffen führte. Dann ging es doch am 28. Oktober 1635 um 5 Uhr morgens unter Segel. Es war dunkel und ungemütlich. Regen und Ostseewasser klatschte den Seeleuten ins Gesicht. Als es dann im Osten langsam dämmerte, frischte auch der Wind auf, entwickelte sich zu einem richtigen Sturm, der das Schiff vor die schwedische Küste trieb und vor der Insel Öland auflaufen ließ. Es half nichts. Um das Schiff ohne Schaden wieder flott zu kriegen, mußte geleichtert werden. Die Gesandten, ihre Begleiter und viel Gepäck wurden an Land geschafft. Eine gefährliche Arbeit, bei der der Schiffszimmermann ertrank. Ein böses Omen.
Während die Seeleute das Schiff frei machten, fertigten die Gesandten in Calmar zwei Boten nach Gottorp ab, die neue Beglaubigungsschreiben holen sollten. Die Papiere hatten zu sehr unter Seewasser gelitten. Dann gingen sie wieder an Bord und segelten durch den Calmar-Sund weiter.

Am 6. November passierten sie im tobenden Sturm Gotland und sichteten einen Tag später die Insel Dagö. Bei dem immer noch herrschenden starkem Wind war es jedoch unmöglich Reval anzulaufen oder, vor Dagö liegend, besseres Wetter abzuwarten und so trieben sie, bei immer stärker werdendem Sturm wieder aufs offene Wasser.

Stürme waren um diese Jahreszeit auf der Ostsee keine Seltenheit. Aber nun schon über 10 Tage, fast ohne Atem zu holen, dieser orkanartige Wind? Sollten jene recht behalten, die vor einer Seereise um diese Jahreszeit gewarnt hatten? Crusius machte dem Steuermann gegenüber so eine Bemerkung.
„Da können wir nur zu Gott beten, daß es abflaut", schrie dieser zurück.
Zum Beten jedoch war keine Zeit.
Alle Mann hatten an den Tauen und Pumpen zu tun.
Mit einem gewaltigen Krach ging der Großmast über Bord. Am Speigatt lag verkrümmt der Bootsmann, von einer gebrochenen Trosse erschlagen. Niemand hatte Zeit, sich um den Toten zu kümmern. Fieberhaft versuchten sie unter den Befehlen des Steuermanns, wieder klar zu kommen. Mit Äxten, Beilen und Messern schlugen sie auf Holz und Taue einen, bis Mast und Takelage hinten raus trieben. Fast zwei Tage ritten sie im Schutze der Insel Hogland den Sturm ab. Das Focksegel wurde unklar, die Kajüte von einem schweren Brecher zerschlagen. Nur mühsam hielten sie das Schiff mit Pumpen über Wasser und schafften es, abends vor Anker zu gehen. Die Gesandten erreichten unter Lebensgefahr das Land und fanden Obdach bei livländischen* Fischern.
Und noch einmal gewann der Sturm an Macht. Die Gesandten gingen mit den Fischern an den Strand und sahen dem Kampf des Kapitäns und seiner Mannschaft mit den tobenden Elementen zu, ohne helfen zu können. Gegen die schweren Boen konnten sie sich an Land kaum auf den Beinen halten. Nur unklar erkannten sie durch die Gischt, was an Bord geschah. Die kümmerlichen Reste der Segel schwangen am Fockmast im Winde hin und her. Anscheinend lag das Schiff schon auf Grund, war völlig manövrierunfähig. Wollten sie nun etwa noch versuchen, einen Anker auszubringen?
Nein, sie brachten ein Boot zu Wasser. Es gelang. Sie kamen vom Wrack frei, näherten sich dem Ufer und wurden mehr tot als lebendig von den Fischern an Land gezogen.

Als wäre dem Orkan nun endlich die Puste ausgegangen, flaute es über Nacht ab. Am Morgen des 11. November blies ein stetiger, naßkalter Wind über das Wrack. Mit Hilfe der Fischer wurden die Pferde und etliches Zeug herunter geholt und an Land gebracht. Das Schiff war nicht zu retten.
Üchteritz fuhr mit einem finnischen Boot nach Reval und berichtete von dem Geschehen.

* livländische Fischer, hier sind estische Fischer gemeint, die Gesandten machten keinen Unterschied zwischen Liven, Letten, Esten

Viele widersprüchliche Meldungen hatte die Wartenden in Reval in den letzten Tagen beunruhigt. Verschiedentlich war das Schiff gesichtet worden, und dann plötzlich ganz verschwunden. Wegen des Unwetters mußten sie befürchten, es sei mit Mann und Maus den Wellen zum Opfer gefallen. Wie groß war die Freude, als die Gesandten endlich, am 18. November auf das Festland geholt wurden. Anfang Dezember zogen sie unter großer Anteilnahme der Bürger von Reval in die Stadt ein, wurden zu Dankgottesdiensten und Gratulationsempfängen eingeladen und überall begrüßt, als wären sie vom Tode auferstanden.
„Dies war die böse Seite dieser Reise", brachte Flemming seine Philosophie zum Ausdruck. „Nun werden wir die guten Seiten erleben."
„Ja, ja. Zuerst muß es schlechter werden", meinte der Kaufmann Karbek, „sonst kann es ja nicht besser werden."

*

Im tiefsten Winter waren sie in Reval angekommen, hatten die dunkle, lange Winternacht erlebt, das Fest der Mitternachtssonne mitgefeiert, jetzt war es wieder Winter. Am 24. Februar wurden 30 Schlitten mit Mannschaft und Geräten nach Narva vorausgeschickt. Am 2. März folgten die Gesandten dem Troß. Während der Schlittenfahrt hielten sich alle sehr dicht beisammen. Erst einen Monat vorher sollten Wölfe oder Bären einige Bauern sehr schlimm zugerichtet haben. Nur wenige Tage später reisten sie weiter nach Nowgorod, wo sie vom Pristaff erwartet wurden. Dann ging es mit frischen Pferden und Schlitten weiter nach Moskau. Die Freunde in Kukui wollten natürlich alles Neue aus der Heimat hören. Die Gesandten dagegen waren begierig darauf zu erfahren, was sich in Moskau, besonders im Kreml ereignet hatte. In der deutschen Siedlung starb Franz Wilhelm Lachar an den Folgen eines Unfalls. Beim Umkippen eines Schlittens war ihm die Reisetruhe Brüggemanns auf die Brust gefallen. Der Tod bedrückte die Mannschaft und schürte den Groll gegen Brüggemann, gerade, als sei er schuld an dem Unfall. Als dann durchsickerte, Brüggemann habe eine geheime Audienz beim Zaren gehabt, wurden alle Schritte dieses Gesandten mißtrauisch beobachtet. Im April war er zum zweitenmal ohne Absprache und ohne den anderen Gesandten Crusius zu informieren, beim Zaren. Und als er dann im gleichen Monat über zwei Stunden mit dem Zaren in dessen Schatzkammer geheim tagte - wer vermittelte ihm eigentlich immer diese Audienzen? - beriet sich der Gesandte Crusius mit dem Sekretär Olearius. Aber da kam nicht viel bei heraus. Zwar waren sie sich einig in der Beurteilung diese Vorgehens. Sie verzichteten jedoch darauf, Brüggemann zur Rede zu stellen, da sie nichts als Ausflüchte zu erwarten hatten. Aber sie wollten aufpassen.

Mit Macht bereiteten sie nun die Weiterreise vor und warteten auf die Reisegenehmigung des Zaren.
Christoff nutzte die Zeit, um seinem Vater schnell noch einen Brief zu schreiben. Wer konnte denn wissen, wann sich wieder die Gelegenheit ergab.

Werter Herr Vater!
Ostern ist gekommen. Zu einem anderen Termin, als bei uns, wie ja vieles bei den Orthodoxen anders ist. Über 10.000 Menschen warteten vor dem Schloß.
„Christus ist auferstanden", grüßten die einen. „Wahrhaftig, er ist auferstanden", dankten die anderen. Sie beschenkten sich mit bunten Eiern, legten auch wieder Lebensmittel auf die Gräber ihrer Verstorbenen. Die Kirchen, und es gibt an die 200 Kirchen in dieser Stadt, waren voll Besucher.
Während die Hofleute der Gesandtschaft mit dem Zarewitsch Knees Ivan Michael auf Falkenjagd gehen oder in der deutschen Siedlung feiern, pflegt Brüggemann weiter seine Heimlichkeiten. Im Mai und im Juni traf er wieder mit dem Zaren oder dessen Vertrauten zusammen. Crusius und Olearius sehen einen engen Zusammenhang mit dem Besuch einer polnischen Gesandtschaft, die zu dem gleichen Zeitpunkt in Moskau weilte und sind sehr beunruhigt. Aber zu fragen wäre wohl sinnlos und so bleibt nur eine gereizte Stimmung, die sich auch unter der Mannschaft breit macht, zumal diese nicht recht was zu tun hat.

Genau zu diesem Zeitpunkt erhielt Olearius das Angebot des Zaren, als Hofastronom im Kreml zu bleiben. Steckte da auch Brüggemann dahinter? Wollte er den aufmerksamen Beobachter los werden? Crusius stellte es dem Sekretär anheim, selbst zu entscheiden. Aber es gab zwei Gründe, abzulehnen. Zum einen betrachteten viele Russen seine Tätigkeit abergläubisch als bösen Zauber, zum anderen hatte Olearius von dem hohen Stand der Künste und Wissenschaften in Persien gehört. Die wollte er unbedingt kennenlernen.
„Die sind mir hier zu primitiv", sagte er auf eine diesbezügliche Frage. Das hat mich gewundert, denn sonst hält er immer sehr viel von anderen Völkern und sagt: „Wenn man will, kann man von jedem lernen." Er hatte dieserhalb schon eher Streit mit Brüggemann.

Obwohl abergläubisch, kann man die Russen weder grob noch primitiv nennen. Rußland hat viele Kirchen, prachtvolle Gebäude, eine kunstvolle Architektur, außen wie innen. Aller Glanz Rußlands wurde in die Schlösser des Zaren und in die Kirchen gesteckt. Aber drin in den Kirchen gibt es keine Sitzbänke und keine Orgeln oder andere Instrumente. Zum Gottesdienst singen kraftvolle Männerchöre.

Olearius fragte nach dem Mangel an Instrumenten.
„Wie kann man Gott mit seelenlosen Geräten dienen?“ kam die Gegenfrage. „Der Gesang, aus tiefer, inbrünstiger Seele an Gott gerichtet, das ist wahrer Gottesdienst.“

Ja, es ist eben vieles anders, als in Holstein. Auch die Schrift. Gebildete Menschen haben interessante Bücher, allerdings in einer Schrift, die ich nicht lesen konnte, obwohl ich die Russen schon sehr gut verstehe.
Nein, ungebildet sind sie nicht.
Die Händler rechnen schnell wie der Blitz und sind im Handel fix. Auf dem Basar gibt es Waren aus aller Welt. Die Händler schreien und reden in einem fort. Dabei versuchen sie Kunden anzulocken und gleichzeitig die Konkurrenz mit bitterbösen Worten zu verscheuchen. Dabei halten sie zumeist ihre Kopeken im Mund und es ist ein Wunder, wie sie dann mit vollem Mund schimpfen. Da laufen sie nun auf dem Markt herum, in weiten Hosen und Hemden, über die Hosen fallend einen Kaftan. Die Reichen tragen darüber noch einen Rock aus Damast oder Atlas, mit langen Ärmeln, reich mit Münzen oder anderem Schmuck benäht. Darüber tragen sie noch Pelze und hohe Mützen aus Zobel, Schwarzfuchs, Biber oder anderen Pelztieren. Kurze, spitzauslaufende Schuhe vollenden ihre Kleidung. Man sieht auch, wo die Pelze herkommen. Die Nordländer, u. a. viele Samojeden, handeln auf den Märkten mit den Rohpelzen.
Und reinlich sind diese Russen. Ihre Schwitzbäder sind herrlich. Oft werden sie von Männern und Frauen gemeinsam besucht. Und nach dem Baden wird dann geruht. Auch nach dem Mittagessen wird erst geschlafen. Eine Unsitte ist das Tabaktrinken. Da sitzen die Männer und trinken den Rauch ein, bis sie ganz dösig werden und sie sind dann zu nichts mehr zu gebrauchen. Das aber muß heimlich geschehen, denn der Zar hat erst im Frühjahr das Tabaktrinken verboten. Nicht verboten ist das Alkoholtrinken, und dem wird reichlich zugesprochen. Die Bauern, überhaupt die einfachen Russen, leben bescheiden. Sie wohnen in roh gebauten Hütten. Schlafen im Sommer auf irgendwelchen Fellen, im Winter auf den großen, gemauerten Öfen. Wenn es ihnen gut geht, haben sie Rüben, Kohl, Grütze auf dem Tisch. Dazu gibt es gesalzenen oder getrockneten Fisch, oder aber Schaf-, Schweine- oder Rinderfleisch. Dazu trinkt man Quaß. Zur Fastenzeit ißt man Fisch und Piroggen. Ein gewöhnliches Essen zur Fastenzeit ist auch ‘Ikari’, das ist Kaviar. Und Knoblauch wird verzehrt, immer und überall, ungeachtet der Ausdünstungen.“

*

Wie im Vorjahr streiften die jungen Männer durch die Gassen Moskaus. Am meisten hatten es ihnen dabei die Märkte angetan. Als Christoff eines Tages über den Basar strolchte, blieb er plötzlich erschrocken und wie angewurzelt stehen. Direkt neben ihm hörte er durch eine Zeltwand die schnarrende Stimme Brüggemanns.
„Wir können so gut nach Archangelsk fahren, wie die Engländer und Holländer."
Das war Brüggemann, konnte niemand anders sein. Der Junge war sich sicher, obwohl er natürlich durch die Leinwand nicht sehen konnte.
„Der Zar hat aber den Engländern Meistbegünstigung eingeräumt, hat feste Verträge mit den Holländern. Ich weiß nicht, ob ich da für dich am Hofe irgend etwas tun kann", antwortete eine fremde Stimme.
„Wir Hamburger zahlen nicht schlechter als Holländer und Engländer."
Das war wieder Brüggemann.
„Aber über Reval sind die Frachtkosten natürlich zu hoch. Da können wir nicht mithalten, mit jenen, die per Schiff bis zu euch vor die Haustür an die Dwinamündung fahren."
„Du siehst nur die eine Seite. Vergiß nicht, das Weiße Meer ist nur wenige Monate im Jahr eisfrei. Ich halte die Hafenfrage für uns auch nicht für so wichtig. Wenn wir uns einigen, kann der Handel Ural - Hamburg gedeihen, egal ob über Archangelsk oder über Reval. Vielleicht über beide Städte, wenn wir Russen erst wieder an der Ostsee sind."
Hatten solche Gespräche noch etwas mit dem Auftrag der Gesandtschaft zu tun?

Christoff war unschlüssig, was er tun sollte.
Ohne es zu ahnen, war er an eines der Zelte geraten, in denen Wirte für das leibliche Wohl der Händler sorgten. Im Innern standen Tische und Bänke, es wurden Piroggen gereicht und neben Kwaß auch Branntwein ausgeschenkt. Und an einem dieser Tische saß nun wohl der Hamburger Kaufmann. Aber mit wem? Das müßte er doch erfahren.
Nur dort, wo er gerade stand, konnte er ohne Mühe verstehen, was drinnen geredet wurde. Um zu sehen, müßte er jedoch zum Zelteingang gehen, müßte seinen Lauschposten verlassen und sich darüber hinaus der Gefahr aussetzen, von Brüggemann erwischt zu werden. Wenn das passierte, würde er ja seines Lebens nicht mehr froh werden,
Und gerade heute war er alleine unterwegs.
Also stehenbleiben?
Die beiden hinter der Zeltwand schwiegen sich im Augenblick aus. Also schlich Christoff nach vorne zum Zelteingang. Aber dort standen zwei Knechte, die dafür Sorge trugen, daß die Gäste im Innern ungestört blieben.

Dieses unvermutete Hindernis bestärkte ihn in seiner Absicht, zu erfahren, wer der Gesprächspartner des Gesandten war.
Durch das Gewühl der Marktbesucher hindurch schlängelte er sich zur Rückwand des Zeltes und hatte Glück. Zwei Bahnen schlossen nicht richtig. Mit einer Hand konnte er den Spalt verbreitern und ins Innere blicken.
Ja, richtig. Da vorne saß Brüggemann, unverkennbar. Leicht vornüber gebeugt sprach er auf sein Gegenüber ein, dessen gedrungene, kräftige Gestalt dem Kaufmannssohn seltsam bekannt erschien.
Es war der Bojar Morosow.
Sofort entschloß er sich, wieder auf seinen Horchposten zurückzugehen, da stand Morosow auf und verließ nach einem kurzen Abschied das Zelt.
Schade, überlegte Christoff, nun hatte er vielleicht doch wichtige Gesprächspunkte versäumt.
Aber soviel war doch klar geworden; an den Bemühungen der Gesandtschaft vorbei, versuchte der Hamburger mit Morosow Handelsbeziehungen zum Ural aufzunehmen.

Und als er länger darüber nachdachte, wurde ihm bewußt, daß dies ein gefährliches Wissen sein könnte, das man besser niemandem mitteilen sollte. Oder vielleicht doch Thomas?
Der aber war mit ihm der Meinung, auch weiterhin zu schweigen, dafür aber die Augen offen zu halten.

Wolga-Fahrt

Das war schon einige Male passiert. Sie hatten gewartet, ungeduldig, angespannt, Tage, Wochen. Aber Anspannung hält sich nicht unbegrenzt, schlafft irgendwann ab, die Ungeduld weicht einer 'ist doch egal Stimmung'.
In Travemünde hatten sie auf günstigen Wind gewartet, in Riga auf Frost, in Moskau auf die Audienz, in Reval auf die Gesandten. Und nun warteten sie schon Wochen auf die Reisegenehmigung, hatten sich bereits daran gewöhnt, bewegten sich in der großen Stadt, lebten in ihr, als sei das Warten der wichtigste Zweck ihres Daseins.

Und wie immer ging es dann ganz plötzlich und ganz hastig los, und alles war brandeilig.
Das war am 20. Juni 1636.
In Moskau angeheuerte Mannschaften waren bereits nach Nisen abgegangen, ein kleines Schiff angemietet. Eine Brücke, die dem Schiffchen den Weg versperrte, wurde teilweise abgebaut. Vom Zarewitsch, der mit einem kleinen Boot betrunken und singend vorausfuhr, wurde holterdiepolter Abschied genommen. Während die Gesandten an der Reling standen und mit kleinen, bunten Tüchern winkten, stand Knees Ivan Michael in dem kleinen Schiffchen, das genauso schwankte, wie der Prinz, und begleitete sein Lied mit weit ausholenden Gesten.

„Oh, ihr Nächte von einst, Jugendwonnen,
oh, wie weh doch Erinnerung tu-ut..."

Dann blieb auch er zurück, wurde kleiner und kleiner während die Reisenden neuen Zielen entgegenfuhren.

Von der Moskwa in die Oka, die Oka ostwärts, vorbei an kleinen Tatarendörfern, und bei Nisen rein in das breite Bett der Wolga.
150 Meilen von Moskau entfernt hatte Cordes das Schiff gebaut, ein flaches, extra für die Flußfahrt geeignetes Fahrzeug, das sich von den russischen und tatarischen Booten, die in der Stadt lagen, unterschied. Die großen Russenschiffe wurden getreidelt. Hundert und mehr Leute zogen vom Ufer aus die Boote stromaufwärts. Dann gab es noch die sogenannten 'Strusen', große, flachbordige Schiffe, die 400 bis 500 Last* befördern konnten.

* Last = etwa 20 Tonnen

In kleinen Beibooten brachten die Treidler einen Anker einige Schiffslängen flußaufwärts und warfen ihn dort aus. An Bord der Struse packten die Männer das Ankertau und gingen mit dem Seil auf den Schultern die 100 bis 120 Fuß* bis zum Heck, sausten wieder nach vorne, packten das Seil, zogen weiter, bis das Schiff den Anker erreichte. Das wiederholte sich ein- um das andere mal. Nur durch das Treideln konnten diese großen Schiffe stromaufwärts gebracht werden.

Die Gesandtschaft jedoch wollte auf dem großen Fluß auch segeln und das bedingte eine besondere Konstruktion. Cordes hatte das Schiff zudem so gebaut, daß es nicht nur für die Flußfahrt, sondern auch für die Kaspi-See geeignet war. Bei 120 Fuß Länge hatte es einen Tiefgang von sieben Fuß. Zusätzlich zu den drei Masten war es mit 24 Riemen ausgestattet. Auch mehrere Kabinen und einige Schiffskanonen waren vorhanden.

Der Wojewode Nisens, bei dem selbstverständlich Abschied gefeiert wurde, gab wohlmeinende Ratschläge.
„Haltet euch in der Flußmitte“, sagte er. „Am Strom lang streifen Kosaken, und Kosaken sind Räuber. Mit den Tataren in den kleinen Städten werdet ihr keine Schwierigkeiten haben. Aber die Kosaken.“
Und er ließ auffahren.
„Erzähle uns von den Kosaken. Wo kommen sie her, was machen sie, außer daß sie räubern? Wie viele gibt es davon? Sind sie auch Untertanen des Zaren?“
Die Reisenden hatten so viele Fragen, daß dem Wojewoden schwindlig wurde.
„Kosaken sind Räuber“, wiederholte er, um dann aufzufordern:
„Trinkt, Brüder. So jung kommen wir nicht wieder zusammen.“

Wie immer drängte vor allem Brüggemann auf die Abfahrt. Aber er hatte diesmal starke Unterstützung in Cordes.
„Der will nur sehen, ob sein Schiff auch schwimmt“, scherzte Heinrich Schwarz. Aber Cordes hatte gute Gründe für sein Drängeln.
„Ach, Brüderchen, warum so eilig? Persien läuft doch nicht fort. Trinke lieber, trinke.“
Zwar fühlten sich die Gesandten dem Wojewoden verpflichtet, hatte er doch zu ihren Gunsten ein Machtwort gesprochen, als der Schmied sie beim Schiffbau übervorteilen wollte. Darum war es nicht ganz einfach, sich zu verabschieden.

* Fuß = 12 Zoll = 28,6 cm

Aber der Wasserstand der Wolga wurde mit Fortgang des Sommers immer niedriger. Wollten sie einigermaßen freie Fahrt haben, durften sie nicht länger warten. Ein kurzer, lauter Abschied von den wenigen Deutschen, den Russen und auch den Tataren.
Der Wojewode saß trübselig vor dem halbleeren Becher an seinem Tisch. Die Gesandten bestiegen ihr Schiff, da kam der Wojewode, von zwei Männern gestützt, ans Ufer.
„Bleibt doch noch ein wenig, Brüder und seid vorsichtig, denkt an die Räuber, die Kosaken", rief er ihnen zu, während das Schiff ablegte. Das Weitere konnte niemand mehr verstehen.

*

Ja, es war höchste Zeit gewesen. Schon zwei Stunden unterhalb Nisens lief das Schiff auf Grund. Nicht zum letzten Mal übrigens. Der Stromverlauf war unübersichtlich und immer wieder trafen sie auf Sandbänke, von denen angeblich niemand wußte. Es war jedesmal eine harte Arbeit, das Fahrzeug wieder frei zu bekommen.
Zwei Tage fuhr die 'Friedrich', so hatten sie das Schiff getauft, die Wolga hinunter. Breit war der Strom und wurde täglich mächtiger. Große Inseln lagen im Fluß, einige dicht bewaldet, andere nur Sandbänke, die in der unterschiedlichen Strömung ihre Plätze wechselten. Über weite Strecken reichten herrliche Birkenwälder bis zum Ufer. Dann kam wieder hohes Steppengras soweit das Auge reichte und das zwischen grün, braun und blau in allen Schattierungen auftrat. Am Ostufer tauchten einige Male Herden auf, riesige Herden. Rinder, Schafe, Ziegen. Und Pferde. Pferde, deren Maul noch keine Kandarre, deren Hufe noch keine Eisen kannten. Neugierig kamen die Hirten auf ihren kleinen, struppigen Tieren näher zum Strom, in ihren Händen die Soils, lange Stangen, vorne versehen mit einer Schlinge zum Einfangen der Tiere. Sie standen, blickten zum Schiff, ließen aber Winken und Rufen unbeachtet.

Die Wachen wurden eingeteilt. Unter dem jeweiligen Kommando der beiden Gesandten und des Marschalls, Hermann von Stadens, wurden drei Rotten festgelegt. Der Stallmeister, Johann Albrecht von Mandelslohe wurde der Vertreter Crusius, Olearius Vertreter Brüggemanns. Keine leichte Aufgabe für den Sekretär, aber wenn überhaupt einer, dann konnte Olearius mit Brüggemann klarkommen.
Das militärische Kommando mußte Brüggemann endgültig den Kopf verdreht haben. So dachten jedenfalls große Teile vor allem der Mannschaften. Jede

Gelegenheit zu Schießübungen nahm der Hamburger Kaufmann wahr. Noch mehr als bisher kommandierte er herum. Schon bald sollte es den ersten Ärger geben. Olearius und v. Mandelsloe waren in Cassan an Land gegangen, hauptsächlich, um frische Lebensmittel einzukaufen. Da vereinbart war, erst am nächsten Tage weiterzufahren, schickten sie die Diener mit den Lebensmitteln zum Schiff zurück und machten selbst einen ausgedehnten Stadtbummel.

Anders als Nisen war Cassan eine ausgesprochene Tatarenstadt. Sah man genau hin, erkannte man das schon an den Bauten. Wie in allen Städten herrschte Holz als Baumaterial vor. Aber in Nisen gab es Kirchen und Moscheen, es gab das steinerne Haus des Wojewoden. Hier aber erschienen selbst die Paläste der Tatarenfürsten als armselige, verfallene Buden.

Die paar Christen und Mohamedaner, die hier wohnten, beteten wohl in irgendeinem Privathaus. Die meisten Bewohner Cassans waren Heiden, weder getauft, noch beschnitten. Viele Männer lebten in Vielweiberei. Eine Menge Kinder, viele fast nackt, tobten in den engen Gassen, balgten sich mit den Hunden. Andere halfen ihren Eltern bei der Arbeit. Vor den Schmieden bedienten sie die Blasebälge oder sie rührten vor den Gerbereien die Gerbflüssigkeiten in riesigen Bottichen. Dann trieben Halbwüchsige eine Ziegenherde in die Stadt und Olearius und v. Mandelsloe mußten warten, bis der Weg frei war.

Je weiter die beiden zum Stadtrand kamen, um so baufälliger wurden die Hütten, um so dreckiger die Wege. Olearius und v. Mandelsloe kehrten um und gingen zum Hafen zurück.

Sie glaubten ihren Augen nicht zu trauen. Das Schiff war weg. In einem Wagen mußten die Einkäufer stromabwärts hinterherfahren und kamen erst am Abend wieder an Bord. Gegenüber ihren Vorhaltungen grinste Brüggemann nur und zuckte die Achseln.

Wieder und wieder gab es Probealarm. Würde die Mannschaft einen echten Zwischenfall überhaupt noch ernst nehmen?

Im „Tal der Apfelblüte“ machte einer der russischen Begleiter die Gesandten bereits zum zweiten Mal auf vier russische Ruderknechte aufmerksam, die in Wahrheit Kosaken sein sollten.

„In Eisen legen und beim nächsten Wojewoden abliefern“, schimpfte Brüggemann. „Wir sind immer viel zu langmütig!“

„Langsam, langsam!“ Crusius wollte nicht unüberlegt handeln.

„Es liegt doch gar nichts Konkretes gegen die vier vor. Wir wollen aber trotzdem vorsichtig sein. Die beiden Verpflegungsschuten würden im Ernstfall nur stören.

Außerdem möchte ich nicht, daß die Lebensmittel möglichen Räubern in die Hände fallen. Wir laden um und dann verbrennen wir die Schuten.“
So geschah es.

Das machte aber die Mannschaft hellhörig. Kaum einer an Bord schlief. Die Waffen wurden parat gehalten. Am Ufer wurden zwei große Feuer entdeckt. Brüggemann, der sofort wieder das Kommando an sich riß, schickte Soldaten auf Kundschaft.
Langsam entschwand das Boot den Blicken. Das Plätschern der Riemen wurde leiser. Dann waren nur noch die Geräusche des Flusses zu hören. Ein springender Fisch, ein aufgeschreckter Wasservogel, am anderen Ufer Froschgequacke. Cordes legte das Ruder ein wenig herum, damit sie wieder mehr die Mitte des Stromes erreichten. Plötzlich drei Schuß. Alle fuhren zusammen. Und während sie noch ängstlich überlegten, was geschehen sein könnte, kam vom fernen Ufer die Antwort. Und dann schrie jemand auf russisch.
„Wir sind Strelitzen!“
Und die Männer auf den Booten bestätigten:
„Ja, es sind Strelitzen!“
Dann warteten sie wieder, aber die Männer kamen nicht zurück.
Brüggemann brüllte, schrie und gab endlich, als die Soldaten immer noch nicht an Bord kamen, den Befehl, die Kanone zu laden und auf das Ufer zu richten. Das wurde denn gerade noch von Crusius und dem Marschall verhindert. Etwas später kamen die Soldaten. Sie hatten, wie es sich gehörte, die Strelitzen in der Wildnis auf russische Art begrüßt und waren entsprechend vergnügt.

Einige Tage darauf schien es schon ernster zu werden. Zwei Mann in einem Boot, angeblich Fischer, fuhren für Brüggemanns Geschmack zu dicht an das Schiff heran. Er ließ sie festnehmen und verhörte sie. V. Uchteritz und der Stallmeister, die zusammen standen, schüttelten die Köpfe. Die Angst vor Kosaken, Tataren und Räubern schien dem Hamburger jede vernünftige Überlegung geraubt zu haben. Aber dann machten die Männer aus dem Boot unterschiedliche Angaben. Der eine behauptete, auf einer Insel vor Saratoff würden über 500 räuberische Kosaken lagern. Der andere bezeichnete diese Aussage als falsch. Wer hatte nun recht? Diesmal setzte Brüggemann sich durch. Beide wurden am folgenden Tag mit dem Pristaff zum nächsten Wojewoden geschickt.

Probealarm, Kundschafterei, das dauernde Kriegsspielen machten die Lage nicht sicherer. Die einen wurden überängstlich, andere wurden einfach dickfällig. Einige auch leichtsinnig, gaben häufig ‘falschen Alarm’, nur um sich an den

Reaktionen Brüggemanns zu ergötzen. Die Stimmung an Bord wurde schlechter. Und dann, als das Bier alle war und die Männer mit Essig gemischtes Wasser trinken mußten, war der Tiefpunkt erreicht. Und gerade da kamen zwei Fischer an Bord. Da man auf diesem Strom immer irgendjemandem begegnete, war das normal. Dann wollten die zwei angeblich Fische verkaufen, hatten jedoch noch keine gefangen. Brüggemann fragte:
„Sind Kosaken in der Nähe?"
Der ältere der beiden Fischer schüttelte verneinend den Kopf. Brüggemann ging mit dem jüngeren unter Deck, nahm ihn alleine ins Gebet und erfuhr, daß im Busch gegenüber 80 Kosaken mit acht Booten lagerten. Mit finsterem Gesicht wurde dies vom Alten bestätigt. Die Wachen wurden verstärkt. Das Schiff war gefechtsbereit. Die vielfältigen Geräusche, die auch sonst jede Nacht vom Ufer herüberdrangen, hörten sich plötzlich ganz anders, gefährlicher an. Alle waren froh, als der Morgen graute und das Schiff immer noch ungefährdet den Fluß herabtrieb. Sie setzten wieder Segel.
Aber die Unruhe wich nicht. Die tatsächlichen Gefahren, die da lauern konnten, waren schon groß genug. Lauter fremde Völker bewohnten auf beiden Ufern den Lauf der Wolga, vom Zaren erst in den letzten Jahrzehnten unterworfen und vor allem aus diesem Grund noch immer bereit, sich zu widersetzen. Die Russen der Begleitung sagten einfach 'Tataren'. Hörte man jedoch genauer hin, dann gab es Tscheremissen, Tschuwaschen, Mordwinen, Kasachen, Baschkiren, Kalmücken, Kirgisen, Kiptschaken. Und alle diese Völker bestanden aus unterschiedlichen Stämmen und Sippen, die jede für sich dem Zarenreich gegenüber eine andere Politik betrieben. Und so fühlte sich niemand sicher, als tags darauf zwei Schuten mit 400 Kalmücken in Sicht kamen. Waren das nun Zarentreue oder Räuber?
Dann querte ein Boot mit 10 Kosaken den Fluß. Wollten die sich vielleicht mit den anderen vereinen?
Bei dieser Gelegenheit zeigte sich, daß es dem Hamburger Gesandten an persönlichem Mut nicht mangelte. Mit acht Musketieren machte er sich in einem Boot auf die Verfolgung, ohne allerdings in der nun anbrechenden Nacht Erfolg zu haben. Das einzige Ergebnis dieser Jagd war ein Krach zwischen Brüggemann und dem Marschall, der dieses Vorgehen leichtfertig und darum gefährlich nannte.

Und wieder einmal hatte Brüggemann Wache. Ein großes Boot lag auf dem gleichen Kurs wie das Schiff der Holsteiner, und der Kaufmann ließ sofort schießen. Ganz verstört kam ein Russe herüber, der das Schießen offensichtlich nicht verstand. Endlich kam heraus, sie hatten in der Stadt Holz verkauft, den guten Preis mit Branntwein gefeiert, und nun lagen auf dem Boote seine Brüder so betrunken, daß sie sich nicht rühren konnten. Das also war keine Gefahr für das Schiff. Beim Schießen aber hatte der Küchenjunge, Jakob Hansen, seine Muskete doppelt geladen, die war darüber gesprungen und hatte den Mann nicht unerheblich verletzt.

*

Irgendwann, das war Brüggemanns Reisegefährten klar, mußte mit ihm ein ernstes Wort gesprochen werden. Sonst würden seine Verrücktheiten die ganze Mannschaft durcheinander bringen. zwar fürchteten viele bereits heute den Mann, aber richtig ernst nahmen sie ihn darum noch lange nicht. Die Folgen seiner Befehle waren auch oft zu fragwürdig. Es war jedoch nicht ganz einfach, ihn anzusprechen, ohne daß es zu ernsthaften Auseinandersetzungen in der Leitung der Gesandtschaft kam. So saßen die Herren abends bei gedrückter Stimmung unter einem ausgespannten Segel.

Ja, die Blicke, die der eine oder andere Brüggemann zuwarf, waren schon fast feindselig zu nennen. Olearius, der eine Explosion des Hamburgers vermeiden wollte, versuchte sich vorsichtig an das heikle Thema heran zu pirschen.

„Bei Euch, Brüggemann, bin ich nie ganz sicher, habe ich nun einen erfolgreichen Kaufmann vor mir oder einen großen Krieger."

Brüggemann sah mißtrauisch in die Runde. Wie immer fühlte er sich angegriffen und alleine. Was wollte man nun wieder von ihm? Hatte sich nun auch Olearius gegen ihn entschieden?

„Wo ist denn da der Unterschied?" stellte er dann die Gegenfrage. Seine Stimme knarrte bereits vom ewigen Befehle-Schreien.

„Ist nicht jeder Kaufmann auch Krieger?"

„Ja, schon. Aber Ihr müßtet Euch doch irgendwann entscheiden, was Euch wichtiger ist, das Schwert oder die Waage."

„Schwert oder Waage? Ihr Gelehrten stellt schon merkwürdige Fragen. Ihr solltet doch auch die Geschichte des Handels kennen. Die Hanse, die Wikinger, die Friesen. Ob die immer die Waage dabei hatten, weiß ich nicht. Aber Ihr Schwert hatten sie stets in Reichweite."

Hermann von Staden fürchtete wohl, die Unterhaltung würde in eine geschichtliche Betrachtung der Wirtschaftsbeziehungen enden. Er wurde deutlicher.

„Ich bin ja ein Mann des Schwertes, kein Kaufmann. Und ich bin auch dafür, das Schwert immer scharf zu halten. Aber man muß ja nicht, wie Ihr es gerne tut, Brüggemann, jedem Fremden gleich mit der Schwertspitze unter der Nase

rumfuchteln. Nicht jeder Fremde ist ein Räuber, und nicht jeder Räuber würde sich an uns vergreifen. Dazu sind wir doch ein zu starker Trupp, meine Herren."
Das mit der Schwertspitze verstimmte Brüggemann. Lässig gegen einen Ballen Segeltuch gelehnt, hatte v. Staden ihm den Fehdehandschuh hingeworfen. Er war in Versuchung aufzuspringen und den Marschall zu fordern, aber er hielt sich an die unausgesprochene Regel des Disputs.

„In einem irrt Ihr, meine Herren. Eines weiß ich als Kaufmann besser und die Herren Imhof, Melvil, Grunewald, Pöhmer und die anderen Kaufleute werden das, glaube ich, bestätigen. Wenn der Mensch irgendwo wertvolles Gut sieht, will er es haben. Und es gibt im Wesentlichen zwei Möglichkeiten, es zu erhalten. Kaufen oder rauben. Wer Geld hat kauft, wer kein Geld hat, wie hier die Flußpiraten, vor denen wir ja genug gewarnt wurden, der raubt."
„Aber hier leben doch nicht nur Räuber, Brüggemann."
Crusius lachte, wenn auch schon ein wenig böse über die Verstocktheit des anderen. Aber der blieb unbeirrt.
„Letztlich sind hier alle Räuber. Auch jene, die Geld haben, unsere schönen Musketen aber nicht kaufen können, weil sie uns nicht feil sind. Was bleibt ihnen denn auch anderes übrig. Wir verkaufen nicht, also müssen sie stehlen."
Das Mißtrauen dieses Mannes wendete sich gegen alle und jeden und war nicht auszurotten.
Er fuhr fort:
„Ich will ehrlich gestehen, wenn ich im vernünftigen Rahmen mein Angebot mache und der andere stellt unannehmbare Forderungen, dann bin ich auch bereit, die Handelsbedingungen mit meinem Schwert festzulegen. Schwert und Waage, Olearius. So sind die Wolfsgesetze beim Handel. Gute Nacht!" Und Brüggemann zog sich einfach zurück.

Aus Sariza kamen schwerbewaffnete Strelitzen in mehreren Booten.
„Habt Ihr Kosaken gesehen?"
Die Männer erzählten was sie wußten. Fluchend und schimpfend ruderten die Strelitzen weiter flußaufwärts. Im Ort erzählte man dann:
Gestern waren die Frauen der Strelitzen zur Insel rüber gefahren, um ihre Kühe zu melken. Dort hatte eine Kosakenbande sie überfallen und vergewaltigt.
„Das sind keine Christenmenschen!"
„Aufhängen!"
„Wir müssen mal energisch gegen die Bande vorgehen, sonst geben sie nie Ruhe!"
So und ähnlich waren die Äußerungen der Einwohner.

„Seht Ihr", meinte Brüggemann, „die Kosakengefahr ist keine eingebildete."

*

Olearius hatte ein Schläfchen gemacht, als er plötzlich von einer lauten Schießerei aufgeschreckt wurde. Im Nu war er in seinen Stiefeln und an Deck. Da fuhr eine ganze Flotte vor ihnen her. Sechzehn große und sechs kleine Boote. Eine persische Karawane, die von dem tatarischem Prinzen Mussal und dem russischen Poslanik Romantzikow geleitet wurde. Wie Olearius waren auch die Flußvögel von den Begrüßungssalven aufgeschreckt und umkreisten nun mit lautem Gekreisch die Schiffe. 400 Strelitzen begleiteten die Karawane. Ein Aufatmen bei den Gottorpern. Die Kosakengefahr war fürs erste gebannt. Aber noch einmal kam Sorge auf.

Als sie sich dem größten Schiff näherten, um dem Prinzen ihre Aufwartung zu machen, wurden sie von aufgeregten Bediensteten daran gehindert, die Backbordseite zu besteigen. Sie konnten sich keinen Reim darauf machen, folgten aber den Anweisungen und legten an Steuerbord an. Freundlich wurden sie vom Prinzen empfangen. Warum die Aufregung vorher? Backbord hielten sich die Frauen des Herrschers auf und es galt als unschicklich, Frauen anzusehen. Wie lange war es eigentlich her, daß ihnen die schönen Ehefrauen der Russen zum Bewundern vorgeführt wurden?
So unterschiedlich waren die Antworten darauf, was sich schickt und was nicht. Hier an Bord des prinzlichen Schiffes begegnete ihnen zum ersten Mal der Orient.

*

In Nisen hatte Olearius wieder seine Messungen aufgenommen.
Einige Male gab es Streit darum, vor allem mit Brüggemann, der das ganze für einen großen Mumpitz hielt, der nur Zeit kostete. Aber der Sekretär und Kartograph hatte die Lage folgender Städte an der Wolga nun genau festgestellt:

Nisen liegt	56 grad 28 minuten
Wasiligrad	55 grad 51 minuten
Cassan	55 grad 38 minuten
Saratoff	52 grad 12 minuten

Olearius stellte fest, keine der Eintragungen auf den Karten, die sie besaßen, stimmte mit der Wirklichkeit überein. Darum konnte er diese Seite seiner Arbeit

auch noch immer gut begründen. Daß er jedoch jede Bucht mit dem Kompaß in allen Ecken und Winkeln vermaß, dafür fand er nirgends Verständnis.
„Nitschewo“, sagte der russische Pilot. „Alles Unsinn! Heute ist das Wasser so hoch, morgen höher oder niedriger, wie Gott will. Heute liegt die Sandbank hier, morgen vielleicht dort. Herr Olearius ändert heute die Karte, wenn wir zurückkommen, muß er sie wieder ändern.“

Aber Olearius hatte sich vorgenommen den Verlauf dieses mächtigen, wasserreichen Strom zu vermessen.
„Von den ganz Alten“, so erklärte er „ist der Verlauf des Flusses falsch eingetragen worden, und diese falschen Angaben wurden immer wieder einfach übernommen.“

Völlig aufgeregt wurde er, als sie Astrachan erreichten und das Kaspische Meer in nächste Nähe kam. Auch hier nahm er verschiedene Messungen vor. Er wollte später seiner Ortsbestimmungen sicher sein. Und das sollte sich als richtig erweisen. Das Meer hatte eine ganz andere Lage als auf den Karten angegeben. Nach bisherigen Vorstellungen hatte der See seine größte Ausdehnung in Ost-West-Richtung, nach den Messungen jedoch in Nord-Süd-Richtung.

„Nur, alle Berichte, alle Karten sagen was anderes, Olearius.“
Nicht einmal Crusius und v. Staden hatten Verständnis für den Eifer, mit dem der Gelehrte seinen Standpunkt verteidigte.
„Das waren doch auch alles Gelehrte, alles kluge Männer, die das aufzeichneten. Wieso stellt Ihr Euch gegen sie?“
„Weil ich von dieser Sache bessere Kunde habe, darf ich mich an der Meinung anderer nicht kehren“, war Olearius Antwort.

*

Christoff verzog den Mund. Da saßen sie zuhauf um die Schüsseln, griffen mit bloßen Fingern hinein, formten sich aus dem Reis eine Kugel und schoben sich diese in den Mund. Er blickte in die Runde. Die persischen Gastgeber waren lauter saubere gepflegte Männer. Sauber und ordentlich die Bedienung. Und das ganze Drum-Herum war allemal appetitlich zubereitet.
Die in Astrachan ansässigen Kaufleute hatten eingeladen und bewirteten die Deutschen mit den ausgesuchtesten Leckereien ihres Landes, fachsimpelten über das Schiff und über den Handel und tranken sich, obwohl der Koran den Genuß des Weines verbot, einen kleinen Rausch an.

Auf silbernen Platten wurde der gesalzene Rogen des Sterlings gereicht. Kaviar der besten Sorte.
Christoff versuchte, mit der Reiskugel von dem Kaviar aufzunehmen, war aber wohl zu ungeschickt und nahm dann kurzentschlossen die Köstlichkeit auch mit den Fingern auf.

Brüggemann hielt große Reden. Laut und aufdringlich übertönte er jede andere Unterhaltung. Vergeblich versuchten Crusius und Olearius ihn zu bremsen. Nicht nur, weil es unhöflich war, als Gast das große Wort zu führen, sondern auch wegen der Schimpfkanonaden, die er gegen die Türken abfeuerte. Gegen die Türken zu wettern, mochte den Persern wohl gefallen, den anwesenden Russen jedoch weniger, denn sie befanden sich mit den Osmanen im Bündnis.
Geflügel, Rind- und Schaffleisch wurden gereicht, bereits in saubere, handliche Portionen geschnitten und wie alles andere mit den Fingern von den Platten genommen und gegessen.
Während Brüggemann für kurze Zeit mit Crusius und Olearius stritt und ihnen wohl erklärte, wie recht er hatte mit seiner Meinung über die Türken, wurde Fisch gebracht.
„Tziberika“, sagte einer der Gastgeber. „Delikat!“
Gefleckt wie ein Leopard, mit einem Schnabel wie eine Ente, ein seltsames Tier. Sein weißes Fleisch schmeckte vorzüglich.
Brüggemann schien mehr Geschmack an seinen Reden als an den leckeren Sachen zu haben, denn er stand schon, einen Becher in der Hand, und bedeutete dem Dolmetscher, seine Reden gegen die Türkei zu übersetzen. Energisch zogen ihn Olearius und Crusius auf die Polster herunter und hielten ihm die Schale mit dem 'Kahawe'entgegen, einem schwarzen, heißen Getränk das den Raum mit einem köstlichen, herben Duft erfüllte und ebenso schmeckte.
Leicht berauscht verabschiedeten sich die Männer von den neuen Freunden. Auf dem Weg in das Quartier und zwischen Crusius und Olearius schwankend, erklärte der Hamburger Gesandte wieso und warum die Türken Feinde wären.
Aber es hörte niemand mehr zu.

AUDIENZ BEIM SCHAH

„So gibt es immer weniger ehrliche
und aufrichtige Menschen, während
die Zahl der Kaufleute wächst.
Die Sitten verschlechtern sich,
der Staat gerät in Wirren."

(aus dem Buch „Han Fe Dse"
280? - 233 vor der Zeitrechnung)

Schiffbruch

Muscheln und Seegras glänzten im dunklen Sand. Über Nacht hatte der Wind gedreht und den Wasserstand an der nördlichen Küste des Kaspi-Sees sinken lassen. Einige Fischerboote lagen trocken.
Die 'Friedrich' segelte in Sichtweite der Küste, denn niemand kannte das Gewässer. Die russischen Begleiter hatten ohnehin geraten, die Reise über Land fortzusetzen. Aber dafür hatten sie das Schiff schließlich nicht gebaut. Auch schienen die Begründungen der Russen für ihre Vorschläge wenig stichhaltig.
Seeräuber, Stürme, Sandbänke? Das gab es auf jedem Meer. Das konnte die Männer nicht schrecken.

Die Untiefen der Kaspi-See hatte wohl noch niemand vermessen. Noch war achtern die Küste um Astrachan nicht verschwunden, da saßen sie schon fest. Und wieder begann die mühselige Arbeit, das Schiff flott zu machen. Die Boote wurden ausgesetzt, die Ladung umgestaut.

Da kam eine große Schute auf die 'Friedrich' zu.
„Gott sei Dank, Hilfe", meinte Cordes.
„Oder Seeräuber!" Brüggemann blieb sich treu.
Möglich war beides.
Jedenfalls wurden sofort die Boote zurückgerufen, Handwaffen ausgegeben, die Musketen geladen. Der Dolmetscher schrie zur Schute hinüber, konnte jedoch die Antworten wegen der immer noch großen Entfernung nicht verstehen.
Und näher und näher kam der Fremde.
Brüggemann ließ die Bordkanone laden und gab den Befehl, ein Stück über dem fremden Fahrzeug zu lösen. Als die Kanoniere zögerten, riß er einem der Männer die Lunte aus der Hand und feuerte selbst. Geschimpfe und Gebrülle drang zu den Europäern herüber und nun war das Schiff auch so nahe gekommen, daß der Dolmetscher verstand.
„Daß euch der Scheitan hole!"
„Unsretwegen könnt ihr dort verrecken!"
Und weitere und bösartigere Flüche wurden herüber geschrien.
Es waren Russen, die eigentlich hatten helfen wollen, nun aber wütend abdrehten und die 'Friedrich' ihrem Schicksal überließ.
Mühselig warpten sie sich frei und segelten weiter.
Steuerbord lag das weite Tiefland des kaspischen Senke.

Sie liefen Terki an, die letzte russische Stadt.
Und einmal mehr wurde die Gefahr, die von den Kosaken drohte, deutlich gemacht.
Prinz Mussal, der Astrachan mit seinem Schiff verlassen hatte, während die Holsteiner noch mit den Persern tafelten, hatten kurz vor Terki Kosaken angegriffen. „Sie hatten geglaubt, die 'Friedrich' vor sich zu haben", berichtete der Prinz. „Als sie dann ihren Irrtum bemerkten, drehten sie schnell ab."
Der Marschall verstand nicht, bis ihn der Pristaff aufklärte.
„Schon bevor wir Moskau verließen, wußte man an der Wolga, bis nach Astrachan hin, von Eurer Reise zum Schah. Natürlich auch die Atamane. Jeder weiß, wer den Schah besucht bringt viele Geschenke mit, kostbare Geschenke, wenn der Gast aus einem reichen Land wie Holstein kommt..."
„Was heißt hier kostbar und reich? Wir sind ein kleines Land", unterbrach Crusius.
„Wie arm oder wie reich Euer Herzogtum wirklich ist, ist ohne Belang. Da man von Euch wenig weiß und wenig erfährt, nimmt der Reichtum bei jeder Erzählung zu. Von den ersten Schüssen auf Euch, noch an der Oka, bis hierher nach Terki, ist Euer Wert ins Unermeßliche gestiegen. Die Kosaken wollen die 'Friedrich'. Mehr nicht, aber auch nicht weniger. Ich bin überzeugt, daß diese Räuber vor Terki im offenen Wasser auf Euch warten."

Und wieder wurden die Gesandten gedrängt, die Weiterreise über Land vorzunehmen. Das sei sicherer, zumal sie sich einer Karawane von 200 Kamelen und vielen Maultieren anschließen könnten. Aber ihre Reisegeschwindigkeit den Kamelen anzupassen, das ging allen Herren zu weit. Dabei wußte niemand was von Kamelreisen. Daß jedoch Waffen, Geräte und Geschenke per Schiff besser befördert werden konnten, das begriff jeder.

Michael Cordes gab also die Befehle zum Ablegen.
Auf dem Vorschiff stand die Mannschaft, redete durcheinander, stritt offensichtlich, tat jedoch keinen Handschlag.
„Los, an die Arbeit!" brüllte der Schiffer mit hochrotem Kopf. „Oder braucht ihr eine Extraeinladung?"
Er zog seinen Säbel und begann mit der flachen Klinge auf den nächstbesten Mann einzuschlagen.
Crusius war erstaunt. Zwar hatte er in der letzten Zeit häufiger bemerkt, wie widerwillig und nachlässig die Befehle Cordes ausgeführt wurden, daß jedoch der Kapitän so unbeherrscht darauf reagierte, war überraschend.

Brüggemann, der sich ebenfalls an Deck befand, konnte ein boshaftes Grinsen nicht verbergen, wollte es wohl auch nicht. Die Abneigung gegen den Seemann rührte vom ersten Tag der gemeinsamen Reise her.
Als die Bootsleute nun aber schlicht die Aufnahme der Arbeit verweigerten, handelte er schnell. Die da auf dem Vorschiff am lautesten schrien, wurden sofort in Eisen gelegt, ohne daß sie groß Widerstand leisteten.
Ein Gericht wurde von Crusius berufen und den Meuterern der Prozeß gemacht. Hier warfen dann die Angeklagten dem Schiffer unnötige und ungerechte Härten vor.

Tatsache war, Cordes fühlte sich immer mehr als fünftes Rad am Wagen. Crusius, von Staden, von Mandelsloe, Olearius und nicht zuletzt Brüggemann hatten das Sagen. Jeder wußte es. Während die vier erstgenannten jedoch zumindest das seemännische Kommando Cordes respektierten, scheute Brüggemann sich nicht, sich auch dort einzumischen. Das Ergebnis, die Mannschaft nahm Cordes nicht ernst. Es kam schon vor, daß die Männer bei einer Anordnung des Schiffers erst einmal zum Hamburger Gesandten kuckten. 'Ist der Befehl auch richtig?'
Das mochte Cordes, der ansonsten ein sehr umgänglicher Mann war, veranlaßt haben, energischer durchzugreifen, als es sonst seine Art war. Ohne Rücksicht auf die Belastungen, denen die Seeleute in militärischer Hinsicht bereits ausgesetzt waren, ließ er dreist seemännische Übungen durchführen. Vielleicht nur, um Brüggemann zu zeigen, wer das Schiffskommando hatte. Dagegen meinten die Leute protestieren zu müssen. Der Segelmacher Thieß Mansen hatte vor Gericht das große Wort geführt und auf die Rechte der Mannschaft bestanden. Er wurde zu Gefängnishaft verurteilt, die anderen ermahnt. Die Meuterei war zerschlagen.

Am anderen Tag, am 10. November, waren sie wieder unter Segel. Die Küste änderte sich. Ein hohes Gebirge kam in Sicht. Der Kaukasus.
„Stellt Euch vor, meine Herren, wir sollten unser ganzes Gerät über dieses Gebirge schleppen."
Alle waren zufrieden, denn noch wußte niemand, was auf sie zukam.

*

In Astrachan hatten Crusius und Brüggemann einen persischen Kaufmann mit Geld und guten Worten dazu überredet, sein eigenes Schiff den Dienern und der Mannschaft zu überlassen und selbst als Lotse auf der 'Friedrich' mitzufahren. Auf seinen Rat hin wollten sie nun vom letzten russischen Hafen Terki aus den ersten persischen Hafen Derbent anlaufen. Zwischen diesen beiden Städten war Niemandsland. Nogayer lebten hier, Inguschen, Teschtschenen und andere kleine Völker und dazwischen lagen einige Dörfer der Terek-Kosaken.

Der Mann am Ausguck schrie.
Ein Schiff, etwas kleiner als die 'Friedrich', kam ihnen entgegen. Aus seinen Manövern konnte sich niemand einen Reim machen. Mal schien es steuerbords, mal backbords passieren zu wollen.
War das ein Hinterhalt?
Warteten hinter der kleinen Landzunge weitere Piratenschiffe?
Waren es Kosaken, die nur zur Täuschung unter persischer Takelage fuhren?
Die vielen Warnungen vor den Kosaken, die unzähligen Hinweise auf tatsächliche Übergriffe, die Berichte, sie hätten es hauptsächlich auf die 'Friedrich' und deren angeblich wertvolle Ladung abgesehen, hatte alle unsicher gemacht.

Gerade weil sie so wenig konkretes über die Kosaken wußten, das Dunkle, das Geheimnisvolle um ihr Tun und die nicht zu übersehende Furcht der Wojewoden, der Strelitzen und der Kaufleute vor den Kosaken war es, das sie ängstlich machte. Es war soviel von Kosakenüberfällen geredet worden, ohne daß es zu einem ernsten Angriff auf das Schiff gekommen wäre, irgendwann mußte der Raubüberfall ja kommen. Heute, morgen, mußte jedenfalls kommen, bevor sie Derbent und damit persisches Gebiet erreicht hatten.
Das fremde Schiff kam näher, hielt nun gerade auf die 'Friedrich' zu.
Brüggemann ließ Alarm schlagen, die Geschütze laden und ebenfalls Kurs auf den vermeintlichen Widersacher nehmen.
Nun erst, im letzten Moment, versuchte der Fremde auszuweichen.
Da ließ Brüggemann ein Geschütz lösen und eine Musketensalve über das Schiff abgeben. Die Fremden strichen die Segel.
Die Holsteiner näherten sich vorsichtig mit geladenen Musketen und Kanonen.
Und dann schrie der sonst so ruhige persische Lotse aufgeregt, so daß erst niemand etwas verstand.
Langsam nur kamen sie dahinter.
Der Bruder des Lotsen, ebenfalls Kaufmann, war mit seinem Handelsschiff unterwegs, hatte auf dem großen Schiff feindliche Kosaken vermutet und versucht, irgendwie vorbei zu schlüpfen.
Nun waren die Manöver des Persers zu verstehen.

*

Die "Friedrich" auf der Wolga

Die Karten hatten getäuscht. Jeder, mit Ausnahme Olearius', hatte mit einer relativ kurzen Seereise gerechnet. Nun stellte sich heraus, die Nord-Süd-Ausdehnung des Kaspischen Meeres war doppelt so groß, wie angegeben. Die Entfernung von Astrachan nach Persien also doppelt so weit. Acht bis zehn Tage Reisezeit waren einkalkuliert. Aber sie waren bereits acht Tage unterwegs und hatten nach Angaben des russischen Piloten noch nicht einmal die Hälfte der Strecke hinter sich. Mit Sandbänken hatten sie rechnen müssen, denn die Kaspi-See war ein Binnenmeer, das an der nördlichen Küste sehr flach war.
Aber ihre Vorstellungen von einem kleinen, gemütlichen Binnengewässer hatten getrogen. Der Wind hatte von Osten her genug Raum, um Kraft zu sammeln und sich hier vor der gebirgigen Küste auszutoben. Zwei Tage frischer Wind aus dieser Richtung, das hatte den Gesandten gefallen. Nun drehte er aber weiter gegen Norden. Da das Wasser unbekannt war, und sie bei 20, später bei 30 Faden* keinen Grund mehr hatten, zogen sie Segel ein, immer noch hoffend, die Stadt Derbent mit dem anliegenden Kurs anlaufen zu können.

Sie hatten jedoch ihre Rechnung ohne den Nordwind gemacht. Der trieb sie an der Einfahrt zur Bucht vorbei und so waren sie gefährlich in Landnähe gekommen. Die 'Friedrich' lag auf Leggerwall. Halbhohe, kurze Wellen krachten gegen das Schiff und drückten das Fahrzeug immer weiter gegen die Küste. Am Bug stand der Bootsmann Cornelius Clausen und warf mal um mal das Lot aus, um die Wassertiefe zu messen. Ruhig klangen seine Zurufe an den Schiffer, trotz der gefährlichen Situation. Dann war das Lot wohl hängen geblieben. Clausen lief laut schreiend mit der Leine in der Hand nach achtern, versucht das Lot wieder klar zu bekommen, aber es half nichts. Das Gerät war verloren.
Um nicht aufzulaufen, warfen sie Anker. Das war um 4 Uhr morgens. Als es hell wurde, lag vor ihnen das persische Dorf Niasabath.
„Da hätten wir besseren Ankergrund gehabt", meinte der russische Pilot.

Obwohl sie nicht ein Stück Segel gesetzt hatten, drückte der Wind, und noch mehr die Wellen, so auf das Schiff, daß die Verbände krachten und die Schiffswand leck schlug. Anfangs reichten die Pumpen zum Lenzen, dann wurde ein Zwischendeck durchbrochen und mit Balgen geöst.

* Faden = 6 Fuß

Die häufigen Grundberührungen auf der Wolga hatten das Schiff doch zu sehr mitgenommen, um in diesem harten Wetter bestehen zu können. Cordes schlug gerade vor, die Anker zu lichten, um dem großen Druck auszuweichen, da brach die Trosse. Obwohl es schon recht tief lag, sprang das Schiff mit einem richtigen Satz vorwärts. Mit einem Krach brach auch die Pinne.

Während die Landratten sich mit ängstlichen Gesichtern an irgendwelchen Aufbauten festhielten, brachen die Seeleute das Ruder vollends heraus, befestigten es an einer langen Trosse, warfen das Ganze achtern raus und bauten so einen Treibanker, mit dem die Lage der 'Friedrich' doch etwas stabilisiert wurde.
Aber genau betrachtet was das Schiff nun ohne Steuerung. Und es sank ob des eindringenden Wassers immer tiefer. Um es zu entlasten, wurde die Schlupe mit zwei Mann über Bord gesetzt und mit Ketten, Tauen, Teer, Steinstücken (Kanonenkugeln) und anderen schweren Dingen beladen. Als der Seegang immer höher wurde, schleppten sie die Schlupe hinterher. Plötzlich riß die Schlupe ab und versank vor aller Augen mit den beiden Männern. Der Wind flaute ab, und um etwas Steuerung in das Schiff zu bekommen, wurde vorsichtig Segel gesetzt. Erst einige wenige Lappen, dann doch ein richtiges Mastsegel. Immer noch lag das Schiff unter Land, einem Gebirgszug gegenüber. Alle Mann mußten nun an den Pumpen arbeiten und einige Male wurde geschossen, um Hilfe herbei zu rufen.

Ohne Anker, ohne Ruder, mit einem Rumpf, der immer stärker Wasser zog, trieben sie hilflos dahin.
„Es hilft nichts, wir müssen das Schiff auf Strand setzen", entschieden die Gesandten. Cordes begehrte auf, aber angesichts der bisherigen Verluste erhielt er von niemandem Unterstützung.
„Wir müssen versuchen, möglichst dicht an Land zu kommen, dann ist allerhand von unserer Habe zu retten."
Aber die Küste war tückisch. Ausläufer des Gebirges setzten sich unter Wasser fort und noch weit vom Ufer entfernt lief das Schiff auf so einen Felsen auf.

Einige begannen bereits ein Floß zu bauen, als vom Land zwei größere Boote ablegten und auf das Wrack zukamen.
Strandräuber oder Helfer?
Nein. Es waren Dorfbewohner, die, die ernste Lage nicht erkennend, Äpfel, Birnen und anderes zum Verkauf anboten.

Gesandte, Kammerherren, Musketiere, Leutnants und wichtige Bagage wurden an Land gebracht, einfach am Strand abgeladen. Gegen gutes Geld machten die Bootsleute noch zwei Fahrten bis das Schiff fast nur noch eine leere Hülle war. Die Hoffnung, es wieder seetüchtig zu machen, war zwar nur gering, aber Cordes malte diese Möglichkeit breit aus. Was man dazu brauchte, war ruhiges Wetter und etwas Hilfe aus dem Dorf. Aber wollte man das, mußte Besatzung an Bord bleiben. Ohne Besatzung war das Schiff hier nur herrenloses Strandgut und konnte von jedem genommen werden.

Neben dem Schiffer Cordes blieben Olearius, v. Uechteritz, der Marschall, Flemming und einige Seeleute an Bord. Sie aßen etwas frisches Obst und richteten sich ein. Es wurde dunkel. Als hätte der Wind sich lange genug ausgeruht, frischte er auf und wuchs an zu einem mächtigen Sturm. Das Schiff begann auseinander zu brechen. Mit bloßen Augen sahen die an Bord gebliebenen, wie die Mastspitzen sich immer weiter auseinander bewegten. Der Schiffszimmermann Cornelius Josten besoff sich gewaltig und tat ein Gelübde nach dem anderen. Was versprach der Mann nicht alles wenn er nur aus dieser Not gerettet würde. Auch Flemming und Olearius tranken, schütteten dann aber den Rest des Branntweins weg und banden sich die leeren Fässer um den Leib. Um Mitternacht gingen die Masten in Stücke. Wegen herabstürzender Teile war der Aufenthalt an Deck gefährlich. Die Taue wurden gekappt, damit das Gewirr an Masten, Stagen und Rahen über Bord fiel und wegtreiben konnte. Das Schiff war verloren. Nacheinander gingen die Männer, an Holztrümmer oder den Fässern festgebunden ins Wasser und wurden mehr tot als lebendig ans Ufer gespült.

*

Es war ein köstliches Gefühl, neben der gedeckten Tafel auf den Matratzen, Polstern und Kissen zu liegen. Auf ganz niedrigen Tischchen standen kandierte und frische Früchte. Schalen mit Wein und kleine Leckereien. Gerade wurden große Tücher ausgebreitet und auf silbernen Platten verschieden gewürzter und dadurch verschieden gefärbter Reis aufgetragen. Dazu gab es Fisch und Fleisch, gebraten und gesotten. Der Khan von Ardebil gab den Reisenden einen fürstlichen Empfang.

Mitten in dieser heiligen Stadt war in einem riesengroßen Garten das Lusthaus gebaut.

Olearius beschrieb es später so:
'Der letzte Khan zu Ardebil, ein reicher Herr namens Sulfagarchan, hat es auf seine Kosten bauen und den Plan dazu aus der Türkei bringen lassen. Es hatte die Form eines Achtecks und drei Geschosse. Künstliche Fontänen oder Springbrunnen spritzten Wasser auch auf das oberste Stockwerk, ja über das Haus hinweg. Die Wände waren mit blauen, roten und grünen glasierten Steinen belegt, die sich in merkwürdigen Figuren ganz vortrefflich ineinanderfügten; der Boden der Gemächer war mit köstlichen Teppichen belegt. Um das Haus herum führte ein breiter, mit Marmor gebauter und mit Blumen verzierter Lustgang. Auf diesem war an einer Ecke ein Platz von vier Fuß im Quadrat mit einem gestickten Teppich belegt, worauf ein aus Gold und Seide gewirktes Polster lag. Auf diesem Platz soll der König, als er einstmals durch Ardebil zog, gesessen haben; er wurde daher in hohen Ehren gehalten: Niemand durfte den Platz betreten, daher war er von einem kleinen Gitter umschlossen.'
Soweit Olearius in seinem Reisebericht.
Eigentlich könnten es sich die Männer nach all den ausgestanden Strapazen also gut gehen lassen. Und doch waren sie nicht unbeschwert.

*

„Durch Gottes Gnade wurden wir aus schwerer Seenot gerettet", hatte Christoff seinem Vater geschrieben. „In den letzten Stunden, bevor wir das Schiff verließen, hatte ich viel gebetet. So viel und so inbrünstig, wie vorher nie in meinem Leben. Am Strand wurden wir von unseren Freunden fast wie Strandgut aufgesammelt. Aber sie herzten und küßten uns und waren voller Freude. Sie hatten Zelte aufgeschlagen und versorgten uns. Dann suchten sie den Strand noch nach Brauchbarem von unserem Schiff ab. Alle waren froh, nur Cordes nicht. Zu kurz schien ihm die Lebensdauer des von ihm gebauten Schiffes.
Mit Hilfe der Dolmetscher verhandelten die Gesandten mit den Dorfbewohnern über die Weiterreise. Bis hierher reichte der starke Arms des Schahs gerade noch. Weiter landeinwärts, im Gebirge wohnten viele wilde Völkerschaften, die weder dem Schah noch dem Zaren Tribut zollten. Es kamen Tschetschenen in unser Lager, sie wollten uns Hammel verkaufen. Wir brauchten frisches Fleisch, und die Preise waren günstig. Weiter oben in den Bergen hätte ich lieber nicht mit ihnen verhandelt, da hätten sie uns unser Geld wohl so abgenommen. Es waren wilde, gefährlich aussehende Gesellen. Die Haltung der Dorfbewohner ihnen gegenüber schwankte zwischen Furcht und Feindseligkeit.

Dann kamen Abgesandte des Sultans von Derbent mit zwei Pferden und einem Brief für die Gesandten, um uns im Namen des Schahs zu begrüßen. Der Brief wurde verlesen und auch heute versteht noch niemand richtig, was daraufhin in Brüggemann fuhr.
Im Brief war von nur einem Pferd die Rede.
„Wo ist das andere Pferd her?“ schrie er die Männer des Sultans an. „Habt ihr es vielleicht gestohlen?“
Völlig verwirrt ob dieses unerwarteten Angriffs erklärten die beiden, dem Sultan sei nur von einem Gesandten gesagt worden, und so hätte er auch nur ein Pferd geschickt. Unterwegs, erst im vorletzten Dorf, hätten sie von dem zweiten Gesandten erfahren und sich nun aus eigenem Antrieb bemüht, ein zweites Pferd aufzutreiben.
Damit hätte es nun eigentlich gut sein sollen, jedoch nicht für den Hamburger.
Sein Pferd sei schlechter, als das Crusius’. Was sogar stimmte, denn Crusius Brauner kam von den Weiden des Sultans und das andere Pferd war der Gaul eines armen Bauern, dem man diesem einfach weggenommen hatte.
„Es glaubt doch im Ernst niemand, daß ich auf so einer Mähre reite?!“ beendete Brüggemann das Gespräch darüber beleidigt und er beleidigte damit auch den Sultan, dessen Geschenk er verschmähte und der, auf Betreiben Brüggemanns, auch kein Gegengeschenk erhielt.
Aber damit war es immer noch nicht genug.
Am Hafen von Niasabath lagen Bohlen, mit denen im Auftrag des Schahs ein Schiff gebaut werden sollte. Diese Bohlen waren von weit her geholt und teilweise schon zugeschnitten. Das hinderte Brüggemann nicht, den Befehl zu erteilen, diese Bohlen zu zersägen, um daraus Lafetten für die Schiffsgeschütze zu bauen.
Die Perser waren aufgeregt und besorgt, schüttelten ihre Köpfe und warnten:
„Es ist der Wille des Schahs, hier ein Schiff zu bauen, und es ist besser, seinen Willen zu respektieren.“
„Und es ist die Art unserer Nation, das mit Gewalt zu nehmen, was man uns gütlich nicht geben will“, antwortete Brüggemann kurz angebunden und beaufsichtigte persönlich den Bau der Lafetten.

Vom Sultan war keine Hilfe mehr zu erwarten. Der Khan der Scharmachie, der die Gesandtschaft zu sich einlud, konnte in der Provinz des Sultans aber auch nicht ausreichend Pferde auftreiben. Sie bekamen nicht einmal genug Reittiere.

Und also mußten die meisten Lafetten in Niasabath bleiben. Die Kanonen wurden Kamelen aufgeladen und 5 Wochen nach unserem Schiffbruch konnten wir uns endlich wieder auf den Weg machen.

Der Khan der Scharmachie kam uns mit 7.000 Soldaten entgegen, empfing uns freundlich und bewirtete uns. Drei Monate warteten wir auf die Genehmigung aus Ispahan, weiter reisen zu dürfen und waren in dieser Zeit gern gesehene Gäste des Khans.

Mit 60 Wagen und 130 Pferden verließ der Troß dann Scharmachie. Hier, in dieser schönen, inmitten bewaldeter Berge gelegenen Stadt, hatte es den Leuten gefallen. Obwohl einige Männer erkrankt waren, war die Stimmung gut. Am nächsten Tag sollte der Rest der Reisegesellschaft folgen. Aber Brüggemann hatte an der Abrechnung des Khans, die dieser im Auftrag des Schahs vornahm, Anstoß genommen. Auf sein Betreiben stahlen sich die Gesandten, ihre Pistolen unterm Arm geklemmt, heimlich in dunkler Nacht aus dem Stadttor, schwangen sich draußen auf die Pferde und ritten ohne Dank und ohne Abschied davon.

Ja, und nun saßen wir im Garten des Khans von Ardebil. Schnell bricht in dieser Gegend die Nacht herein. An den leuchtenden Lampen vorbei sahen wir die Sterne. Dann wurde es plötzlich taghell. Ein herrliches Feuerwerk beleuchtete den Himmel. Die Musikanten spielten auf, in wunderschön gearbeiteten Lampen brannte weißer Naphta, der, wie uns die Perser erklärten, in der Nähe des Meeres aus dem Boden sprudelt.

'Naphta' sagen die Perser, man könnte auch einfach 'Erdöl' sagen. Dieses Öl bricht in unterschiedlicher Qualität aus dem Boden. Das fast weiße Naphta gebraucht man für die Lampen, das dunklere und dickflüssigere als Brennstoff oder als Dichtungsmittel für Fässer, Boote oder Dächer. Man könnte es auch bei uns verwenden, weil es billiger ist als unser Wal- und Robbentran; aber keine Bange, der Transport würde dieses Öl wieder unerschwinglich machen. Bis auf einige Lampen an Fürstenhöfen, wird dieses Naphta nie eine Konkurrenz für unsere Robbenjäger."

*

Und wieder ging es beim Abschied um die Geschütze.
„Was wollt Ihr damit?“ fragten die Perser. „Ihr seid Gäste des Schahs.“
Auch einige Männer der Mannschaft äußerten Bedenken.
„Wenn der Schah uns als Gäste aufnimmt, brauchen wir keine Kanonen. Sollte er uns aber feindlich gesonnen sein, dann brauchen wir sie auch nicht, dann kann uns nur Gott helfen.“
Brüggemann jedoch wischte alle Bedenken beiseite und ließ für die Weiterreise Lafetten bauen.
„Ihr könnt die Geschütze ohnehin nicht auf Rädern über die Berge bringen“, warnte der Mehemander.
Es half nichts. Der Khan mußte in der Stadt einige schöne Bäume fällen lassen. Er tat es den Gästen des Schahs zuliebe, aber er tat es ungern.

Der Mehemander behielt recht. Bereits im nächsten Dorf waren die Räder der meisten Lafetten zerbrochen. Lafetten und die großkalibrigen Kanonen mußten liegen bleiben, die kleineren Rohre wurden den Maultieren aufgeladen.

Auch für die Kranken war der Weg über das Gebirge zu schwer. In sogenannten ‘Ketzawehas’* auf Kamelrücken verpackt, mußten sie weiter reisen.

Weiter ging es nach Caswin, wo die kleine Geschichte des Arztes Lokmann, der Araber war, berichtet wurde.
Lokmann, erzählten die Alten, merkte, daß sein Ende nahte. Er reichte seinem Sohn drei gut verschlossene Gläser mit köstlichem Wasser und erklärte ihm, wie man damit einen Toten zum Leben erwecken könne.
Würde der Verstorbene mit dem Wasser aus der ersten Flasche begossen, würde er wieder anfangen zu atmen und sich bewegen, nach der zweiten Flasche würde er sich wieder aufrichten und nach dem Besprühen mit der dritten Flasche gar aufstehen und umhergehen und also wieder leben.
Es sei allerdings Sünde, da es Gott alleine zustehe, Tote aufzuerwecken, darum dürfe man das Mittel nur sparsam anwenden. An seinem alten Vater wollte der Sohn darum den Trank nicht anwenden. Als er selbst nach einigen Jahren schwer erkrankte, befahl er seinem Diener, an ihm, wenn er stürbe, dieses Wunderwasser anzuwenden.

* Ketzaweha = eine Art Kamelsänfte in der hauptsächlich Frauen reisen

Und als er nun starb, wollte der Diener dem Befehl nachkommen, begoß ihn nach Vorschrift mit dem Wasser der ersten beiden Gläser, der Tote regte sich und richtete sich auf. Als der Diener beim dritten Glas scheinbar etwas zögerte rief der Herr 'Bris, bris!', 'Gieß, gieß!' Bei diesem plötzlichen Anruf erschrak der Diener und ließ das Glas fallen, das zersprang. So mußte sich der Sohn Lokmans wieder hinlegen und zu den Toten gerechnet werden.*

Sie hätten dieses Wunderwasser gut gebrauchen können, denn nach den fiebrigen Erkrankungen brach nun die rote Ruhr aus. Etliche erkrankten und einige starben. Trotzdem zogen sie weiter und kamen nach Kaschan. Da kam eine neue Plage. Lag es an der Jahreszeit oder an der Stadt? Nie vorher und nie nachher sahen sie so viele Skorpione und Taranteln. Man konnte sich ihrer kaum erwehren. Ein Perser wurde von der Tarentel gebissen. Das Tier war nicht mehr aufzufinden, sonst hätte man es auf die Wunde gelegt, das soll das Gift rausziehen. Nun aber wurde der Mann mit Milch bis obenhin vollgefüllt und dann in eine lange Kiste gepackt. Diese Kiste wurde mit Seilen, wie bei einem Kreisel aufgezogen und dann der Mann solange und so schnell gedreht, bis Milch und Gift aus ihm herausbrach. *

Die Gesandtschaft näherte sich langsam ihrem Ziel. Aber es wurde auch Zeit. Alle waren von den Strapazen gezeichnet, fragten jeden Abend 'wie weit ist es noch?' und waren glücklich, als die Minaretts der Hauptstadt in der Ferne auftauchten.

* beide Geschichte wurden von Olearius erzählt

*

Scharmützel in Ispahan

Um einen riesigen Hof herum lagen einige mehrgeschossige Häuser mit landesüblichen flachen Dächern. Die Kamele waren bereits weggeführt. Noch lagen Kisten und Ballen auf dem Hofplatz und Diener und Knechte waren dabei, die Bagage ins Quartier zu tragen. Da kam schon der erste Besucher, der holländische Faktorist Nicolaus Jacob Overschi. Fast übertrieben herzlich begrüßte er die Männer, schüttelte jedem die Hand, bot jedem die Freundschaft an, wurde dann jedoch grob. Jedem einzelnen erklärte er im barschen Ton, er würde die Sache der Holsteiner, nämlich den Handel mit Persien, auf das energischte bekämpfen. Die Kaufleute verstanden ihn und waren mißgelaunt. Sie waren Konkurrenten.
Die Hofleute lachten. Damit konnten sie leben.

Da geschah etwas, das einige Leute später als Verhängnis bezeichneten. Es wurde noch oft und lange gestritten, ob und wie man das alles hätte verhindern können. Der Mehemander hatte von den anderen Bewohnern des Stadtviertels erzählt. Da waren usbekische und turkmenische Hirten, Baschkiren, Kalmücken und Kasachen, armenische und arabische Handwerker, jüdische und ägyptische Händler, Afghanen und Tibeter und direkt als nächste Nachbarn eine Gesandtschaft aus dem Königreich Indien. Die indischen Gesandten hatten etliche Usbeken angeheuert als Treiber, Knechte und Soldaten.

Einige dieser Inder und Usbeken sahen zu, wie die Holsteiner ihre Bagage verstauten. Da forderte der Diener Wellichau einen dieser Männer auf, doch mit anzufassen. Der antwortete in einer fremden Sprache, machte jedoch keine Anstalten, der Aufforderung nachzukommen. Vielleicht hatte der Inder ja auch eine Geste gemacht, die der Diener mißverstand, jedenfalls fühlte Wellichau sich beleidigt, nahm einen Stecken und schlug auf den Mann ein. Die Inder, nicht faul, schlugen nun ihrerseits den Wellichau zusammen, was wiederum die Holsteiner veranlaßte, gemeinsam auf die Inder einzuprügeln.

Und die Gottorper waren dabei nicht zimperlich. Als die persische Wache eingriff und die Haufen trennte, blieben drei Inder liegen, einer von ihnen war tot, die anderen schwer verletzt. Es waren finstere Blicke, die die anderen Inder den Europäern zuwarfen. Diese Augen versprachen nichts Gutes. Aber auch die Holsteiner hatten Blessuren und der Herr Grammann hatte zu tun, sie wieder zurechtzuflicken.

Die an der Rauferei beteiligten Männer wurden gehört und erhielten für ihr Tun noch die Unterstützung von Brüggemann.
„Richtig, Leute. In der Fremde muß man zusammenhalten. Frechheiten dürfen wir uns nicht bieten lassen, sonst sind wir bald erledigt."
Und stolz zeigten die Männer daraufhin ihre Beute, einen kostbaren Säbel und einen Dolch, an dem ein Säckchen mit Gold befestigt war.

In Anwesenheit der Männer wollte Olearius Brüggemann nicht widersprechen, als diese jedoch von Crusius entlassen waren, sagte er:
„Zusammenhalten ist gut, Brüggemann, darüber müssen wir nicht streiten. Aber es gibt hier niemanden, der das Recht hat, andere Völker zur Arbeit zu zwingen. Das aber hat der Diener Wellichau getan, wohl weil er selbst zu faul war, seine Pflicht zu erfüllen. Wir tun uns keinen Gefallen damit, wenn wir sowas unterstützen. Zweitens", er hob die Stimme, weil er merkte, Brüggemann wollte unterbrechen. „Zweitens, es heißt, der Indianer sei frech geworden. Aber es ist niemand da, der überhaupt verstand, was der Mann sagte." Und während die anderen noch über diesen Tatbestand nachdachten, fuhr er fort „Und nun gibt es einen Toten. Schlechter können wir uns in dieser Stadt gar nicht einführen. Wir sollten schnell jemanden rüberschicken, der unser Bedauern ausspricht und eine Wiedergutmachung anbietet."
„Kommt gar nicht in Frage." Brüggemann war uneinsichtig, wollte vielleicht auch nur recht behalten. „Bedauern, das heißt Schuld anerkennen. Wie erkennen gar nichts an. Wenn diese Indianer sich im Recht fühlen, sollen sie doch kommen und Forderungen stellen. Dann können wir darüber sprechen. Wenn wir bedauern, wird das verdammt teuer."
Da Crusius und v. Staden unentschlossen waren, behielt Brüggemann recht.

Olearius hatte schon früher verschiedentlich versucht, die Männer zur Toleranz anzuhalten.
„Wir sind alle Gottes Geschöpfe", pflegte er zu sagen.
„Und wenn sie zehnmal einer anderen Religion zugehören, sie sind doch Gottes Kinder und wir sollten sie so behandeln."
Brüggemann dagegen verachtet alle, die anders waren als er selbst. Das hatte sich in Riga gezeigt, in Reval, in Moskau, und noch mehr auf der Flußreise bei den Tataren und Baschkiren. Das wirkte ansteckend. So führten sich einige Männer auf wie die Herren, auch wenn sie nur Diener waren.
Aber sie hörten erst einmal nicht mehr von dem Vorfall. Weder kamen Abgesandte der Inder, noch beklagten sie sich bei den Persern. Der Gesandtschaft wurde sowas jedenfalls nicht bekannt. Es schien alles vergessen

und Brüggemann fühlte sich wohl. Diese Art des Auftretens im Ausland sagte ihm zu.
Auch die anderen mochten sich an diesen stürmischen Empfang nicht gerne erinnern. Und eigentlich hatten sie dazu auch keine Zeit. Zuviel Neues mußte verarbeitet werden. Fremde Straßen, fremde Häuser, fremde Menschen. Obwohl sie hier in Persien bereits einige Städte gesehen hatten, die Pracht Ispahans stellte alles bisherige in den Schatten.

Der Mehemander kam mit freudigem Gesicht. Er hatte ein neues Quartier ausgemacht, ein schönes Haus, ganz in der Nähe, wie er nicht müde wurde, zu betonen. Crusius und Brüggemann möchten doch mitkommen, es sich anschauen.
So geschah es.
Der Perser hatte nicht übertrieben. Das Gästehaus des Schahs lag eben um die Ecke, aber schon mitten im Grünen. Am hinteren Rand des schönen Gartens plätscherte der Sende-rud, jetzt nur ein kleines, freundliches Bächchen mit klarem kalten Gebirgswasser, sollte er zur Zeit der Schneeschmelze ein reißender Fluß sein.
Durch den breiten Eingang trat man in eine Art Vorhalle, einem großen achteckigen Saal mit einem ebenfalls achteckigen Brunnen, der genau wie die Wasserspiele im Garten und im nächsten Geschoß vom Bach gespeist wurde. Aus diesem Saal führte eine wunderschöne marmorne Treppe in die oberen Geschosse und weiter bis zum Dach. Oben wurde der Saal von einer Kuppel aus bunten gebrannten Ziegeln abgeschlossen. Die Wände zierten wunderschöne Mosaike.
Alles war wie aus den Geschichten, die hier erzählt wurden, wie aus 'Tausend und einer Nacht.'

Rund um die Halle lagen Küche, Vorratsräume, Wachstube, Räume für Dienerschaft und Wachen.
Auf dem Dach blühte es in allen Farben und der süße Duft der Blumen wirkte fast betäubend. Hier konnte man abends sitzen, essen, trinken, singen.
Kurz, in diesem Palast würde man es aushalten können.
„Wann können wir hier einziehen?“ wollte Crusius wissen.
„Wann Ihr wollt, sofort oder morgen, oder auch übermorgen, wie es Euch beliebt.“
Es versteht sich, sie wollten sofort.
Die Kisten, Kästen und Ballen waren schon teilweise auf den Hof getragen, und einige Leute begannen bereits, die Sachen in das andere Haus zu tragen. Da kam plötzlich der Kammerpage Christian Ludwig angelaufen, sein Gepäck noch unterm Arm. Schweratmend ließ er seinen Packen fallen.

„Peter Wolter ist weg!“ keuchte er.
„Die Indianer haben ihn erwischt, samt seiner Kiste.“
Abgerissen kam es über seine Lippen. Er wurde mit Fragen bestürmt.
„Peter ging vor mir. Ich kam um die Ecke und da war er weg. Einfach verschwunden. Nur einige von den Indern sah ich da.“
„Hast du nachgesehen, auf den Höfen?“
„Bin ich denn verrückt? Lasse mich auch noch fangen was? Ich habe die Beine in die Hand genommen, daß ich wegkam. Die Indianer haben ihn erwischt. Da, seht ihr?“ und er wies über die breite Straße zum Quartier der Inder, wo sich diese mit ihren usbekischen Helfern zu schaffen machten.

Schon stürzten sich die Deutschen, ohne einen Befehl abzuwarten, auf die Inder, die jedoch aus guter Deckung heraus sofort mit Pfeilen die Anstürmenden empfingen. Die Gottorper zogen sich zu ihrem Gepäck zurück, aber nur notdürftig gaben die Kisten und Ballen auf dem Hof Deckung. Zwei Mann hatten ihre Musketen dabei und beantworteten die Pfeilschüsse. Aber der Pfeilhagel war dicht, die Bögen schneller gespannt als eine Muskete geladen.
Crusius, Brüggemann, v. Staden und Olearius saßen bereits im neuen Quartier zusammen, als sie die Schüsse hörten. Der Marschall schickte einen Mann, zu sehen, was da los sei. Der Mann kam nicht wieder, stürzte sich vielmehr gleich selbst ins Gefecht.
Wenn die Inder das alles so geplant hatten, hätten sie keinen günstigeren Moment wählen können. Die Gottorfer waren an drei verschiedenen Orten. Auf dem Hof versuchten einige Seeleute und Soldaten die Bagage zu schützen. Der Bootsmann Cornelius Clausen, ein Hüne von Gestalt und ein mutiger Kerl, stand vor einem Ballen und schrie:
„Ihr Feiglinge. Warum versteckt ihr euch. Kommt heraus aus eurer Deckung, mit meinen bloßen Händen will ich es mit dreien von euch aufnehmen.“
Er hatte wohl recht. Die Inder waren durch die Bank kleine Männer und im Faustkampf sicher unterlegen. So blieben sie also in Deckung und schossen weiter ihre Pfeile auf die Holsteiner ab. Kurze Pfeile, mit scharfen Eisenspitzen.
„So aus dem Hinterhalt zu schießen“, schrie der Bootsmann wieder. „Das ist doch kein fairer...“ Der Rest ging in einem leisen Gurgeln unter. Clausen bewegte den Mund, er fuhr mit seinen Händen an die Kehle. In seinem Hals steckte wippend ein Pfeil. Dann fiel er neben seinem Ballen nieder und starb.
Der Sergeant Morthoi war in die Brust getroffen. Zwei Kameraden packten ihn und schleppten ihn zum neuen Quartier, wo auch der Marschall mit den Gesandten stand. Als die Männer mit Morthoi beim Eingang ankamen, war dieser tot.

Die Lage war kritisch. Die Inder waren in großer Übermacht. V. Staden schrie und brüllte, er wollte möglichst viele seiner Mannschaft beisammen haben, sie sollten den Hof verlassen. Nicht einmal Brüggemann erhob Einwände gegen die Aufgabe des Gepäcks.
Die meisten der Männer sammelten sich. Einige hatten die alte Unterkunft nicht schnell genug verlassen können. Man hörte, wie sie sich verteidigten. Die Männer aus der Stadt kamen zurück und ihnen zur Hilfe.
Gegenüber standen einige Turkmenen vor ihren Unterkünften und tauschten fachmännisch ihre Meinungen über die Lage aus. Siegten die Inder oder behielten die Gottorper Oberhand?
So wunderbar das neue Quartier war, als Festung taugte es wenig. Zur Straße hin hatten sie zu wenig Übersicht. Sie fühlten sich wie gefangen und stiegen hinauf aufs Dach. Da sahen sie, wie die Inder das Dach des Nachbarhauses erkletterten um von dort oben ihre Gegner zu beschießen. Im Nachbarhaus wohnten Armenier, das waren Christen, die dem Schah untertan waren. Sie weinten, als sie andere Christen so in Gefahr sahen. Von allen Seiten griffen die Inder nun an. Sie hatten rundherum die Dächer besetzt, hatten bereits den Hof gestürmt. Nur unten, im alten Haus, konnten sich die Männer offenbar noch verteidigen. Sie hatten dort auch noch Waffen, Musketen und Säbel. Als sich die Inder vom Hof her nach oben durchkämpften, die Gottorfer waren durch die Pfeilschüsse in Deckung gezwungen, wurde es ganz gefährlich. Die Belagerten brachen die Mauer zum Nachbargebäude ein, wo sie von den Armeniern hilfreich empfangen wurden. Da endlich, reichlich spät, kam der persische Marschall mit seinen Leuten und gebot Frieden.

Das späte Erscheinen des persischen Marschalls schien einen Grund zu haben. Der holsteinischen Gesandtschaft gab man insgeheim, und wohl nicht ohne Grund, die Schuld für die Vorgänge. Man wollte es zwar nicht zu einem Bruch mit den Deutschen kommen lassen, aber eine kleine Lektion sollte ihnen wohl erteilt werden. Auch mit der Rückgabe der Beute ließ man sich Zeit. Die Inder und Usbeken hatten bereits alles unter sich verteilt und es dauerte Tage , bis die Holsteiner sich ihr Gepäck bei dem persischen Kommandanten abholen konnten. Die Kiste jedoch, die der Diener Peter Wolter getragen hatte, blieb verschwunden.
Nun war es doch teurer geworden, als Brüggemann veranschlagt hatte.

„Ich fürchte, das dicke Ende kommt noch“, bemerkte Olearius. „Die Inder verloren ja wohl 24 Mann.“

„Ihr zählt die Toten der Feinde“, herrschte Brüggemann ihn an. „Ich trauere um unsere Toten.“
„Auch ich bin traurig, zumal das alles nicht nötig gewesen wäre. Unsere Freunde könnten noch leben. Aber Feinde? Die Inder waren nicht unsere Feinde. Ihr und Eure Männer haben sie erst dazu gemacht. Übrigens geschieht das ja nicht zum ersten Mal. Ihr habt auf unserem Weg viele Feinde für die Rückfahrt hinterlassen.“
„Schluß mit dem Streit!“ beendete Crusius das Gegeneinander.
Die Blicke, mit denen sich Brüggemann und Olearius musterten, machten deutlich, das gute Verhältnis zwischen ihnen bestand nicht mehr.

Der Meggerkoog

In der Heimat warteten sie sehnsüchtig auf neue Nachrichten aus Persien. In des Herzogs Kämmerei wurde gerechnet und gerechnet. Es wurde Zeit, daß sich die großen Ausgaben für die Gesandtschaft amortisierten.
Die persischen Häuser in Kiel, der Glantzsche Speicher in Eckernförde gingen ihrer Vollendung entgegen. Wer immer auf die persische Karte gesetzt hatte, erwartete neue Nachrichten, neue Erfolge. Aber es gab hier in Schleswig-Holstein im Moment keine Möglichkeit den Gang der Dinge zu beschleunigen. Es hieß ganz einfach warten und zwischendurch die täglichen Aufgaben weiter zu meistern.

Garbsen saß in der leeren Gaststube. Sein Schwager wischte mit einem Tuch über die Bänke, über den Tisch, er begann, als er beim besten Willen am Tisch nichts mehr zu wischen fand, die leeren Kannen und Krüge zu spülen. Im 'Ochsen' war nicht mehr viel los. Die Schiffer hatten seit einigen Jahren ihr eigenes Haus und ließen sich hier nur noch selten blicken. Der Ochsenauftrieb war weniger geworden. Es waren einige Jahre vergangen, seit dem letzten Besuch Ossen-Schröders. Auch beim Pferdemarkt fiel weniger für Lavrens ab. Der beste Gast blieb der stille Teilhaber, der dicke Garbsen. Und ihm war das recht, wenn die ganze Aufmerksamkeit des Wirtes ihm galt, aber auch er hätte gerne mal andere Gäste hier gesehen. Sich nur mit dem Schwager zu unterhalten, war auf Dauer langweilig, zumal dieser immer häufiger mit trübseligem Gesicht herumlief.
„Laß doch bloß den Kopf nicht so hängen“, schalt er ihn. „Wir haben doch genug, sind doch nicht auf die paar Taler angewiesen.“
„Das verstehst du nicht, Schwager. Du warst Zolleinnehmer und hast dich zur Ruhe gesetzt. Gut. Ich aber bin Gastwirt, und wenn ich Gastwirt sein will, muß ich Gäste haben, die ich bewirten kann. So ist das!“
„Na, dann bewirte mich mal mit einer Kanne Kakebille. Mein Krug ist leer.“
„Kriegst du sofort. Aber Gast wirst du darum noch lange nicht.“
Er schlurfte zum Schanktisch.
„Schlechte Zeiten“, brummelte er, „Schlechte Zeiten.“
„Schlechte Zeiten hatten wir früher auch“, rief Garbsen von seinem Platz herüber. „Und wir haben sie immer überstanden. Wir werden sie auch diesmal überstehen.“
Eine Weile war es still. Als Lavrens das Bier brachte, setzte er sich einen Augenblick neben seinen Schwager.
„Kannst du es nicht verstehen? Wir können uns ja in die Küche setzen, und wenn du Durst hast, bringe ich dir dein Bier, und wenn wir Hunger haben, macht

Martha uns was zu Essen und zwischendurch gehe ich mal zur Brücke und höre, was es Neues gibt. Aber dazu brauche ich doch kein Gasthaus. Wenn ich aber Gastwirt bin, dann will ich Gäste haben, sonst kann ich dicht machen."
„Ja, Neuigkeiten, da warte ich auch drauf. Schon wegen der Neuigkeiten lohnt sich das Gasthaus, Schwager."

Lavrens schüttelte den Kopf, sagte aber nichts mehr sondern stand auf und begann, die blanken Krüge und Kannen noch blanker zu putzen.
Garbsen trank sein Bier und wußte auch nichts zu sagen. Dann horchten beide auf. Auf dem Pflaster des Hofes rollte ein leichter Wagen vor. Lavrens ging zum Fenster. Garbsen sah ihn erwartungsvoll an. Doch noch ein Gast? Und ein Fremder?
„Datt mi doch düsse und jene holt! Ni radst Du, wer dor kümt." Und er sah seinen Schwager lachend an. Der war zu träge zum Raten.
„Wenn er gleich rein kommt, werde ich es sehen", tat er gelassen, obwohl er bannig neugierig war.
Und wer trat über die Schwelle?
Ossen-Schröder.
„Na, mit mir habt ihr wohl nicht gerechnet, was?"
„Mensch, Ossen-Schröder. Vorhin haben wir von dir gesprochen. Ist es nicht so, Schwager? Zumindest von deinen Ochsen haben wir geschnackt. Ich hatte schon Angst, der Herzog hätte dich eingelocht."
„Du siehst, das ist nicht der Fall. Aber mit diesen strengen Zollverordnungen bringt der Ochsenhandel nichts mehr ein."
„Du siehst aber aus, als würdest du gut leben."
„Es könnte besser sein. Aber ich will nicht klagen. Was ich brauche habe ich und Bier und Herberge kann ich zahlen, Lavrens. Du hast doch ein Bett frei?"
„Klor."
„Los, erzähl."
„Also, Ochsen verkaufe ich nur noch nebenbei. Einmal im Jahr lasse ich einen Zug nach Hamburg treiben. Und der Herzog kriegt auch seinen Teil. Wißt ihr, den Jürs, den haben sie mir ja eingespunst. Vier Jahre sind es wohl her. Und da bin ich denn doch bange geworden. Heute habe ich auch keine Ochsen für euch. Ich will euch heute Käse verkaufen."
„Kääääse?"
Garbsen glaubte, sich verhört zu haben.
„Kääääse? Wieso Käse?"
„Ein Stück Käse ist ja eine gute Sache", mischte der Wirt sich ein und brachte Ossen-Schröder ein Bier.

„Nicht jeder lebt, wie mein Schwager, vom Bier alleine. Aber wieso willst du Käse verkaufen?“
„Habt ihr schon mal von einer Holländerei gehört?“
„Sag bloß, du machst sowas?“
„Genau. Statt Ochsen halte ich nun Milchkühe. Und dann habe ich mir einen Holländer kommen lassen. Der kümmert sich mit seinen Leuten um die Kühe und um die Käsezubereitung. Der wird dann gelagert, bis er reif ist. Und ich muß nur verkaufen. In Schleswig, Flensburg, Husum, Rendsburg, ja und nun auch in Eckernförde, hoffe ich.“
„Mensch, dann bist du tatsächlich fast seßhaft geworden? Vielleicht gar verheiratet?“
„Das auch, ja.“
„Und wer ist deine Frau, kennen wir sie?“
„Glaube ich nicht. Sie war noch nie in Eckernförde, und ihr kommt hier ja auch nie raus.“
„Tu nicht so geheimnisvoll, erzähl' schon. Wer ist sie? Wo kommt sie her? Sieht sie gut aus? Hat sie was an den Hacken?“
„Einen Haufen Fragen auf einmal. Also gut, der Reihe nach. Manda ist die einzige Tochter von Bauer Stensen aus Brarup. Der Alte ist aufs Altenteil gegangen. Und Manda sieht gut aus. Und sie ist tüchtig. Schön und tüchtig, genau das, was ich brauche.“
Ossen-Schröders - oder mußte man jetzt sagen Käse-Schröders? - Anwesenheit hatte sich schnell herumgesprochen und so kamen einige Gäste, um Neuigkeiten zu erfahren. Schröder war gerne bereit, zu erzählen, kam heute jedoch nicht so recht auf seine Kosten, denn es hatte sich für Seeleute Wichtiges ereignet.

Im Sund hatten königliche Kriegsschiffe ein Handelsschiff aufgebracht, das aus Island kam und nach Wismar wollte.
„Da hat er nun jahrelang 'Gewerbefreiheit' gepredigt“, sagte Otten bissig, „aber den Island-Handel will er für sich reservieren.“
Jeder wußte, wen er meinte. Der König hatte per Gesetz den Islandhandel für die kopenhagener Kaufleute reserviert.
„Die Flensburger haben es da leichter“, meinte Blancke. „Sie haben ein Schlupfloch, sie können Kopenhagen als Heimathafen nehmen.“
„Ihr seht nicht so aus, als wäret ihr völlig verarmt“, warf Schröder ein. „Als ich zur Stadt rein kam, sah ich einen neuen Speicher am Hafen. Offensichtlich florieren doch die Geschäfte.“
„Das ist der persische Speicher von Glantz. Der setzt voll auf den Persienhandel.“

“Und zu recht“, fiel Glantz ein. „Völlig zu recht. Ihr werdet sehen.“ Und er kramte in den Taschen herum und holte einige Bogen beschriebenes Papier heraus.
„Hier, Christoff schreibt, es gibt keine Handelsstadt, die so reich ist wie Ispahan. Einen Augenblick, ich hab es gleich...“ Und er fuhr mit dem Finger die Zeilen auf und ab, um eine bestimmte Stelle zu suchen.
„Nein, Glantz, heute nicht. Nicht schon wieder vorlesen. Wir kennen den Brief doch schon alle. Erzähl dem Schröder lieber, was du mit dem fast fertigen Speicher machen willst, bis dein Persienhandel perfekt ist.“
„Na, dem Speicher kann es doch egal sein, ob ich chinesische Seide darin lagere oder Tuch aus Manchester. Wenn die ersten Waren aus Persien kommen, habe ich wenigstens Platz.“

Otten, sonst immer eher mit dem Mund voraus, hatte bis auf den einen bösen Satz gegen den König noch nichts gesagt. So kannte man ihn nicht. Das fiel vor allem Schröder auf, der ihn lange nicht gesehen hatte.
„Was ist mit ihm?“ fragte er Garbsen.
„Seine ‘Charlotte’ ist überfällig.“ Und, auf Schröders fragenden Blick. „Nein, das ist keine Kuh. Das ist eine Gaffelgaleote. Sie ist seit einer Woche überfällig.“
„Ist er denn nicht mehr mit Glantz und Glantz zusammen?“
„Doch. Aber sie waren nicht einig über den Umfang des Ostseehandels und nun fährt die Maschopei unter gerefften Segeln. Da hat Gijse einen Part an Ottens ‘Charlotte’ übernommen und fährt nun für ihn.“
„Und ist es denn schlimm, wenn das Schiff ein paar Tage später kommt? Hat es verderbliche Ware an Bord?“
Garbsen überlegte. Sollte er Schröder das erzählen, was in der Stadt ohnehin jeder wußte? Warum eigentlich nicht. Der Viehhändler war ja selbst kein Freund von Traurigkeit.
„Ich weiß nicht. Man spricht eigentlich nicht laut darüber, aber jeder weiß Bescheid. Ich glaube, die ‘Charlotte’ fährt nach Island. Könnte dann sein, sie ist von königlichen Schiffen aufgebracht.“
„Und was passiert dann?“
Auf dem Lande war Schröder mit allem bewandert, in der Seefahrt kannte er sich nicht aus.
„Dann steckt man die Mannschaft auf Kriegsschiffe, die Ladung wird für den König verkauft und das Schiff können Otten und Gijse zurückkaufen, wenn sie denn Glück haben.“
„Donnerwetter. Dagegen ist ja Ochsenschmuggel ein harmloses Unternehmen.“

Nach und nach hatte sich die Gaststube gefüllt. Otten war zwischendurch mal draußen gewesen, als könnte er sein Schiff mit den Augen in den Hafen ziehen. Dann hatte er wieder trübe an seinem Tisch Platz genommen und ein frisches Bier bestellt.
Lebhaft und hin und her ging die Unterhaltung, über den Persienhandel, die Handelseinschränkungen, über den neuen Altar in der Kirche, über die Holländereien und über die Manufakturen, die vom Herzog sehr gefördert wurden. Angeregt vom Bier, vom Korn und den Gesprächen, war es laut geworden in der Schenke. Wer was sagen wollte, mußte seine Stimme heben. Lavrens war in seinem Element, bewegte sich, obwohl schon etwas füllig geworden, geschickt zwischen den Tischen, brachte zu Trinken, bot Schröders Käse an und Marthas Soleier und warf dann und wann ein Wort in die Unterhaltung, hielt sie sozusagen in Gang. Kurz, er war wieder ganz Gastwirt.

Plötzlich flog die Tür auf. Mit dem Wind, der kalt hereinblies, kam der Hafenmeister herein.
„Die 'Charlotte' kommt. Ich habe sie erkannt. Sie lag eben auf der Höhe vom Ort."
Ein kurzes, heftiges Gedrängel an der Tür, dann war die Gaststube leer. Alleine der dicke Garbsen behauptete seinen Platz. Er war sicher, die Gäste würden wieder kommen. Es dauerte jedoch. Über eine Stunde verging. Lavrens, der mit den anderen rausgestürmt war, hatte seinen Platz am Schanktisch längst wieder eingenommen, hatte zwischendurch noch einige Flaschen Korn aus seinem Keller geholt, seinem Schwager ein frisches Bier gebracht und berichtet.
„Ja, es ist die 'Charlotte'. Und Gijse ist quietschvergnügt. Es scheint eine erfolgreiche Reise gewesen zu sein."
Mehr wußte er nicht.
Nach und nach kamen die anderen Gäste zurück, bestellten frische Getränke und redeten durcheinander, ohne viel mehr zu wissen als Lavrens.
Und dann schwiegen plötzlich alle. Gijse und Otten waren eingetreten und setzten sich an den Tisch.
„Ich habe lange keine Kakebille mehr getrunken", rief der Schiffer dem Wirt zu. „Ich schmeiße eine Runde!"
Wohl sah er die Erwartungen der anderen, endlich wollten sie wissen, warum er so spät kam. Aber wichtiger war im Moment, sich am heimischen Bier zu laben. Dann, alle waren mit Getränken versorgt, wischte er den Schaum vom Mund und erzählte:

Die ‘Charlotte’ war mit ihrer Ladung in Island gut aufgenommen worden. Sie hatten günstig verkauft und ebenso günstig eingekauft. Vor allem Robben- und andere Felle, Tran und Häute.
„Was meint ihr, wie der Kasten stinkt“, lachte er.
Auch die Rückreise war gut verlaufen, bis sie dann im Kattegatt von königlichen Schiffen gesichtet und gejagt wurden. Sie hatten sich drei Tage hinter der Insel Tjörn versteckt gehalten, bis sie sich wieder aufs offene Wasser wagten und dann, immer nur nachts, tagsüber hielten sie sich in den Buchten versteckt, durch den großen Belt und den Langeland-Belt nach Hause fuhren.
„Wohl war uns nicht dabei.“
„Da lob ich mir die England-Fahrt von Friedrichstadt aus.“ Otten schien wieder munter zu sein.
„Sag das nicht. Im Sund jagen dich des Königs Schiffe, im Kanal die türkischen Seeräuber. Gejagt wirst du auf jeden Fall.“
„Also bleiben wir in Zukunft auf der Ostsee.“
„Ich möchte eine Wette gegen euch halten, Otten und Gijse.“ Garbsens Stimme drang immer noch leicht durch das nun wieder einsetzende Stimmengewirr.
„Ich setze zwei Reichstaler. Ihr macht doch wieder eine Islandfahrt. Nirgendwo anders verdient ihr soviel. Vielleicht später, beim Persienhandel. Aber wer weiß denn, ob das je was wird.“
„Wir haben jetzt keine Zeit für Wetten, Garbsen. Wir müssen löschen und unsere Ladung an den Mann bringen“, lachte Otten, von dem in den letzten zwei Stunden eine Last gefallen schien.

*

Naß und kalt wehte der Wind über die sumpfige Landschaft. Meilenweit nach Westen Sumpf, Moor, unterbrochen von niedrigem Gebüsch und schilfbewachsenen Tümpeln. Eine trostlose Gegend. Weit entfernt, wenn die Wolken ein wenig aufrissen, gerade noch zu erkennen, der flache Geestrücken mit dem Flecken Schwabstedt auf dem anderen Ufer der Treene und diesseits des Flusses die lange Düne zwischen Erfde und Nordstapel. Die Alten erzählten, Nordstapel sei erst erbaut worden, nachdem das alte Dorf unter der Düne versunken war. Möglich. Stetig wehte der Wind von der Westsee her, trieb Sandkorn um Sandkorn voran. Weiter, immer weiter. Die Männer von Stapelholm hatten die Düne bepflanzt, mit Büschen, mit hartem Gras. Und so war sie zum Halten gebracht worden. Wer weiß, wie lange.
Vor diesen beiden Höhen war niederes Land, das nun im Herbst bei jedem Hochwasser überschwemmt wurde. Selbst bei Ebbe, wenn das Wasser über Schloote und Gräben in die Sorge, Treene und Eider geleitet wurde, blieben Tümpel, Lachen, Teiche, morastiger Boden, von Salzwasser getränkte Erde, die die Nutzung dieses weiten Landes einschränkte. Ried und Salzgräser gaben nur Schafen Nahrung. Wer Vieh halten wollte, mußte sich schützen gegen die Überschwemmungen, mußte Gräben ziehen zur Entwässerung, Wälle anlegen gegen das Hochwasser. So hart und streng, wie das Land, so hart und streng waren die Menschen, die hier lebten.

Der Wachsoldat pfiff.
Mittagspause.
Müde kletterten die Männer die Grabenwand hoch, wurden vom Wind erfaßt, der durch ihre nassen Klamotten blies, und beeilten sich, in den Windschutz des Wagens zu kommen, an dem ihre Mahlzeit ausgegeben wurde. Abseits standen die Wachen mit geladenen Musketen.
Die armseligen Gestalten, Landfahrer, Bettler, Diebe, alle zur Karre verurteilt*, drängten sich um den heißen Suppenkessel, aus dem Wiebke mit einer großen Kelle die Zinnäpfe der Gefangenen füllte. Ihr Dienstherr, der Bauer Wilm Bude, stand daneben und verteilte Brot.
Das war das einzig Gute am Gefangenendasein. Man wurde jeden Tag satt, hatte wenigstens jeden Abend einen trockenen Platz zum Schlafen.
Vom Deich her, an dem er gearbeitet hatte, kam in Begleitung eines Postens Jürs. Jürs war einer der Alten bei der Trockenlegung des Meggersees, war von Anfang an dabei.

* zur Karre verurteilt - Gefangene mußten arbeiten, beim Festungs-, Deichbau usw. Teilweise wurden sie an die Karre gekettet

Er arbeitete an der Deichböschung, wo, wie der Baumeister immer wieder betonte, besondere Sorgfalt vonnöten sei, damit der Wall nicht beim ersten Regen wieder in die Gräben rutschte. An der Ostseite des Koogs war der Deich bereits fertig und leitete die Sorge in ein neues Bett, an Meggerdorf vorbei bis zur sogenannten Sandschleuse, hinter der sie sich wieder mit der alten Sorge vereinte und gemeinsam in einigen Windungen zur Eider floß. Die Westseite des Koogs sollte von einem Deich begrenzt werden, der noch weit vor dem alten Eiderbett angelegt wurde. Mehrere durch Windkraft betriebene Schöpfwerke sollten hier den Koog entwässern. 'Fünfmühlendeich' nannte der Baumeister diesen Damm schon heute.

Fast gierig schlürfte Jürs die ersten Löffel. Das heiße Essen tat gut. Obwohl er nicht bis zur Hüfte im Wasser arbeiten mußte, war ihm kalt. Der ständige Wind, der immer wieder Regenschauer vor sich hertrieb, sog einem Menschen die Wärme aus dem Körper. Schweigend nahm Wiebke neben ihm Platz. Sie selbst sprach nicht viel, doch hörte sie gerne zu, wenn Jürs erzählte. Und das tat er oft. Er hatte viel erlebt.

Vor vier Jahren war er wegen Ochsenschmuggels zu fünf Jahren Karre verurteilt worden. Eine harte Strafe. Aber der Herzog wollte ein Exempel statuieren und den Richter hat Jürs gegen sich aufgebracht mit der Weigerung, seine Auftraggeber zu benennen. Jürs bestritt standhaft, im Auftrage Schröders gehandelt zu haben.

„Du bist doch Schröders Mann“, hatte der Richter ihn angefahren. „Was soll das Leugnen. Du verschlechterst doch nur deine Lage.“

„Ich bin bei Schröder in Diensten, ja. Aber diesen Auftrag hat mir ein Fremder gegeben.“

Und dabei blieb er.

„Wenn du die Wahrheit sagst, wird deine Strafe gering bleiben.“

Aber Jürs war dabei geblieben. Ein Fremder hatte ihn beauftragt. Er kannte ihn nicht, hatte ihn vorher nie gesehen.

Und der Richter, zornig, weil er den Hauptübeltäter nicht überführen konnte, verurteilte Jürs zu fünf Jahren Karre.

„Warum hast du dem Richter denn nicht die Wahrheit gesagt, wenn er dir schon eine geringe Strafe verspricht?“

Wiebkes Frage hatte nichts zu tun mit dem Gebot zur Wahrheit, sondern entsprang ganz praktischen Überlegungen.

„Ach, die Herren versprechen viel, und halten wenig“, sagte Jürs. „Was sie sagen, ist das Eine, was sie tun, das Andere. Ich baue mehr auf die Anständigkeit Schröders, als auf das Wort des Richters.“

„Wie lange mußt du noch bleiben?“
Das hatte Wiebke schon häufig gefragt. Sie schien die Tage genau so zu zählen, wie ein Gefangener.
„Eigentlich noch ein Jahr, denn ich habe vier Jahre abgerissen. Aber ich werde in drei Monaten dreißig, und darum habe ich ein Gnadengesuch eingereicht. Ich habe mich ja immer ‘gut geführt’, wie der Kommandant sagt. Aber ich erzähle und erzähle. Nun rede du mal von dir.“
„Das weißt du doch. Ich komme von Strand.“
„Und deine Familie?“
„Alle tot. Damals, bei der Manndränke.“
„Und seit der Zeit bist du in Meggerdorf?“
„Ja. Kurz danach. Bei Bauer Bude.“
„Und? Gefällt es dir?“
„Na-ja“ kam es gedehnt.
„Aber der Bauer ist doch freundlich.“
„Die Frau meint, er sei zu freundlich. Und das ist schlimm.“
„Ich verstehe.“

Die Mittagspause war vorüber. Die Männer gingen an ihre Arbeit, die Wachposten verteilten sich an den Gräben entlang. Bauer Wilm Bude fuhr mit Magd und Karre und Suppenkessel zu seinem Hof. Jürs sah dem abfahrenden Wagen nach.
Die Mittagspause und die kurzen Gespräche waren ihm das Wichtigste am ganzen Tag geworden. Auch die anderen Gefangenen, die nun wieder in die Gräben kletterten, richteten sich an dem freundlichen Wesen Wiebkes auf. Vielleicht sie noch mehr als Jürs, denn sie hatten es schwer. Jürs kannte das.

Am schwersten waren für ihn die ersten Wochen gewesen. Eingesperrt, ohne Arbeit, schlechtes Essen, böse Schlüsselknechte. Dann durfte er in der Festung arbeiten und in der näheren Umgebung. Morgens wurde die Kerkertür auf- und er an die Karre angeschlossen. Aber dann gab es richtige Arbeit. In Meggerdorf am Meggersee. Schon die Arbeit an der frischen Luft vermittelte fast ein Gefühl wie Freiheit. Ähnlich empfanden wohl auch die Wachleute. Weniger mürrisch als in der Festung, waren sie sogar mal zu Scherzen aufgelegt. Es gab weniger Strafen und weniger Fußtritte als sonst. Und die Erdarbeit war nicht ganz so schwer, wie in der Festung. Hier hatten sie schon die Sturzkarre, die Johann ‘Rollwagen’ an der Westküste für den Deichbau eingeführt hatte.
‘Rollwagen’ war ein Ehrenname für Johann Claussen Koth, den ihm die Deicharbeiter gegeben hatten.

Aber nach wie vor war es beim Grabenziehen und Deichbau kein Zuckerlecken. Vor allem an den tiefsten Stellen der Gräben hatten die Männer es schwer.

Tiefer und tiefer sanken die Beine in den Morast ein. Immer geringer wurde dadurch die Bewegungsfreiheit des Oberkörpers. Die Spaten, die den nassen, schweren Boden auf die höher gelegene Grabenkante befördern sollten, wurden nur noch durch reine Muskelkraft bewegt, von keinem Körperschwung unterstützt. Es half nichts, die Beine mußten raus aus dem Sumpf, damit der Oberkörper beweglich wurde. Auf dem Spaten gestützt wurde erst ein Bein, dann das andere herausgezogen. Mit einem leisen schmatzenden Geräusch lösten sie sich aus der Umklammerung. Rasch wurden einige Spaten voll aus dem Graben geschaufelt, bevor die Beine wieder einsanken. Einsacken, rausziehen, einsacken, rausziehen und dazwischen immer wieder Spat um Spat auf die Grabenkante befördert. Bis zur Mittagspause. Nasse, kalte, bewegungs- und gefühllose Anhängsel, die man Beine nannte, wurden zum Essensplatz geschleppt. Suppe schlürfend betrachteten die Männer ihre Füße und wunderten sich, wenn die Zehen sich wieder bewegten.
Das alles kannte Jürs und war froh, für die leichtere Arbeit eingeteilt zu sein.

*

Der Winter war vergangen.
Hinter der Stenter Mühle stürzte das Wasser der Stentenau mit Getöse in die Sorge. Der Baumeister, der die Trockenlegung des Meggersees leitete, versuchte vergeblich, sich verständlich zu machen. Kanzler Kielmann schrie den Kutschern noch die Anweisung zu, am Nachmittag in Börm auf sie zu warten, dann stieg er hinter dem Bauführer und den beiden Gästen aus Kopenhagen die steile Treppe neben dem Wasserrad hinunter und folgte ihnen zu einer flachen Prahm, in der schon zwei Männer bereit standen, um sie die Sorge abwärts zu staken in das Gebiet, wo die Bauarbeiten kurz vor dem Abschluß standen.

Die Abgesandten der Krone waren sehr interessiert. Sie musterten die Schiffe, die in einer kleinen Bucht am Ufer vertäut waren.
„Wird viel gehandelt auf diesem Fluß?"
„Es lohnt nicht groß. Schwere Lasten, ja! Holz, Getreide, Torf. Aber der Umweg ist zu groß. Bis zur Eider sind es über 4 Meilen*."

* 1 Meile ca. 7,5 Kilometer

„Und nun verkürzt Ihr den Weg?“
Die beiden Kopenhagener warfen sich einen vielsagenden Blick zu.
Sie hatten während der Reise hierher ihre Gedanken ausgetauscht. Sowohl über den Herzog, der ja praktisch Landesverrat begangen hatte, damals, als er König Christian die Kriegsgefolgschaft verweigerte, als auch über Kielmann, des Herzogs engsten Berater. Obwohl Kielmann als gebürtiger Itzehoer eindeutig Untertan des Königs war, scherten ihn des Königs Interessen wenig. Er hielt es ganz offensichtlich mehr mit dem deutschen Kaiser. Und so betrachteten sie alles mißtrauisch, was die beiden Gottorper unternahmen.
Es war schon eh unwahrscheinlich, daß so gewaltige Erdbewegungen nur zur Gewinnung von Acker und Weideland vorgenommen wurden. Wieso sollte man ausgerechnet dem Herzog und seinem Kanzler solche bescheidenen Pläne abnehmen?
Kielmann hatte sie heute morgen in Eckernförde abgeholt, wo sie im Haus der Ahlefelds übernachtet hatten.
Nicht einmal eine Stunde hatten sie bis hierher zur Stentenauer Mühle gebraucht.
Zugegeben, sie hatten ein gutes Gespann Pferde und der Weg hierher war im besten Zustand. Aber von hier ging es auch über Stentenau -Sorge - Eider direkt in die Westsee, ohne Rendsburg überhaupt in Sicht zu kriegen.
Mußte man nicht vielmehr an einen Wasserweg, denn an die Trockenlegung eines unbedeutenden Tümpels denken? Ging es hier nicht vielleicht doch gegen das königliche Rendsburg, das bisher die Eiderschiffahrt beherrschte?
Jede Umgehung Rendsburgs mußte dem König gegen den Strich gehen.
„Nein. Der Weg wird nicht kürzer, oder doch nicht wesentlich. Es geht uns bei der Trockenlegung nicht um die Schiffahrt, sondern um Acker- und Weideland. Was uns die Sturmflut von Strand nahm, wollen wir im Binnenland zurückgewinnen, oder doch einen Teil davon.“
Kanzler Kielmann ahnte die Sorgen der königlichen Abgesandten und wollte sie beruhigen.

Schon von der Mühle an floß die Sorge in einer Breite von neun bis zwölf Fuß* dahin. Drei Fuß griffen die Staken durch Wasser und Schlamm, bis sie festen Grund erreichten. Nebenflüsse, Bäche, Gräben führten immer mehr Wasser zu.

* 1 Fuß = 12 Zoll = 28,8 cm

Bei Sorgkrog drängte der Fluß sich noch mal durch bewaldete Höhen, dann traten die Ufer zurück und auf beiden Seiten lagen herrliche, grüne Auen.
Wieder passierten sie eine Anlagestelle. Die paar Schuten und Kähne, die dort angetäut lagen, waren klein und flach und die Kopenhagener schienen beruhigt.
„Das ist unsere Zollstation." Kielmann wies auf ein häßliches, graues Gebäude, das genau an der Furt lag, wo der Heerweg die Sorge querte.
„Bis hierher macht sich der Tidenhub bemerkbar", sagte kurz darauf der Baumeister.
„Wir versuchen das durch einige Schleusen am Unterlauf abzustellen."
Und weiter ging es. Das Gelände beiderseits des Flusses wurde tiefer und feuchter. Der Baumbewuchs ging zurück, das Tal wurde breiter. Nur weit vom Flußufer entfernt sah man einige Male Rinder.
Plötzlich wurden die Männer an den Staken lebendig. In einer ziemlich scharfen Kehre floß das Wasser mit starkem Zug südwärts und nahm dabei ein von Norden kommendes Wasser auf. "Die Bennebek", erklärte der Baumeister.
Er wies auf den Deich, der an Steuerbord lag.
„Das hier ist der Umleitungsdeich. Er zwingt den Fluß in das neue Bett."
Eine halbe Meile fuhren sie fast schnurgerade in südwestliche Richtung, dann wurden die beiden Flußschiffer wieder lebendig. Mit kräftigen Stößen brachten sie das flache Boot in andere Richtung und bogen in das alte Bett der Sorge ein.
„Wieso altes Sorgebett?" wollte Hans Friedrich Christiansen aus Kopenhagen wissen. „Die Sorge ist doch umgeleitet. Wo kommt denn nun dies Wasser her?"
„Nicht von der Sorge", gab der Baumeister zur Antwort. „Aber im Gebiet, das die alte Sorge durchfloß, tritt viel Wasser auf, Grundwasser, Schmelzwasser, Stauwasser. Wir sind froh, daß wir das alte Flußbett zur Entwässerung haben."
Sie stakten das Boot die alten Schleifen aufwärts bis zur 'großen Schloote', die eine gute halbe Meile weiter direkt in die Eider entwässerte. Der Graben wurde schmaler, machte einen Bogen. Vorsichtig schoben sich die Männer am Grabenrand entlang und näherten sich dem Mühlendeich, an dem immer noch Gefangene letzte Hand anlegten.
Hinter dem Deich breitete sich auf einer Fläche von etwa ¼ Quadratmeile, von vielen Entwässerungsgräben durchzogen, der neue Koog aus. Der Meggerkoog. Im Süden lag, wie auf einer kleinen Insel, Meggerdorf. An dem etwas höher gelegenen Gelände vorbei schoben sich die Männer mit dem Boot in die Ringschloote, die den nächsten Koog, den Börmer Koog entwässerte.
„Ihr wolltet vorhin wissen, woher das Wasser kommt. Zu Beginn unserer Arbeit wurden wir gefragt, wo wir das Wasser lassen wollten. Seht Euch an, wie breit der Graben hier ist, obwohl der Börmer See von dem Stauwasser nie berührt wurde."

Jeder spürte den Stolz des Baumeisters auf die geleistete Arbeit. Die Kopenhagener waren beeindruckt, der Kanzler zufrieden.

*

Jürs, trotz Gefangenschaft und harter Arbeit meist guter Laune, strahlte über das ganze Gesicht.
„Du bist so fröhlich. Hast du gute Nachricht?“ Wiebke spürte jede Veränderung in Jürs Auftreten.
„Der Herzog hat mich begnadigt. Nächste Woche werde ich entlassen.“
Ja, und dann wollte er sofort nach Brarup rauf, zu Schröder. Der würde ihm Arbeit geben.
Jürs war so freudig erregt, daß er anfangs gar nicht bemerkte, wie abwesend das Mädchen war und wie sie auf diese doch freudige Nachricht reagierte. Wiebke war immer zurückhaltend und so fiel ihr Schweigen anfangs wenig auf.
„Du sagst nichts? Was ist denn los?“ wollte er dann doch wissen.
„Da konnte Wiebke ihre Tränen nicht mehr zurückhalten. Es brach aus ihr heraus.
„Du willst weg und ich muß weg“, schluchzte sie. „Die Frau hat ihren Willen durchgesetzt. Am Monatsende muß ich gehen. Aber wohin? Wo soll ich denn hin?“
Jürs öffnete die Arme und das Mädchen warf sich hinein. Das erste Mal seit Jahren suchte sie Trost und Wärme und fand, was sie suchte.
„Du kommst mit mir. Natürlich kommst du mit mir. Was denn sonst?!“ Und er drückte sie heftig an sich. Viel einfacher konnte wohl eine Liebeserklärung nicht sein. Da gellte mitten in diese Umarmung hinein der Pfiff des Wachmannes. Jürs riß sich los. Nur nicht jetzt noch Ärger kriegen.
„Nun bin ich erst richtig froh“, sagte er noch, bevor er an die Arbeit ging.

Eine Woche später wanderten die beiden über Börm, Reide und Schleswig nach Brarup. In einem Tuch trug sie ihre Habseligkeiten. Die Frau, die wohl einsehen mochte, daß es Unrecht war, fünf Monate vor Michaelis das Mädchen auf die Straße zu setzen, hatte ihr noch den Lohn für diese Zeit ausgezahlt.
Aber Wiebke und Jürs fühlten sich weder von dem bißchen Geld, noch von ihrem leichten Gepäck belastet. Die Sonne schien, die Büsche und Bäume zeigten das erste Grün. Die Luft war vom Gesang der Vögel erfüllt. Die beiden hielten sich an der Hand, suchten immer wieder die Augen des anderen und lachten sich glücklich an.
So frei, so unbelastet, so zuversichtlich in die Zukunft blickend, waren beide nie vorher gewesen.

Persische Abenteuer

Olearius trat zwei Schritte zurück und machte den jungen Studenten Platz. In dem großen Torraum der Medrese* von Ispahan war ein lebhaftes Kommen und Gehen. Kaum einer, der sich die Zeit nahm, die Schönheit, den Schwung der Bögen, die Eleganz der schlanken Türme, die vollendete Harmonie der gesamten Architektur zu bewundern.
Der Sekretär jedoch hatte ein Auge dafür.
An den beiden Türmen himmelblaue Mäander, die hoch oben in den dunkelblauen, kronenartigen Turmabschlüssen endeten. Noch höher als die Türme war das gewaltige, zwischen ihnen liegende Torhaus. Und es war noch prächtiger. Überwiegend in blau gehaltene, schlanke Pfeiler strebten nach oben, als würden sie alleine dem Torbogen Halt geben. Und über diesem Bogen ein großes Mosaik in weiß, rot, blau und grün, in dem man selbst von unten zwei mächtige, zum Sprung ansetzende Tiger zu erkennen glaubte.
„Neben dem Palast des Schahs und der Moschee das schönste Gebäude der Stadt."
Angenehm und warm klang die Stimme und forderte doch zwischen all den Geräuschen, dem Lärm der Straße, den Rufen der Schüler, Aufmerksamkeit.
Adam Olearius wandte sich dem Fremden zu.
Angenehm wie die Stimme war auch das Äußere des Mannes. Etwa 15 bis 20 Jahre älter als der Holsteiner, ein weißer Bart in einem runden Gesicht, lebhafte, braune Augen und eine Kleidung, die ihn als einen der Wohlhabenden des Landes auswies. Das war Sadi ibn Masan, der Mulla.
„Nur in Buchara und Samarkand sah ich Bauten, die noch prachtvoller waren. Die Medrese Schir Dor, die nun gerade fertig gebaut wurde, soll alles übertreffen. Ah, Samarkand, ja. Lang, lang ist es her."
„Ihr kennt Buchara und Samarkand?"
„Ich studierte dort."
So begann ihre Bekanntschaft.
Später schlenderten die beiden Gelehrten über das Universitätsgelände. Masan zeigte Olearius die Hörsäle, machte ihn bekannt mit anderen Gelehrten, und von dem Mulla eingeführt, folgten fast von alleine auch private Einladungen bei ihnen.

* Medrese = Universität

Und Adam Olearius nahm sie gerne an, waren diese Zusammenkünfte doch die beste Gelegenheit Land und Leute, Kunst und Geschichte, Politik und Wirtschaft kennenzulernen.
Der Gesandtschaftssekretär war erstaunt. So viele und so tiefe Kenntnisse weltlicher Dinge hatte er bei moslemischen Gelehrten nicht vermutet. Diese Männer wußten auch mehr von europäischen Dingen, als er selbst von persischen.
„Ähnlich wie bei euch", sagte Masan, „wo der Kaiser für die römische Kirche gegen Andersgläubige Krieg führt gibt es bei uns im Islam seit Jahrhunderten Kämpfe um den rechten Glauben. Moslems gegen Juden, Christen, Heiden und noch schlimmer, noch erbarmungsloser, Sunniten gegen Schiiten. Jedenfalls behaupten die Fürsten und Imane bei jedem Krieg, es würde um den einzigen und wahren Gott gehen. Ich glaube ihnen nicht."
„Das wundert mich, bei einem gläubigen Moslem", bemerkte Olearius.
„Du mußt wissen, der Koran verbietet den Krieg. Ausnahmen erlaubt er nur, wenn religiöse Gründe geltend gemacht werden können. Und also muß ein Chan, ein Sultan, ein Schah jeden Landraub religiös begründen. Und folglich wird sofort jeder Überfall zu einem 'Heiligen Krieg' erklärt. Immer wird Gott vorgeschoben. Ja, Allah muß für vieles herhalten."
Sadi ibn Masan machte eine Pause und blickte Olearius lächelnd und vielsagend an.
„Auch, daß unser Schah, Allah schenke ihm ein langes Leben, die Macht errang, geschah um des rechten Glaubens willen."
Es war gar nichts Gutes, was Olearius hier über den Schah erfuhr und was anfangs nur als Gesellschaftsklatsch erschien, konnte bei genauerer Betrachtung bei den Verhandlungen am Hofe von Ispahan von Bedeutung sein.

Schah Sefi hatte die Macht im Lande, aber er hatte sie nicht unbestritten. In einem langen, brutalen Kampf hatte er den Thron erobert. Mord und Totschlag hatten den Weg geebnet. Einer der Widersacher Sefis war Karib Schach gewesen. Karib Schach hatte im Lande viele Anhänger. Einer der Sultane begründete seine Parteinahme für Schach mit der Bemerkung, er würde immer nur das beste Pferd wählen.
Aber dieser Sultan und Karib Schach hatten das Pech, schwächer zu sein als Sefi. Sie unterlagen. Und als Sefi nun Schah war, rechnete er mit seinen Widersachern ab. Karib Schach ließ er an Händen und Füßen mit Hufeisen beschlagen. Nun sollte das 'beste Pferd' auch rennen. Später ließ er ihn auf dem Maidan hoch oben an die Stange binden und mit Pfeilen zu Tode schießen.

Natürlich lebten noch Freunde Karib Schachs, natürlich war sein Tod nicht vergessen.

Schah Sefi mußte, wollte er an der Macht bleiben, nicht nur militärisch stärker sein als seine Widersacher, er mußte auch Handel und Wandel fördern, mußte den Sultanen und anderen Würdenträgern, den reichen Kaufleuten, den Generälen Wohlstand garantieren. Und er mußte sich darum auch international Rückendeckung verschaffen.
Die Bindungen und Abhängigkeiten der regionalen Fürsten vom Schah waren sehr unterschiedlich. Einige Völker, vor allem im Kaukasus, kümmerten sich weder um den Schah, noch um seine Steuereinzieher oder Soldaten. Andere, die der Metropole näher waren, zahlten ihren Tribut, wieder andere erhielten als 'Grenzwachen' Persiens Geschenke, wurden also vom Schah bezahlt. Und alle die Herrscher, die Sultane, Chans, Emire, versuchten auf eigene Faust Politik zu machen, ihre Positionen im Lande zu verbessern.
Nach Armenien und Georgien wiederum hatte der Schah große Truppenteile verlegt, um diese besetzten Länder richtig aussaugen zu können.
Fast jeder der Gelehrten wußte eine Begebenheit aus der Zeit dieser inneren Kämpfe zu berichten.

Plötzlich schwiegen alle.
Ein weiterer Mann betrat den Raum. In seinen prunkvollen Kleidern, dem wertvollen Säbel an seiner Seite, unterschied er sich von den bisher Anwesenden. Er wurde auch anders behandelt.
Zwei Diener geleiteten ihn zu seinem Platz, stützten ihn beim Niedersetzen, schoben ihm Polster und Kissen zurecht, brachten ihm Kuchen, Früchte und Getränke.
„Imanueli Sultan Eschik Agasi“, erklärte Masan. „Der Wesir des Schahs und ein Förderer der schönen Künste.“
Und niemand sprach mehr vom Schah, niemand von Karib Schach. Als hätte es nie ein anderes Gesprächsthema gegeben, berichtete der Mulla mit einem nicht zu überhörenden Stolz von der islamischen Literatur.

„Vor bald 600 Jahren schon schrieb Jusuf Chass Hadschib ein islamisches Buch, das bei den Völkern verschiedene Namen bekam. Wir nennen es 'türkisches Schahname', andere sagen in ihrer Sprache 'Fürstenzier', Fürstensitte', Augen des Reiches' oder anders.“
Und dann deklamierte er:

„Dank und Preis und vielfaches Lob sei Gott, dem Erhabenen, der der Herr aller Größe, ein gar mächtiger Herrscher ist. Er hat die Erde und den Himmel geschaffen und allen Beseelten Speise verliehen. Alles, was er wünschte hat er gemacht, und er macht alles, was er will. Allah tut, was er will, und befiehlt, wie es ihm beliebt."

„Ja, so ist die Einleitung zu dem Buch. Es lehrt die Herrschenden und es lehrt die einfachen Menschen sich Gottes Ordnung zu fügen. Aber das Volk hält sich nicht immer an diese Lehren - die Herrschenden sowieso nicht. Das Volk hat sogar Sprichwörter, die anderes besagen.

Hundert Jahre nach diesem Fürstenbuch schrieb Mahmud al - Kaschgari diese Sprichwörter auf."

Und er zitierte aus dem Gedächtnis.

'Mit Helden schlage dich nicht, mit Fürsten streite nicht.'

Oder:

'Der Sklave bleibt ein Feind, der Hund ein Wolf.'

Und noch eines:

'Die Last der Erde ist der Berg, die Last des Volkes der Fürst.'

Der Wesir räusperte sich.

Diese Worte waren auch nicht gerade für die Ohren des Schahs bestimmt.

Hatte Olearius durch die Gelehrten von der Opposition im Lande erfahren, so erfuhr Brüggemann durch die Kaufleute von diesen Dingen.

Die alten Karawanenwege, die über Persien durch das Osmanische Reich an das Mittelmeer und von dort zu den norditalienischen Städten führten, waren vor allem in den letzten Jahrzehnten durch die immer wieder aufflammenden Kriege zwischen Persien und der Türkei unsicher geworden.

Natürlich waren es 'heilige Kriege', denn es kämpften ja die Schiiten Persiens gegen die Sunniten Osmaniens. Daß es dabei auch um die Herrschaft über Kurdistan, Armenien, Georgien, Asserbeidschan und nicht zuletzt um Bagdad ging, tat der 'Heiligkeit' keinen Abbruch, wohl aber dem Handel in den Grenzgebieten. Und so hatten sich gegen den Schah nicht nur die alten Freunde und Verwandten Karib Schachs, nicht nur die Fürsten der besiegten Völker, sondern auch ein Teil der reichen Handelsleute verschworen. Nach dem Sieg Sefis, wie konnte es anders sein, vergaßen seine Gegner ihre eigenen alten Zwistigkeiten und sahen sich immer wieder einig als Gegner des Herrschers.

Das alles war ganz normal.

Was aber bewog den Gesandten Brüggemann, sich vorwiegend in Umgebung dieser oppositionellen Kaufleute zu bewegen, immer wieder ihre Gesellschaft zu suchen?

Entsprach es vielleicht einfach nur seiner Natur, sich zu jeder Zeit in Gegensatz zu den anderen Gesandtschaftsmitgliedern zu setzen? Oder steckte kaufmännisches Kalkül dahinter, glaubte er mit diesen Leuten in Zukunft die besseren Geschäfte zu machen? Hing sein Quertreiben hier vielleicht zusammen mit seinen Beziehungen zum Bojaren Morosow in Moskau? Schon dort hatte er immer wieder andere Wege beschritten, als seine Gefährten. Und wie in Moskau erfuhr auch hier niemand etwas über die Inhalte der Gespräche, die er mit Würdenträgern, Generälen und zwielichtigen Kaufleuten führte. Gleichzeitig beobachtete er mißtrauisch, ja sogar mißgünstig alle Kontakte, die andere Gesandschaftsmitglieder mit irgendwelchen Leuten pflegten, seien es nun Perser, Europäer, Araber, Afghanen, oder wer auch immer.

„Gehört er nun noch zu uns?“ fragte Crusius den Sekretär, „oder ist er an Verträgen Persien - Gottorp nicht mehr interessiert? Will er möglicherweise seinen Extrakuchen backen?“
„Von uns allen hat er wohl die geringsten Chancen für erfolgreiche Alleingänge.“ Olearius wußte von seinen persischen Bekannten, Brüggemann genoß am Hofe nur geringes Ansehen.
„Was ihm in Moskau gelang, alleine eine Audienz beim Zaren zu bekommen, wird ihm hier beim Schah nicht gelingen.“
„Aber was will er denn? Nur unseren Erfolg verhindern? Was hätte er davon?“
Sie konnten sich keinen Reim darauf machen.

Der Mulla lud Olearius zu einem Besuch der Moschee ein. Als sie einige Tage später vor dem prächtigen Gebäude standen, kam ein Knecht und brachte den Befehl, Olearius dürfe die Kirche nicht betreten. Der Mulla, der das nicht glauben wollte, befragte den Knecht. Der Dolmetscher, so sagte der, habe ihn beauftragt, das Verbot des Sultans weiterzuleiten. Erst Monate später, nach einem Krach zwischen Brüggemann und dem Dolmetscher, kam heraus, nicht der Sultan, sondern Brüggemann hatte den Moschee-Besuch untersagt.
So wie in diesem Fall gab es noch weitere Bemühungen des Hamburgers, Olearius von den Persern fernzuhalten. Einige waren fast kindisch zu nennen. So beauftragte Brüggemann als Gesandter den Sekretär, ihm eine türkische und eine persische Karte in eine einzige neue zu zeichnen. Eine Albernheit.
„Dabei könnt Ihr ja auch persisch lernen“, bemerkte der Hamburger ironisch dazu.

*

Sie saßen auf dem Dach des Palastes. Es war wie in einem wunderschönen Blumengarten. Das klare Gebirgswasser des Sende-Ruds wurde durch kluge Vorrichtungen auch auf die Dachterasse gefördert, bewässerte dort einen Garten, dessen Düfte aufregend und beruhigend zugleich waren. Es gab kandierte Früchte und Scherbett*. An den Wänden des Dachpavillons, der aus blaugebrannten Ziegeln gearbeitet war, hingen kupferne Lampen die von Naphta gespeist wurden, dem man Duftstoffe beigemischt hatte. Schnell brach hier die Nacht herein. Die Männer lagen auf ihren Polstern und Teppichen, sogen die von Blumen- und Naphtaduft geschwängerte Luft ein und lauschten den Liedern, die Flemming und v. Mandelsloe zur Gitarre sangen.

Obwohl der Abend angenehm warm war und trotz der Bemühungen Flemmings und von Mandelsloe, herrschte bei den Gesandten eine etwas frostige Atmosphäre.

Am Vormittag hatte Brüggemann die Mannschaft zusammengerufen, sich bei ihr beschwert, sie sei aufsässig, und er hatte dann von Musikanten und Tafellakaien einen 'körperlichen Eid' verlangt.

„Wir haben bereits kurz nach der Abreise aus Gottorp einen Eid auf den Herzog, auf die Gesandten und auf die Durchführung unserer Reise geleistet", sagte Adam Möller, der Feldtrompeter aus Lübeck. „Der Eid hat doch noch Gültigkeit."

„Ich will euren Eid auf mich, auf Otto Brüggemann. Denn ich bin es, gegen den ihr konspiriert."

Mit niemandem hatte der Hamburger dieses Vorgehen abgestimmt und so wußten die anwesenden Herren Crusius, v. Staden und Olearius auch nicht so recht, wie sie sich verhalten sollten. Sie schwiegen.

„Ich lasse euch hier nicht weg", bellte Brüggemann, „bevor ihr diesen Eid geleistet habt!"

„Herr, wir haben nicht konspiriert. Wir sind ehrliche und rechtschaffene Leute." Der Musikant hatte sich zum Wortführer der Mannschaft gemacht.

„Wir sind es aber auch nicht gewohnt, Herr Brüggemann, andauernd von Euch beschimpft und beleidigt zu werden. Wenn Ihr das in Zukunft unterlaßt, sind wir auch bereit, unseren Eid auf Euch persönlich auszudehnen. Und noch eines, Herr. Auf der Reise haben wir ohne Murren karges Essen und Trinken ertragen. Wir sehen nicht ein, daß wir auch hier in Ispahan noch darben müssen."

Brüggemann versprach, in Zukunft freundlicher mit den Leuten umzugehen und diese leisteten den Eid.

* Scherbett = erfrischendes Getränk

Brüggemann hatte sich anschließend maulend zurückgezogen und fehlte jetzt in der Runde. Der Marschall begann auszusprechen, was alle bedrückte.

„So langsam verstehe ich den Brüggemann nicht mehr. 'Körperlicher Eid', das ist doch Unsinn."

Er blickte den Gesandten Crusius an.

Fast vier Jahre lang hatte Brüggemann Tag um Tag das Kommando an sich gerissen, nun spürte Crusius, daß von ihm Führungsqualitäten verlangt wurden, er fühlte sich unsicher, nickte und schwieg.

„Immerhin hat er sich einen Sonderstatus verschafft. Die Mannschaft ist uns verpflichtet, ihm ist sie mehr verpflichtet."

Olearius sah die Gefahr, Brüggemann könnte die Mannschaft gegen sie aufbringen.

„Soweit sehe ich für ihn auch noch einen Sinn in der Geschichte. Was mir nicht klar ist, warum klagen die Leute über die Verpflegung? Seit wir hier sind, leiden wir doch keine Not, oder?"

„Ich weiß es nicht", sagte der Hof- und Küchenmeister Heinrich Schwarz. „Eigentlich kriegen wir genug, aber irgend etwas stimmt da nicht."

„Es werden doch täglich an uns 16 Schafe, 100 Hühner und große Mengen an Wein und Früchten geliefert. Das sollte doch reichen für ein paar hundert Mann."

Auch Crusius war überrascht von der Klage der Mannschaft über mangelhafte Verpflegung.

„Wenn es hier verbraucht würde, ja." Der Haushofmeister war offensichtlich froh, darüber reden zu können. „Ich habe schon mal nachgeforscht. Es kommt nicht alles bei uns an was geliefert wird und nicht alles, was bei uns ankommt, wird auch hier verbraucht. Wenn Ihr mich fragt, meine Herren, es treiben sich hier zu viele armenische Händler herum. Ich sprach mit Brüggemann darüber, aber der hob nur seine Schultern."

„Brüggemann, immer wieder Brüggemann." Crusius schien ratlos.

Schwarz aber, einmal angefangen, wollte sich noch mehr von der Seele reden.

„Gestern ging ich den Leuten entgegen, die liefern sollten. Sie hielten vor einem Freudenhaus und hatten gerade 50 von unseren Hühnern ausgeladen. 'Alles nur ein Irrtum' beteuerte der Kerl, den ich dabei erwischte, und lud unter meiner Aufsicht das Federvieh wieder auf. Am selben Nachmittag sah ich denselben Mann mit Brüggemann tuscheln."

Er hielt inne, sah sich um, ob auch nicht einer der niederen Dienstgrade in der Nähe war und fuhr dann entschlossen fort.

„Wenn wir alle unzüchtigen Orte dieser Stadt mit ernähren, kann es für uns nicht reichen."

*

Der gesellschaftliche Mittelpunkt im Stadtviertel war das Badehaus. Hier wurde der Gesellschaftsklatsch verbreitet, es wurden Geschäfte getätigt und hier wurden die Aufstände geplant. Während ein Junge die notwendigen Arbeiten verrichtete, hatte der Bademeister Zeit, von Ispahan zu erzählen. Russisch, persisch und wohl noch einige Sprachen durcheinander, kam der Dolmetscher kaum nach. Aber so viel war zu verstehen. Sie sollten den Maidan besuchen. Dort sollte ein Volksfest stattfinden. Der Maidan war das Zentrum dieser Metropole. Ein großer Platz, wohl 700 mal 250 Schritt, war er im Wesentlichen ein Spazier- und Flanierplatz für alle. Da jedoch an der Westseite die königlichen Paläste lagen, vergnügte sich dort hauptsächlich der Hof. Auf einer langen Stange, mitten auf dem Platz, wurde angezeigt, wenn sich der Schah dort aufhielt, damit das gemeine Volk etwas Abstand wahrte. Und hier auf dem Maidan wurden auch die Volksfeste gefeiert, fahrende Leute zeigten hier ihre Kunst, Ringkämpfer stellten sich zur Schau. Wetten auf den Sieger wurden abgeschlossen. Unter den Bäumen, die den Platz säumten, standen Spieltische.
Wo traf man sich in Ispahan? Auf dem Maidan.

Mit einem gewissen Abstand zu den Palästen lagen an der Südseite die Werkstätten und Läden der Goldschmiede und Juweliere. Nie vorher sahen die Gottorper so viele Kostbarkeiten. Edelsteine, Perlen, Perlmutt, Schildpatt, Gold und Silber. Alles wurde hier zu herrlichem Schmuck verarbeitet um später in aller Herren Länder verkauft zu werden.
Gegenüber, an der Nordseite, ging es dann unter Schwibbögen hindurch zu den Handwerkern. Nach ihren Zünften in Gängen und Reihen geordnet, bearbeiteten hier Schmiede und Kürschner, Lederarbeiter und Näher die Rohprodukte ihres Landes. Kupfer, Eisen, Stahl. Leder, Pelze, Tuche, Waffen, Hausgeräte, Sättel, Schuhe, Kleidung. Alles wurde hier gemacht.
Gegen Osten lagen die Basare der Händler, eine ganze Stadt für sich. Häuser, Hallen, Gänge, Höfe und auf den Höfen Zelte und Jurten. Alleine hier im Bereich des Basars sollten ständig an die 12 000 Inder leben. Und neben den Persern und Indern sah man hier Chinesen, Koreaner, Afghanen, Usbeken, Bengalen. Von der arabischen Halbinsel kamen die Syrer, Araber, Palästinenser, Jemeniten. Da wurden Waren von allen Inseln des Ozeans verkauft. Auch Menschen. Sklavenhandel galt hier bei vielen als ein besonders lohnenden Geschäft.

Mitten zwischen den Häusern, Hallen und Werkstätten der Händler und Handwerker fand man sogenannte ‘Kahweh-chans’. Dort wurde neben Tee und Kahawe auch Tabak aus großen Wasserpfeifen und Opium getrunken. Überall

sah man Opium-Raucher und das erklärte die riesigen Mohnfelder rings um die Stadt. In diesen Häusern schenkte man auch Scherbett aus.
Hier stand dann auch wohl mal einer der überall hochangesehenen Dichter und Sänger auf, bat um Ruhe und las aus seinen Werken. Und, wie wohl in jeder großen Stadt auf dieser Erde trieben sich auch hier die Dirnen herum. Und die Bader lebten und arbeiteten hier. Einige, die tüchtigeren, in festen Häusern. Die anderen wie es gerade kam. Sie schnitten die Haare, Furunkeln, Hühneraugen. Vor allem lebten sie wohl von den Beschneidungen. Die moslemischen Bader und in ihrem Stadtviertel auch die jüdischen. Wie die Juden hatten auch andere Religionen und Völkerschaften ihren eigenen Stadtteil. Die christlichen Armenier hatten in Tzulfa 3 000 Häuser und 12 Kirchen. Nebenan, in Hassenbath lebten die Georgier, ebenfalls Christen. Westlich davon, in Kebra wohnten die heidnischen Kebber.

*

Kamal Abu Hakim war Händler. Eigentlich und genauer gesagt, er war Gewürzhändler. Er roch, woher der Pfeffer, der Zimt kam, konnte bestimmen auf welcher Insel der Ingwer oder die Nelkenknospen gewachsen waren, er handelte mit Muskatnuß und Indigo, mit Ambra, Aloe, Sandelholz, Ebenholz, kaufte und verkaufte auf den Zwischenstationen seiner Reisen Seide, Damast und Satin aus China, Leinen und Wolltücher aus Europa. Er machte seine Geschäfte mit allem, was der Mensch brauchen konnte. Am liebsten, weil am einträglichsten, handelte er jedoch mit Perlen. Sein Perlenlieferant bezog die Ware direkt von den Perlenfischern der Lakadiven.
Kamal Abu Hakim war darüber hinaus ein unterhaltsamer Mann, der auf dem Rücken seiner Kamelstute die großen Handelsstraßen durch Wüsten und Steppen durchwandert hatte.

Zu diesem Händler kamen die Kaufleute Lyon Bernoldi aus Antwerpen und Heinrich Krebs aus Hamburg, als sie die Karawanserei in der Nähe des Basars besuchten.
Kamal war am Tage vorher mit seinen 11 Kamelen aus Schiraz gekommen und wollte sich hier mit weiteren Kaufleuten treffen um gemeinsam mit der Karawane weiter zu reisen.
„Seid Ihr Arzt?“ fragte Bernoldi als erstes.
Abu Hakim überlegte. Wie sollte er das erklären?

„Während einer Reise macht immer einer den Arzt. Auf einer meiner ersten Reisen traf mich das Los und seit der Zeit nannte man mich 'Abu Hakim'. Später habe ich den Namen einfach behalten."
Und er schmauchte seine Wasserpfeife und erzählte von früheren Reisen, die ihn bis nach Buchara und Samarkand geführt hatten.
„Nach Otrar möchte ich noch einmal. Da war es schön. Und ein gutes Geschäft habe ich dort gemacht", schwärmte er in Erinnerung alter Zeiten.
„Und? Fahrt Ihr da hin?"
„Vielleicht ergibt es sich noch mal so. Wie Allah will. Möglicherweise war es ja auch in Otrar nur früher so schön, weil ich so jung war. Nein, heute reisen wir über Herat nach Merw, an die alte Seidenstraße. Dort wollen wir, wenn die Preise gut sind, chinesische Seide kaufen und dann weiter reisen durch die Wüste nach Chiwa und von dort nach Sarai an der Wolga."
„Ah ja, chinesische Seide. Wir haben viel davon gehört. Macht Ihr nicht auch selbst Seide?"
„Bis vor ein paar hundert Jahren konnten die Chinesen das Geheimnis der Seidenproduktion wahren. Nun sind wir auch im Besitz der Seidenraupen aber die Qualität, die aus China kommt, erreichen wir einfach nicht. Darum ist die Seide bestimmt zu zwei Drittel am Fernhandel mit China beteiligt und der Rest besteht aus Porzellan, edlen Pelzen, Bronze- und Lackarbeiten und anderen Sachen."

Während er erzählte, hielt er seine Hände ruhig, hörte er zu, ließ er seine Gebetskette, eine kostbare Kette, durch die Finger laufen.
Kamal bemerkte das Interesse der beiden Kaufleute.
„Warum beteiligt ihr euch nicht an dieser Reise?" fragte er Bernoldi und Krebs. „Ihr könnt noch mit guten Gewinnaussichten einsteigen."
"Gute Gewinnaussichten, wieviel ist das?"
Er überlegte.
„Ihr gefallt mir. Und darum, und weil sich auch für später Gutes daraus entwickeln kann, gebe ich euch mehr, als ich meinen kleinen Söhnen gegenüber verantworten kann. 80 Prozent."
Die beiden Kaufleute sahen sich verdutzt an. Kamal scherzte wohl. Solche Verdienstspannen kannten sie nicht.
„Was ist der Haken dabei?" wollte Lyon wissen.
„Kein Haken. Ihr steigt ein mit 10.000 oder auch mit 20.000 Dinar, ich kaufe dafür Ware, sorge für die Reise und den Verkauf. Ihr könnt mitreisen oder nicht. Bei meiner Rückkehr in ungefähr zwei Jahren zahle ich 18.000 oder 36.000 Dinar zurück. Das ist alles."

„Also vierzig pro anno. Immer noch ein guter Gewinn." Bernoldi blieb kühl bei diesen Aussichten. „Aber in zwei Jahren wollen wir in Antwerpen oder Hamburg sein."
„Was schadet das? Ich überweise euch das vorgeschossene Kapital und den Gewinn nach Antwerpen. Wenn ihr wollt in eurer Währung."
„Das könnte eine langwierige Sache werden", meinte Krebs skeptisch.
„Keineswegs. Schecks und Wechsel werden in Persien pünktlicher eingelöst, als die Steuern, die der Schah erhält."
„Und zwei Jahre dauert die Reise?"
„Hin und zurück, ja. Handel auf allen Zwischenstationen. Wir haben immerhin 120 Kamele. Eine so große Karawane dauert seine Zeit."
„120 Kamele? So reich bist du?"
„Nicht reicher als du." Kamal Abu Hakim lachte.
„Du reist von deiner Heimat hierher nach Ispahan in der Hoffnung, ein gutes Geschäft zu machen. Auch ich erhoffe mir ein gutes Geschäft." Kamal überlegte kurz, ob er mehr erzählen sollte, sprach dann weiter.
„Von den 120 Kamelen gehören mir nur meine zehn, die ihr hier seht. Damit gilt man hier schon als wohlhabend. Denn diese zehn Kamele tragen ja Waren im Wert von 30.000 Dinar. Diese Waren kaufte ich. Habe dazu aber Geld aufgenommen. 15.000 vom Provinzgouverneur, 15.000 vom reichen Hussain. Über sein Haus würde ich auch den Wechsel nach Antwerpen laufen lassen. Versteht ihr, die Reise ist lang und gefährlich."
„Warum gefährlich?"
„Nun, der Arm des Schahs, Allah möge ihn beschützen, reicht nicht ganz dahin, wo wir handeln. Zwar sind auch die Sultane und die Scheichs, Emire und Khane der Nomadenstämme am Handel interessiert. Sie brauchen ja unsere Waren. Und überall gibt es Karawansereien und in den Grenzgebieten Ribats*. Und in den Wüsten sind Sardobas oder Chaus* angelegt. Trotzdem, gefährlich ist eine solche Reise immer. Vor allem in Kriegszeiten. Und wann ist mal kein Krieg? Darum setze ich nicht mein Vermögen ein. Es muß doch was bleiben, für die Familie. Ich nehme also Geld auf, auch wenn es teuer ist. Das Risiko für die Geldgeber ist ja auch groß. Wenn ich dann zurück komme, zahle ich. Fertig."
„Und die erhalten auch 80 Prozent?"
„Sie verlangen 100." Und wieder überlegte er, ob er weiter reden sollte. „Und sie kriegen auch 100. Wenn ihr einsteigt, kann ich bei euch auch noch zulegen."

* Ribats = befestigte Anlagen
*Sardobas und Chaus = künstliche Wasserauffangbecken

Lyon Bernoldi und Heinrich Krebs sahen sich an.
„Nein“, sagte Bernoldi endlich. „Nein, wir sind ja doch anderweitig festgelegt.“
„Am nächsten Tag waren die beiden wieder bei Kamal.
„Können wir eine Etappe mit euch reisen? Gegen Bezahlung versteht sich.“
„Mit uns reisen könnt ihr, so weit ihr wollt. Ihr seid meine Gäste.“
Die beiden baten um einen Tag Urlaub.
„Ihr wollt wohl euren Häfen 'Lebewohl' sagen und Wüstenfüchse werden?“ lachten die Kameraden.
„So eine Karawanserei ist wie ein Hafen“, antwortete Bernoldi.
„Ja, und die Kamele sind die Schiffe, ha, ha, ha.“
Brüggemann machte aus seiner Verachtung gegenüber orientalischen Handelsbräuchen keinen Hehl.
„So kann man es sagen.“ Krebs rechnete zwar mit einem zornigen Aufbrausen und beleidigenden Ausfällen Brüggemanns, und er hatte auch keineswegs die Absicht, sich in Hamburg die Familie des Gesandten zum Feind zu machen. Er widersprach trotzdem.
„Lyon hat es richtig beschrieben. In der Karawanserei ist soviel Platz, wie in einem Hafen, wie in einem Hafen kommen Waren und Güter aus aller Welt zusammen, wie Schiffe aus einem Hafen verlassen Karawanen die Karawansereien und wie auf einem Schiff schaukeln diese Waren auf den Kamelrücken durch Wüsten und Steppen.“
„Ich ziehe trotzdem ein Schiff vor“, meinte Thomas Melvil aus Aberdeen. „Ein Schiff ist mehr als ein Transportmittel, ein Schiff ist ein Kunstwerk.“
„Das ist wahr.“ Krebs hatte selber Schiffsanteile, und neben den guten Verdienstmöglichkeiten, war er auch sehr angetan von der Schönheit eines gut getakelten Schiffes. „Das ist wahr. Aber seht Euch die Karawanserei mal richtig an. Die Einfahrt, die Hallen. Sprecht mal mit Kamal Abu Hakim, der kennt davon mehr als wir.“

Melvil hatte Bernoldi nach Tzulfa begleitet, wo Lyon einen armenischen Geschäftsmann besucht hatte. Am Sende-rud entlang wanderten die beiden zurück, wurden dann aber am 'Tor der Karawanen' aufgehalten. Mit hocherhobenen Köpfen, immer fünf oder sechs Tiere aneinander gebunden, zogen hochbeladene Dromedare in die Stadt ein. Die Männer waren überrascht. Bisher hatten sie hier nur die zweihöckrigen Trampeltiere gesehen. Es folgten Maultiere, ebenfalls beladen, einige von schwarzen Menschen geführt. Neben dem Zug ritten auf kräftigen Pferden drei Kaufleute und erteilten Weisungen. Zwischen dem Schreien der Maultiere, dem Brüllen der Kamele, den geschrienen Befehlen der Kameltreiber waren die Kaufleute kaum zu hören. Lärm und Staub erfüllte die Luft.

„Können wir nicht hinterher?“ fragte Melvil, als die Karawane kurz hinter dem Stadttor zur Karawanserei rechts abbog.

„Klar!“ Bernoldi kannte sich schon aus.

Auch auf dem Karawanenhof herrschte Staub und Lärm. Die Tiere wurden entladen und zur Tränke geführt. Und dann sahen sie in einem der Iwane* die Sklaven.

„Laß uns mal gucken“, schlug Melvil vor.

„Meinst du, es ist hier anders, als bei euch oder bei uns?“

„Mal die Preise vergleichen.“

„Wozu? Ich will weder Sklaven kaufen, noch in den Sklavenhandel einsteigen.“ Der Brabanter wollte gehen. Aber es war bereits zu spät. Der Sklavenhändler hatte ihr Interesse bemerkt, kam auf die beiden Europäer zu und bot ihnen einen schwarzen Jungen zum Kauf an.

„Für 6 Tumain* kannst du ihn haben“, drängelte er Melvil. „Gut ausgebildet ist er und genügsam.“

„Wo hast du den Jungen her?“

„Du bist interessiert, Herr. Ich habe auch einige sehr schöne schwarze Frauen. Frisch aus Afrika bezogen, aus Tibesti. Seht sie euch an, Ansehen kostet nichts und ich mache ehrliche Preise.“

„Nein, nein. Ich will nicht kaufen. Bin nur allgemein interessiert.“ Damit wandte sich auch der Mann aus Aberdeen zum Gehen, aber der Händler zog und zerrte an ihm, bis sie sich dann doch direkt vor den Sklaven wiederfanden. Neben den Schwarzen hielt der Händler auch einige Weiße feil. Aber sie schienen alle von dem Tagesmarsch ermüdet und beachteten die beiden Kaufleute kaum.

„Hier, das Mädchen. Für nur 10 Tumain kannst du sie haben. Billiger geht es wirklich nicht.“ Und er pries ihre körperlichen Vorzüge, winkte das Kind, das lustlos folgte, heran. „Du solltest nicht zögern, Herr. Greif zu. Einige Tage Ruhe, und du erkennst sie nicht wieder.“

„Noch mal, nein! Ich halte selbst keine Sklaven und handle auch nicht damit. Ich wunderte mich nur über die Preise. Bei uns sind sie höher. Da klagen die Händler immer über zu hohe Transportverluste. Die Mohren kaufst du in Tibesti, sagtest du?“

* Iwan = halboffener und doch separater Raum innerhalb der Karawanserei
* 1 Tumain = etwa 16 Reichstaler

„Ja, die nur in Tibesti. Von dort gehen sichere Karawanenstraßen nach Arabien. Die anderen kaufen wir wie es kommt. Europäer werden in Derbent gehandelt, Asiaten eher in Chiwa und Buchara und Herat. Wo kaufen denn eure Leute?“
Der Sklavenhändler hatte wohl immer noch die Hoffnung, irgendwie mit Melvil ins Geschäft zu kommen.
„Bei uns kaufen sie meistens an der Sklavenküste“, antwortete dieser. „Aber die Verluste auf den Schiffen sind immer sehr hoch und der Bedarf gering.“
Melvil wollte keine weiteren Hoffnungen bei dem Händler wecken und verabschiedete sich nun höflich, aber entschieden.

Obwohl auch Kaufleute aus Antwerpen und Brabant mit Sklavenhandel befaßt waren, war Bernoldi etwas verwirrt, so unmittelbar damit konfrontiert zu sein.
„Hast du mit dem Sklavenhandel zu tun?“ fragte er.
„Nein“, lachte der Schotte. „Nein. Da paßt die Royal African Company schon auf, daß da niemand anders mitmischt. Sie beherrschen die Goldküste, die Elfenbeinküste und die Sklavenküste. Vor ein paar Jahren schickte mein Vater mich nach Liverpool. Ich sollte mich in der Branche mal umsehen. Aber in England ist der Markt für Sklaven sehr klein. Wer es sich gut leisten kann, hält sich ein paar Haussklaven. Das hebt den Kredit. Das große Geschäft macht man mit Sklaven in Virginien. Dort arbeiten sie auf den Plantagen und Plantagen haben wir in England nicht.“
„Aber Fabriken. Arbeiten sie nicht in den Fabriken?“
„Nein. Die Fabrikherren beschäftigen keine Sklaven. Das ist zu teuer. Die müssen ja zu Essen und zu Trinken haben, auch wenn mal keine Arbeit da ist. Arbeiter dagegen kann man entlassen. Nein. Sklaven sind einfach zu teuer.“
„Die sind teurer als hier, ja?“
„Das Mädchen sollte 10 Tumain kosten. Das wären etwa 160 Reichstaler. In Liverpool zahlst Du dafür 30 Pfund Sterling, das wären ungefähr 220 Reichstaler. Das sind fast 40% mehr. Na, die Verluste auf den Schiffen sind groß.“
„Aber es lohnt sich für die Company?“
„Ich war vor meiner Reise in Liverpool. Da kam ein Schiff der Company mit 100 Sklaven an Bord, alle mit dem Zeichen „DY“ auf einem Halsband. Sie gehörten also dem ‘Duke of York’. Nur wenige wurden in England verkauft, das Gros ging weiter nach Virginien. Der Schiffer erzählte mir, was er gezahlt hatte. Einen Ballen Tuch, 5 Musketen, 21 Eisenbarren, 72 Messer, ein halbes Faß Schießpulver und ein bißchen Kleinkram. Er hatte nämlich direkt von den Häuptlingen gekauft.
Die Royal African Company macht so eine Art Dreiecksgeschäft. Metall, Waffen, Alkohol, Gewebe und ähnliche Produkte nach Afrika, die Sklaven nach Virginia

und von dort Baumwolle, Zucker, Tabak nach Old-England. Ein gutes Geschäft. Aber des Königs Kaufleute lassen niemand anderen da rein."

*

Kamal Abu Hakim handelte nicht mit Sklaven.
„Die können krank werden, sterben, im Gebirge weglaufen und sich einer Räuberbande anschließen", sagte er. „Das ist nichts für mich. Meine Perlen sind handlicher und wenn mein Schmuck trübe wird, kann ich ihn putzen."
Kamals Antwort auf Lyon Bernoldis Frage kam etwas von oben herab, denn der Händler saß auf seiner Kamelstute eine Etage höher als die beiden europäischen Kaufleute. Dann beschränkte sich sein Teil der Unterhaltung nur noch auf zustimmendes Nicken oder verneinendes Schütteln des Kopfes. Dabei hielt er sein Tuch immer ordentlich vor dem Mund. Auch Bernoldi und Krebs merkten bald, wie der feine, von über tausend Hufen aufgewirbelte Staub Mund und Kehle austrocknete und die Schleimhäute reizte.

Der Sonnenaufgang hatte sie schon außerhalb der Stadt gesehen. Weit vor ihnen war ein heller Fleck in der Dunkelheit aufgetaucht, der schnell größer wurde. Energisch brachten die Treiber ihre Tiere zum Stehen. Eine kurze Unruhe in der Karawane. Dann aber hatten Kaufleute, Treiber, Bedienstete, soweit sie moslemischen Glaubens waren, ihre Matten im Steppengras ausgebreitet und verrichteten, das Gesicht gegen Mekka gewandt, ihr erstes Morgengebet.

Auf die kleine Karawane, die am Nachmittag des vorhergehenden Tages Ispahan erreichte, hatten die Fernhändler nur gewartet.
Wenn Kamal von 120 Kamelen geprochen hatte, waren wohl nur die Lastkamele gemeint. Da gab es noch Reitkamele, Pferde, Maultiere, eine kleine Herde Schafe und Ziegen, die als Schlachtvieh mitgetrieben wurden, und Kamele, die die Ausrüstung und die Verpflegung für die Mannschaft trugen. Und neben Kaufleuten, Knechten und Treibern gab es auch einige Söldner, die zur Sicherheit angemietet waren.
Nachdem die Unterhaltung verstummt war, beobachteten sie die Steppe. Sie begann immer mehr zu leben, je weiter sie sich von der Hauptstadt entfernten.
Immer wieder sahen sie Antilopenrudel, die im rasenden Galopp auf die Karawane zukamen, dann ganz plötzlich verharrten, abschwenkten und davondonnerten.

Neugierig näherte sich eine Herde Kumas*, begleitete die Reisenden in vorsichtiger Entfernung eine kurze Strecke, um dann hinter einem Hügel zu verschwinden.
Dann sahen sie einige Buras*, die sich beim Näherkommen der Reiter langsam, erst mit den Hinterbeinen, dann mit einem Ruck auch mit den Vorderbeinen erhoben. Sie standen da und wiederkäuten, dabei die Nasen ebenso erhoben, wie ihre domestizierten Artgenossen, die Last- und Reitkamele. Hochnäsig und arrogant sahen sie aus und so war auch ihr Verhalten. Ihre Bewegungen, auch, als sie sich dann mit wiegenden Schritten entfernten, waren gerade so, als wäre die Karawane gar nicht vorhanden.
Sie waren etliche Meilen in die Steppe hinausgeritten, die Sonne stand hoch am Himmel, da gab der Führer das Kommando zum Halten. Sie hatten eine der Sardobas genannten Wassersammelstellen erreicht. Lange unterirdische Gräben führten das Wasser zu einer überdachten Sammelstelle, die wohl über 50 Last faßte.
Hirten, die ihre Karakulschafe an die Tränke getrieben hatten, räumten den Platz.
Während die Knechte das Vieh versorgten, tranken die Kaufleute Tee und erzählten.

Die beiden europäischen Kaufleute konnten sich immer noch kein richtiges Bild davon machen, wie Kamals Rechnung aufgehen sollte. Wareneinkauf, Lagerhäuser in der Metropole, Abgaben an den Schah und an die Sultane, Rückzahlung und Zins für die Kapitalgeber, Kamele, Treiber, Söldner und deren Verpflegung. Wie konnte der Händler dabei je auf seine Kosten kommen, wie selbst Gewinne erzielen?
Kamal zuckte die Achseln.
„Wir erhalten, was die Ware wert ist“, meinte er.
„Also kauft ihr besonders billig ein?“
„Auch beim Einkauf zahlen wir den Wert der Ware, mal ein bißchen mehr, mal ein bißchen weniger, wie Allah es gibt. Mehr kann ich nicht dazu sagen.“

* Kumas = Wildesel
* Buras = Wildkamele

Die Audienz

Im Quartier der Gottorper war große Putzstunde. Wo man auch hinsah, irgendwer stand dort mit einem Kleidungsstück, einem Stiefel in der einen und mit einer Bürste in der anderen Hand. Da wurde geschrubbt und gewienert, denn der Schah hatte zur Audienz geladen.
Einige Stunden später ritten sie durch die Straßen der Hauptstadt. Vierzig Pferde, wunderschöne Pferde aus seinem eigenen Gestüt, hatte der Schah geschickt, auf denen die Gesandten und die vornehmsten Herren vorausritten. Ihnen folgten vierzig weitere Männer, in den Händen offene, mit blauem Samt ausgeschlagene Kästchen, in denen vierzig Paar Pistolen lagen. Dann folgte jemand mit einem Säbel, der in einer Bernsteinscheide stak und den er in beiden Händen ausgestreckt vor sich her trug. Bernstein war hier sehr begehrt. Zwei Kästchen aus weißem und gelbem Bernstein, mit Bernstein überzogene Futterale, weitere Säbel, mit Bernstein verziert, zwei halbe Kürasse mit goldenem Schmuckwerk und eine chemische Apotheke, deren Büchsen aus Gold und Edelstein waren und die von vier Männern getragen wurde. Alles Geschenke für den Schah. Schade, das köstlichste und herrlichste Geschenk, das große Kunstuhrwerk, lag leider auf dem Grund der Ostsee.

Die Musiker spielten auf und geordnet zogen in sauberen Uniformen und mit blankgeputzten Waffen die Musketiere durch das dichte Spalier von Menschen, die mal bunt durcheinander, mal in nationalen Gruppen den Straßenrand säumten. Je näher sie dem Maidan kamen, um so enger wurde die Gasse, die ihnen blieb. Die persischen Hofbeamten hatten alle Hände voll zu tun, den Weg frei zu halten. Aber schließlich, vor dem Kaiserpalast, war Raum.
Berittene persische Krieger standen zu beiden Seiten, dann kamen Fußsoldaten. Die Gesandten betraten den großen Saal. Mit prächtigen Teppichen war der Boden ausgelegt, in der Mitte schwammen in einem Brunnen Blumen, Zitronen, Pomeranzen, Granatfrüchte, Äpfel und ringsum standen goldene und gläserne Flaschen mit langen Hälsen, geschmückt mit Blumen und Kränzen. Und hinter dem Brunnen saß auf seidenen Kissen der König der Perser unter einem blauen Baldachin. Die Wand, vor der der Schah saß, war dicht mit Matten und Teppichen behangen, die bis zum Boden herunter reichten. Jeder einzelne Teppich wunderbar gewebt mit den schönsten Ornamenten.

Die Gesandten ließen sich nach der offiziellen Vorstellung auf Polster und Kissen nieder. Brüggemann, der sich immer wieder gerne über fremde Sitten lustig

machte, mokierte sich hier in der Halle des Herrschers darüber, daß die Gesandten des Herzogs von Schleswig-Holstein auf dem Boden sitzen sollten.
Wer konnte auch ahnen, daß hinter den dichten Vorhängen an der Wand nicht nur die Leibwachen des Schahs, sondern auch Dolmetscher standen, die später jedes Wort dem Herrscher überbrachten.

Überhaupt nutzte der Hamburger Gesandte diese Gelegenheit, um sich beim Schah unbeliebt zu machen.
Diese Audienz unterschied sich eigentlich angenehm von dem ersten Empfang beim russischen Zaren vor fast drei Jahren.
So lange war das tatsächlich schon her. Im Herbst 1634 war es gewesen, als die Gesandten dem Zaren die Hand küssen durften.
Angefangen vom Einzug in die Halle, an den stocksteifen Bojaren vorbei, über die Aufzählung aller Titel, Ämter und Würden bis zum Handkuß war doch alles recht muffig gewesen, genau so muffig wie die Mäntel und Pelze, die die Bojaren sich aus des Zaren Schatzkammer ausleihen mußten. Und abgemacht wurde nichts. Die wesentlichen Vereinbarungen mußten später in vielen Sondergesprächen mit unterschiedlichen Bojaren getroffen werden. Und jeder dieser Bojaren witterte ein Extrageschäft.

Nein, muffig war es im Serail Schah Sefis nicht.
Von der Vorhalle drangen die Rufe und das Geächze der Ringer herüber, die dort ihre Wettkämpfe durchführten. Diese Ringer hatte ihre eigene Zunft und die Kämpfe eigene Regeln.
Musiker spielten auf und zu dieser Musik tanzten schöne Frauen aus dem Harem des Sultans.
Die Gäste des Schahs wurden mit den köstlichsten Leckereien bewirtet.
Olearius beobachtete den Kaufherrn Brüggemann, der an seiner Seite saß, interessiert.
'Was ist der Hamburger doch nur ein vertrockneter, magerer Geselle', dachte der Sekretär.
Ihm war wiederholt aufgefallen, daß Brüggemann die erlesensten Speisen achtlos beiseite schob, ungerührt musische Darbietungen unterbrach, um von Geschäften zu reden.
Auch hier nahm der Gesandte die Leckerbissen des Orients eher achtlos zu sich, saß wie auf Kohlen, hob von Zeit zu Zeit auch halb seinen Hintern und begann eine Rede an den Schah:

„Durchlauchtigster Schah, König der Könige, wie...“, aber unbarmherzig zogen Marschall v. Staden und Olearius den Mann herunter, was um so leichter fiel, als sie nur auf Kissen saßen.
Finster blickte Brüggemann auf seine Nebenleute, finster auch auf den Schah, der gerade von seinen Feldzügen gegen die Osmanen erzählte.
Otto Brüggemann hatte in seinem Leben schon an manchen Verhandlungen teilgenommen. In London und Rotterdam, in Köln und Danzig, in Nürnberg und Venedig. Man tauschte einige Höflichkeiten aus, in Venedig etwas länger als in London, aber dann kam man zu den Geschäften.
Aber so wie hier oder in Moskau, nein, das gefiel dem hanseatischen Kaufmann nicht.

Während er die Speisen ohne Genuß in den Mund schob, sie schnell runterschluckte, damit er die Möglichkeiten zum Reden nutzen konnte, gingen seine Augen von einem zum anderen, immer auf den Sprung, einzugreifen.
So einfach war das hier jedoch nicht.
Die Geräusche aus der Vorhalle, die Musik und die allgemeine Unterhaltung störten den Gesandten, machten es ihm fast unmöglich, sich an den Herrscher zu wenden. Nur wenn der Schah das Wort ergriff, trat Ruhe ein. Die Kapelle spielte Piano, die Perser flüsterten nur noch.
„Das sind wunderschöne Pistolen“, stellte Schah Sefi gerade anerkennend fest, wog eine dieser prachtvoll gearbeiteten Waffen in der Hand, legte versuchsweise an. „Die sind...“
„Sie sind nicht nur schön anzusehen, Majestät“, unterbrach ihn Otto Brüggemann ungeniert, „sie sind vor allem unübertrefflich in ihrer Durchschlagskraft und Treffsicherheit.“
Den anderen anwesenden Herren verschlug es die Sprache. Wenn dem Schah diese Unverfrorenheit mißfiel, so zeigte er es doch nicht.
„Ihr habt damit geschossen, Herr Brüggemann?“ ließ er den Dolmetscher fragen.
„Und jeder Schuß war ein Treffer, hoher Herr. Es gibt keine zuverlässigere Waffe. Wenn wir die Handelsverträge abschließen, Majestät, könnt Ihr mehr solcher Waffen erhalten. Auch Musketen und Kanonen. Waffen, wie Ihr sie gar nicht herstellen könnt.“
„Über Verträge sprechen wir zu anderer Zeit.“
Der Schah lächelte immer noch.
„Nun reden wir über Waffen. Es sind keine vier Monate her, da erlegte ich einen Leoparden mit zwei Pfeilschüssen. Baka, bringe doch mal das Fell her“, wandte er sich an einen Diener. „Mit meinem Bogen“, fuhr er fort, „und einem vollen

Köcher guter Pfeile würde ich auch dem Tiger gegenübertreten. Mit Euren Pistolen hätte ich doch meine Bedenken."

Und dann erzählten der Schah und sein ranghöchster General ihre Jagdabenteuer. Berichteten, wie sie mit besonders ausgebildeten Elefanten auf Tiger und Bären jagten, wie sie auf schnellen Pferden den Antilopen nachsetzten.

Weder gelang es Brüggemann noch Crusius von Verträgen und Geschäften zu reden.

Es schien doch so, als hätte die Audienz das Eis gebrochen. Fast täglich erhielten sie nun Besuch von fremden Kaufleuten. Vor allem kamen die Vertreter der europäischen Niederlassungen, Franzosen, Porugiesen, Engländer, Italiener. Sie gaben gute Ratschläge aber auch Briefe, die auf der Rückreise befördert werden sollten. Vom spanischen Augustiner-Mönchskloster wurden sie eingeladen, und sie selbst gaben Festlichkeiten.

Allen voran Brüggemann veranstaltete bei den Gastereien Wettkämpfe der unterschiedlichsten Art. Ringreiten, Scheibenschießen, und das alles mit großem Lärm und Getöse. Die sinnlosen Knallereien, mit denen jeweils die Sieger gefeiert wurden, belästigte die Nachbarschaft und beunruhigte die Bürger des Viertels.

Der Dolmetscher warnte, dem Schah würde solches Auftreten mißfallen und er sei ein Tyrann und könnte böse reagieren.

Brüggemann lachte, ließ wieder laden und schießen und laden und schießen.

Und der Schah war wirklich richtig böse geworden. Vielleicht sollte es den Gesandten zugetragen werden, was er seinem Wesir gegenüber äußerte:

„Wenn der Herzog von Holstein nicht ein so großer Potentat wäre, ein so frommer und gerechter Herr, ich würde dem Gesandten Brüggemann den Kopf abreißen lassen."

*

Die Mehrzahl der Männer waren der Einladung des Schahs zum Besuch des Tierparks gefolgt. Sie kamen in ein weites Gehege draußen vor der Stadt. Hirsche, Rehe, Gazellen, Moschustiere, Wildesel liefen in einiger Entfernung frei umher. Eingezäunt ein weites Rund, in dem vorhin der Schaukampf der Kamelreiter stattfand. Dann hatte man einige Kampfelefanten vorgeführt und anschließend auf dem weiten Feld ein Reiterspiel besonderer Art gezeigt.

Kurz gebaut waren die Pferde und hochbeinig. Auf hohen Sätteln saßen die Reiter und jagten einer Art Ledersack nach, um ihn zwischen zwei Torstangen hindurch in eine Mulde zu werfen. Sieger war, wem dies gelang. Sie hatten zwei

Mannschaften gebildet, die verbissen miteinander kämpften. Da kamen sie angestürmt auf ihren rassigen Pferden, rasten auf ein Knäuel von Pferde- und Menschenleibern zu, parierten die Tiere ganz kurz vor dem Zusammenprall und suchten den Sack zu erwischen. Ein herrliches Zusammenwirken von Mensch und Tier. Die Pferde selbst kämpften mit, um möglichst gute Positionen in dem Gewühl zu erreichen und schnell davonrasen zu können.
„In den Bergen, in Afghanistan, da spielen sie das mit lebenden Ziegen, die auf irgendeine Weise durch die Tore befördert werden", sagte einer ihrer Begleiter, dem dies alles wohl nicht wild genug erschien. „Buskatschi nennen sie das. Ein uraltes Kampfspiel."

Nun wanderten sie in kleinen Gruppen zwischen den Zwingern der Raubtiere dahin. Blutige, frische Fleischstücke wurden den Tieren vorgeworfen, über das sie sich gierig und einander böse anknurrend, hermachten.
Mandelsloe, der mit Uechteritz einige Schritte hinter den anderen herging, war begeistert und pries überschwenglich die Schönheit, Eleganz und Wildheit eines Leoparden.
„Seht mal, wie der faucht, wie der sich duckt. Gerade so, als wollte er uns gleich anspringen. Ist er nicht herrlich?"
Und als keine Antwort kam:
„Ihr seht ja gar nicht hin. Interessieren Euch solche Raubtiere nicht?"
„Verzeiht. Ich habe gerade ein anderes Raubtier im Auge. Seht da vorne, Mandelsloe, da Brüggemann neben dem Schah. Wie er sein Desinteresse demonstriert, das muß den Schah doch ärgern. Gerade, als hätte er schon alles gesehen, als wäre der Tiger dort ein Hündchen, der Elefant ein Ochse."
„Das fiel mir vorhin schon auf, als die Kamelreiter mit ihren Speeren und Säbeln gegeneinander ritten. Er tat völlig uninteressiert, dabei ist das alles für ihn so neu, wie für uns."
„Daß er taktlos ist, das wissen wir, aber dumm?"
„Vielleicht will er den Schah ja reizen. Den Eindruck hatte ich schon einige Male."
„Stimmt. Aber könnt Ihr einen Grund dafür nennen?"
v. Uechteritz schüttelte verneinend den Kopf.
Brüggemann ließ sich inzwischen die Aufmerksamkeiten des Schahs gefallen, der ihn gerade auf die wilde Schönheit eines bengalischen Tigers hinwies. Fast hochnäsig stand der Hamburger neben dem kleineren und zierlichen Herrscher vor den Käfigen, in denen neben Tiger auch Löwen, Bären, Leoparden, Wölfe usw. gehalten wurden. Der Schah blieb immer gleich freundlich.

Die Hauptattraktion dieses gemeinsamen Tierparkbesuches stand kurz bevor. Das Wettschießen zwischen dem Schah und Brüggemann.
Brüggemann hatte ein wenig laut geprahlt mit der Qualität der Pistolen, die sie dem persischen Kaiser mitgebracht hatten. Er hatte sie auch bei anderer Gelegenheit verglichen mit den altertümlichen Waffen der Perser, die häufig mit Pfeil und Bogen schossen. Einmal davon abgesehen, daß die Krieger des Schahs durchaus über hervorragende Waffen verfügten, über Säbel, Schwerter, Pistolen, Musketen, Arkebusen und Kanonen aus erstklassigen Waffenschmieden, abgesehen davon, war diese Prahlerei eine unentschuldbare Unhöflichkeit, die der Schah auf ganz feine Art erwiderte. Er lud den Hamburger zu einem Wettschießen ein. Brüggemann sollte mit Pistole, der Schah wollte mit Pfeil und Bogen schießen.
Und der Herrscher, von dem man wohl wußte, daß er bei anderen Gelegenheiten sehr unbeherrscht sein konnte, ging diesen Kampf offenbar sehr gelassen an, gerade so, als sei ihm Sieg oder Niederlage gleichgültig.
Anders Brüggemann, der sich nicht nur zum Sieg verpflichtet fühlte, sondern von vornherein davon überzeugt war, der Bessere zu sein.
Vor allem der Marschall hatte ihn vor Überheblichkeit gewarnt und an die ersten Tage in Ispahan erinnert, wo sich die indischen Pfeilschützen den Pistolen und Musketen der Gottorper überlegen gezeigt hatten.
„Und vom Schah habt Ihr auch gehört, daß er sehr gut mit seinem Bogen umgehen kann."
Brüggemann lachte nur.
Es wurden Wetten abgeschlossen, wobei die meisten auf Brüggemann setzten und auf seine guten Pistolen.
Und dann war es soweit.

Der Schah strich noch einmal seine Sehne mit einem besonderen Fett ein. Das machte er, der sich ansonsten von hinten und vorne bedienen ließ, selbst. Dann, während er noch den Bogen spannte, knallte ein Schuß. Brüggemann hat das Ziel im Zentrum getroffen. Auch der Pfeil des Schahs landete genau im Ziel, und während der Hamburger seine zweite geladene Pistole in Anschlag brachte, steckte bereits der nächste Pfeil direkt neben dem ersten. Die Schnelligkeit, mit der der Kaiser schoß, mußte den Kaufmann verwirrt haben, denn sein nächster Schuß ging daneben. Und während der Schah nacheinander die weiteren acht Pfeile ins Ziel brachte, lud Brüggemann übertrieben langsam nach, um seine ruhige Hand wiederzufinden. Aber es war schon klar. Den Wettkampf hatte er verloren. Bei seinen Gefährten war so etwas wie Schadenfreude nicht zu

übersehen. Und während die Herren die kostbare alte Waffe des Kaisers bewunderten, schimpfte der Hamburger vor sich hin.
„So ein Blödsinn, sich auf sowas einzulassen". Und dann unvermittelt, „Es wird Zeit für die Rückreise. Wir sollten uns langsam vorbereiten."
„Richtig", lachte Crusius. „Wenn wir die Botschaft des Schahs haben, geht es los."

*

Bevor es jedoch soweit war, geschah etwas anderes. Der Schotte Melvil verlangte Olearius zu sprechen. Er hatte Brüggemann in der Stadt gesehen. Mit einem Fremden, einem Derwisch oder sowas. Sie hatten erregt miteinander gesprochen, dabei aber, wie Melvil meinte, recht heimlich getan. Brüggemann schien erschrocken, als er Melvil erblickte, der mit einem flüchtigen Gruß vorüber gegangen war. Kurz darauf hatte Brüggemann den Schotten eingeholt und ungefragt erklärt: „Ein Fremder. Fragte mich nach dem Weg zum Maidan."
Dem Mann aus Aberdeen war das seltsam vorgekommen.
„Wenn Ihr mich fragt, es war kein Fremder. Ich halte jede Wette, die beiden kannten sich. Irgend etwas stimmt da nicht. Ich meinte, ich müßte Euch das sagen." „Das ist richtig. Danke sehr. Aber es klärt sich wahrscheinlich ganz harmlos auf."
Brüggemann ging immer eigene Wege. Das wußte jeder noch aus Moskau, und es hatte sich in Ispahan nichts geändert. Aber die zwielichtige Geschichte mit den verschwundenen Lebensmittel war noch nicht aufgeklärt. Sollten seine Heimlichkeiten damit zu tun haben?
Am nächsten Abend kam v. Mandelsloe lachend ins Quartier und erzählte Crusius und Olearius:
„Ich war einfach neugierig und folgte dem Hamburger bis zum Stadtteil Kebba. Dort klopfte er an eine Haustür, drückte einem Mann Geld in die Hand und verschwand dann ins Haus. Es war, wie ich dann sah, ein öffentliches Haus. Und ausgerechnet unser frommer Brüggemann", lachte v. Mandelsloe noch immer, „und ausgerechnet im Heidenviertel."
Nein, vorbildlich war das alles nicht, und eigentlich wäre es schon wegen der Mannschaft nötig gewesen, mit Brüggemann ein paar offene Worte zu reden. Aber sie waren so erleichtert, daß sich die Heimlichkeiten so relativ harmlos klärten und sprachen nicht mehr darüber.
Ärgerlich war nur das allgemeine Mißtrauen gegen den Gesandten, jeder fühlte sich mittlerweile berufen, des Hamburgers Schritte zu überwachen.

Einige Tage später kam Adam Olearius aus dem Basar und sah gerade noch, wie Brüggemann mit einem anderen Mann eine dieser Kahweh-chans betrat. Das konnte Zufall sein. Noch überlegte der Sekretär, ob er folgen sollte, da fiel ihm auf, daß sich noch andere Leute für das Pärchen interessierten. Das mußten die Männer des Schahs sein, die in weitem Bogen die Lasterhöhle umstellten und warteten. Olearius blieb unter den Bögen eines Kürschners stehen, nicht ganz sicher, wie er sich verhalten sollte. Mußte er Brüggemann warnen, oder würde er vielleicht gerade dadurch die Häscher veranlassen, zuzugreifen. Da er das Lokal nicht ungesehen betreten konnte, würde er möglicherweise den Erfolg der ganzen Reise gefährden. Er entschied sich abzuwarten und zu beobachten und blieb in den Auslagen des Pelzhändlers stehen. Diese hatte nun bereits einige Male nach seinen Wünschen gefragt und ihm Rauchwerk angeboten, als Brüggemann endlich das Haus verließ und quer über den Maidan in Richtung Quartier ging. Aufatmend wollte Olearius ihm gerade folgen, zog sich aber schnell wieder hinter einen der Schwibbögen zurück.

Die Männer des Schahs gingen in die Opiumbude und kamen kurz darauf mit Brüggemanns Begleiter zurück. Und nun erkannte der Sekretär auch den Mann. Es war der Schwager Brüggemanns, der Schweizer Uhrmacher Stadler.

Als Olearius in der Herberge ankam, hatte es sich Brüggemann bereits bequem gemacht. Der Sekretär bat um ein Gespräch mit den beiden Gesandten und bestand energisch auf Brüggemanns Anwesenheit, als dieser Zeitmangel vorschob.

Er berichtet von seinen Beobachtungen und verlangte Aufklärung.

Der Hamburger Kaufmann war von der Verhaftung Stadlers sichtlich betroffen. „Das ist eine private Angelegenheit“, sagte er ausweichend. „Sie hat mit dem Zweck der Reise nichts zu tun.“

Aber diesmal blieb Crusius hart.

„Alles was einer von uns macht, hat mit unserem Auftrag zu tun. Ihr seid von den Männern des Schahs in Gesellschaft eines Mannes gesehen worden, den sie anschließend festnahmen. Was ist mit Eurem Schwager, was hat er getan und was habt Ihr damit zu schaffen?“

Der Kaufmann sprang auf und lief aufgeregt im Zimmer umher.

„Ich lasse mich nicht in dieser Weise verhören“, schrie er. „Was bildet Ihr Euch eigentlich ein, wer Ihr seid und wen Ihr vor Euch habt?!

Er wollte den Raum verlassen, stieß aber in der Tür mit Hermann v. Staden zusammen. Der Marschall erfaßte die Situation sofort, blieb in der Tür stehen und versperrte dem fast explodierenden Gesandten den Weg. Dann wurde noch der Stallmeister Johann Albrecht v. Mandelsloe hinzugezogen und zu viert drangen

sie in Brüggemann ein, endlich Klarheit zu schaffen und mit allen Alleingängen aufzuhören.
So in die Zange genommen, kam er nach und nach mit der Wahrheit heraus.

Johann Rudolf Stadler war bereits vor fünf Jahren nach Persien gekommen und hatte seit der Zeit als Uhrmacher des Schahs gearbeitet. Nun wollte er die Gelegenheit nutzen, und mit der Gesandtschaft in die Heimat zurückreisen. Mit den Gesandten hatte er bereits Kontakt aufgenommen und vom Schah seinen Abschied erbeten. So weit war den Herren alles bekannt.
Der Schah jedoch wollte den Uhrmachermeister gerne länger behalten und bot ihm für zwei weitere Jahre in Ispahan 400 Reichstaler an. Stadler hatte nicht gewagt, dieses Angebot einfach abzulehnen, betrieb aber weiterhin seine Rückreise. Dieser Stand war zumindest Crusius bekannt.
„Das wißt Ihr doch alles. Wozu sollen wir darüber noch viel reden?"
„Aber darum ist Euer Schwager doch wohl nicht verhaftet worden. Was war also genau los? Wir warten."
„Bei Johann wurde eingebrochen. Er hat den Dieb erwischt und rausgeschmissen."
„Weiter!"
Es fiel Brüggemann sichtlich schwer, freimütig die ganze Geschichte zu erzählen.
„Mein Schwager ging dann ins Haus zurück, holte sich seine Pistole, rannte dem Eindringling hinterher und erschoß ihn."
„Oh Gott! Und nun?"
„Naja, er hielt sich tagelang versteckt, bis er Kontakt mit mir hatte. Und so trafen wir uns in dem Kahweh-Chan. Wir wollten besprechen, was zu tun sei."
„Ja. Und nun haben sie ihn verhaftet. Warum, zum Teufel, konntet Ihr nicht gleich mit uns sprechen?"
„Und? Was hätte das geholfen?" Brüggemann bellte Philipp Crusius an, als hätte dieser die Verhaftung zu verantworten.
„Das weiß ich nicht. Aber vielleicht hätten wir gemeinsam eher einen Weg gefunden, Eurem Schwager zu helfen. Nun wird es eng. Gewalt und List helfen nicht. Es bleibt uns nur der Weg der Gnade."
Crusius erklärte sich sofort bereit, sich persönlich einzubringen in Stadlers Sache.
„Wir beide, Brüggemann, bitten den Schah um eine Audienz. Bitten ihn, uns Euren Schwager auf der Rückreise mitzugeben, sozusagen als Geschenk für den Herzog."
Aber so weit kamen die zwei Gesandten gar nicht. Obwohl sie doch nun auch am Hofe hinreichend bekannt waren, schafften sie es nur bis zum Reichskanzler.

„Dem Schah sind die Hände gebunden“, sagte dieser. „Die Sache liegt bereits beim Großmufti. Der hat Euren Landsmann in Eisen gelegt und zum Tode verurteilt. Begreift: ein Ungläubiger erschoß einen Gläubigen! Das wiegt schwer. Der Herrscher kann das Urteil des Großmufti nicht korrigieren. Er ist Euretwegen zu einem bereit. Er kann den Uhrmacher begnadigen, wenn dieser sich zum wahren Glauben bekennt und sich beschneiden läßt.“
Eile war geboten.
Noch am gleichen Tag besuchte Brüggemann seinen Schwager, wollte ihn überreden, das Angebot des Kaisers anzunehmen. Aber der lehnte ab.
„Nur für die Gnade des Schahs will ich die Gnade Christi nicht verscherzen!“
Für weitere Rettungsversuche ließ der Mufti den Deutschen keine Zeit. Umringt von mehreren bewaffneten Männern wurde Stadler auf den Maidan geführt und dort von diesen Leuten in aller Öffentlichkeit einfach niedergesäbelt.

*

Brüggemann wurde immer unerträglicher, wenn das denn überhaupt möglich war. Er schimpfte und fluchte mit der Mannschaft herum, biederte sich gleichzeitig bei einigen besonders ruppigen Gesellen an. Es wußte auch niemand mehr, wie ihm zu begegnen war. Nichts konnte man ihm recht machen. Für das gleiche Tun wurde der Eine gelobt, der Andere bestraft.
Daß Lyon Bernoldi Kontakt zu persischen, arabischen und armenischen Kaufleuten pflegte, war allgemein bekannt gewesen und niemand hatte bisher Anstoß daran genommen. Im Gegenteil: geschäftliche Beziehungen zu entwickeln, war ja der Sinn der ganzen Reise. Nun aber hatte der Brabanter sich mit einem Holländischen Agenten getroffen und Brüggemann ließ ihn daraufhin in Eisen legen.
Erklären konnte oder wollte er diese Entscheidung niemandem.
„Wir werden Gericht halten“, erklärte er Crusius auf dessen Vorhaltungen.
Das hörte sich ja sehr abgeklärt und neutral an. Nur Bernoldi wartete dieses Gericht nicht ab.

Unter dem Vorwand, Essen zu bringen, war Heinrich Krebs in die kleine Zelle gekommen.
„Es gibt auf dem Palastgelände ein Schutzhaus. Wer immer dort Zuflucht sucht, dem wird sie gewährt. Selbst große Gegner des Schahs wären dort in Sicherheit. Georgi Beradse hat es mir erzählt. Er und zwei weitere Kaufleute sind bereit, dich dort hinzubringen. Oder willst du lieber den Prozeß abwarten?“

„Den Prozeß habe ich nicht zu fürchten. Aber anschließend stehe ich wieder unter der Fuchtel des Hamburgers. Dies wäre die günstigste Gelegenheit, diese Gesandtschaft zu verlassen. So kann es mir niemand verübeln."
Am nächsten Morgen war die Zelle leer, Bernoldi verschwunden.

Brüggemann ließ den Brabanter suchen und erfuhr schnell, Lyon Bernoldi halte sich am Hof des Schahs versteckt. Die Forderung des Hamburger Gesandten, den flüchtigen Kaufmann auszuliefern, wurde nicht erfüllt.
„Es ist eben ein Schutzhaus", beteuerte der Kommandant der Palastwache. „Ich habe da keine Möglichkeit des Zugriffs. Wer hier Asyl sucht, ist sicher, und hätte er sich an dem Herrscher selbst vergriffen."

Mit Schaum vorm Mund kam der Gesandte in die Herberge zurück, bewaffnete 20 Musketiere und marschierte mit brennender Lunte und geladenen Musketen vor die Pforte des kaiserlichen Palastes.
Crusius, v. Staden und Olearius warfen sich auf die Pferde als sie dies erfuhren, jagten zum Schloß und mit vereinten Kräften gelang es ihnen, Brüggemann mit seinen Musketieren ins Quartier zu lotsen.
Am nächsten Morgen fehlten fünf Mann. Sie hatten ebenfalls in der kaiserlichen Freistatt Zuflucht gesucht.
Olearius sprach mit den Leuten und wollte sie zur Rückkehr bewegen.
Vergeblich.
„Könnt Ihr uns garantieren, Herr Olearius, daß wir heil und sicher bis Rußland kommen? In Ardebil, in Scharmachie, in Derbent, überall hat der Gesandte Brüggemann uns Feinde gemacht. Was ist, wenn Khane und Sultane sich auf unserem Rückweg rächen wollen?"
Olearius wußte darauf keine gute Antwort.
Als er jedoch in der Herberge über die Schwelle trat und hörte, wie Brüggemann tönte, man hätte ihn machen lassen sollen und Schuld an der Flucht der fünf Männer seien jene, die ihm, Brüggemann, in den Arm gefallen seien, als er sich Bernoldis bemächtigen wollte, da platzte dem Sekretär der Kragen.
Wie bei einem Wasserfall sprudelte es aus ihm heraus und er hielt dem Hamburger alle seine Sünden der vergangenen Jahre vor.
„Und, und? Was sagt Ihr denn nun wieder zu unserem Stallmeister? Der will uns doch auch verlassen. Fahnenflucht ist das!"
„v. Mandelsloe hat von Anfang an erklärt, er würde für die Rückreise nicht zur Verfügung stehen. Ich persönlich hätte ihn verdammt gerne dabei. Aber das läßt sich wohl nicht ändern. Ihr jedenfalls, Herr Brüggemann, tätet gut daran, Euer Verhalten zu ändern, damit uns nicht noch mehr Leute weglaufen."

„Ihr wollt wohl auch fahnenflüchtig werden?"
Tatsächlich hatte Olearius diese Möglichkeit schon mal erwogen, dann aber an den Kanzler Kielmann gedacht, bei dem er im Wort stand.
Bis zu diesem Punkt hatte man immer noch versucht, das gegenseitige Mißtrauen zu überwinden, nun aber machte niemand mehr Schritte aufeinander zu. Es reichte gerade noch, im Beisein der Perser die Höflichkeit zu wahren.

Auf dem Fest, zu dem der Reichskanzler eingeladen hatte, überreichte er dem Gesandten Crusius die Briefe für den Herzog und die Einladung des Herrschers, ihn auf der Rückreise bis Kaschan zu begleiten. Übermorgen sollte es losgehen.
Das war eine wirkliche Überraschung, wie auch das Fest selbst eine Überraschung barg. Essen, Trinken und Musik waren wie immer. Aber es waren Frauen auf dem Fest. Nein, nicht die Ehefrauen oder die Nebenfrauen. Reiche und einflußreiche Männer hatten in ihrem Harem auch Tänzerinnen, extra für solche Feiern.
„Bedient Euch", sagte der Kanzler nicht nur mit dem Blick auf Gebäck, Konfekt und Früchten, sondern vor allem in Bezug auf die jungen Frauen, die auf einen Wink ungeniert ihren Tanz unterbrachen, um mit dem Gast in einer Extra-Kammer zu verschwinden.
Neben den Deutschen waren noch eine ganze Reihe anderer Gäste anwesend, die alle versuchten, angenehmes mit dem Nützlichen zu verbinden.
Ein spanischer Agent des Vizekönigs von Indien, ein steinreicher Jude, einige persische Kaufleute, Armenier, Georgier, alle suchten den Kontakt zu den Schleswig-Holsteinern, alle erwarteten große Geschäfte für die Zukunft. Mit diesem großen, zum Teil recht ausgelassenen Fest endete der Aufenthalt in Ispahan, der Residenz des persischen Schahs Sefi.

DIE ABRECHNUNG

Krieg, Handel und Piraterie,
Dreieinig sind sie,
nicht zu trennen.

Mephisto in Goethes Faust

Ein betrogener Betrüger

Solange sich die Gesandtschaft in Begleitung des Schahs befand, ging die Reise schnell und ohne größere Probleme vonstatten. Nach der Trennung von der Karawane des Herrschers stießen sie jedoch auf Widerstand der kargen Landschaft und der armen Bevölkerung.
Da die Gottorper für die Rückreise anfangs eine andere Route wählten und auf dem kürzesten Weg zum Kaspischen Meer wollten, kamen sie durch ihnen unbekannte Gegenden.
Sie durchquerten eine Wüste, die aber nicht so leblos war, wie sie es sich vorgestellt hatten. Von den umliegenden Bergen kamen Tiere, zogen durch das trockene Land, kannten die Orte, wo karges Gras wuchs, fanden die seltenen Wasserstellen.
Dann in der Steppe wurde das Wild zahlreicher, Antilopen, Kumas, Wildpferde, dann und wann einige Buras und jede Menge Rotwild. Steppenwölfe umkreisten die Rudel, tauchten, immer vorsichtig den Abstand wahrend, in der Nähe auf.
Sie kamen durch Dörfer, deren Bewohner sich nicht sehen ließen, passierten Kleinstädte und kamen immer wieder an Ruinen vorüber. Ehemals große Paläste, Moscheen, Karawansereien.
Einige standen vereinzelt in der weiten Steppe, anderen konnte man noch ansehen, daß sie früher vielen Bewohnern Obdach gaben.

„Hier ist Jahrtausende altes Kulturland“, erklärte Olearius, der sich wie immer von allen am besten in der Geschichte des Landes auskannte.
„Die Ruinen sind natürlich jünger. Etwa 400 Jahre alt, aus der Zeit, in der Dschingis Chan hier einfiel. Keine Stadt blieb ganz, kein Palast, keine Moschee. Spätere Generationen bauten die Städte wieder auf, oft an anderen Orten. Die Ruinen blieben.“

Das Land wurde grüner, aus der Steppe wurde Busch, aus Busch Wald. Dann kamen Felder und Gärten, Weinhänge und immer mehr Dörfer. Da sie immer noch Gäste des Schahs waren und die Khane und Sultane damit für ihren Unterhalt sorgen mußten, reichten diese die Reisenden möglichst flink weiter. Große Probleme hatte es bisher nicht gegeben.
Dann lag zu ihren Füßen das Kaspische Meer und sie sahen am Ufer wie an einer Schnur Dorf an Dorf liegen.

*

Niemand wußte was Brüggemann plante, als er alle Mann so früh am Morgen marschbereit zum Dorfausgang befahl. Als er dann einige Musketiere losschickte, den Bauern zu holen, den sie am Vortag so jämmerlich zusammengeschlagen hatten, schwante ihnen nichts Gutes.

Kurz vor Einbruch der Dämmerung waren sie in das Dorf gekommen. Brüggemann hatte seinem Stallknecht die Zügel zugeworfen, er sollte das Pferd in ein Bauernhaus bringen. Da stand plötzlich der Bauer in der Tür, verwehrte ihnen den Eintritt und schlug dabei dem Pferd mit einer Gerte leicht auf die Nase. Mit einem Satz hatte sich Brüggemann auf den Mann gestürzt, um sich den Eintritt zu erzwingen. Der Bauer wehrte sich und schlug bei dem Gerangel dem Hamburger auf den Arm. Oh, wie wurde der Mann von Brüggemann und seinen Leuten verprügelt.

„Bestraft ihn!“ forderte der Gesandte den Mehemander auf.

„Das kann ich nicht“, antwortete dieser. „Er ist ein Kisilbasche, und das sind freie Leute. Sie sind Soldaten des Kaisers und gleichzeitig Bauern, und“, jetzt betonte er jedes Wort, „es ist sein Haus, in das Ihr eindringen wolltet.“

„Er hat einen Gast des Schahs beleidigt“, fuhr der Hamburger wütend auf. „Einen Gesandten. Er muß bestraft werden.“

„Konnte ich ahnen, daß der Mann ein Gesandter war?“ stöhnte der Kisilbasche. „Benimmt sich denn so ein Gesandter?“

Und nun schleppten sie den armen Kerl auf einer Trage herbei, denn laufen konnte er nach der gestrigen Mißhandlung nicht.

Was wollte Brüggemann noch von diesem Mann, nachdem er ihn halbtot geschlagen hatte?

Er zog dem Bauern die Decke vom Körper und dann geschah, bevor irgendeiner auch nur halbwegs begriff, was sie noch lange beschäftigen sollte.

Der Hamburger Kaufmann hatte in der letzten Zeit immer einige Männer bei sich, die bedenkenlos alles ausführten, was er befahl. Solche Männer hatten den Mann gestern verprügelt, ihn heute herbeigeschleppt und ergriffen nun ein paar bereitgelegte Knüppel und schlugen sofort mit aller Kraft auf den armen Menschen ein. Jeder ein-, zwei-, dreimal, man hörte ihn laut aufstöhnen , dann war es still.

„Aufsitzen! Abmarsch!“ befahl Brüggemann.

Hartmann Grammann sah Crusius fragend an. Der winkte ihn zu sich und während Brüggemann an der Spitze des Zuges schon das Dorf verließ, bückten sie sich gemeinsam über die Trage.

Der Mann war tot.

In Derbent wollten sie auf den Wesir Imanueli Sultan Eschik Agasi warten, der als Gesandter des Schahs nach Gottorp reisen sollte.
Sie konnten auch einige Tage Ruhe gut gebrauchen, denn die letzten Reisetage waren schwer gewesen. Sie wurden bereits hier von den Sünden der Vergangenheit eingeholt.
So hatte Brüggemann auf der Hinreise einem Dorfältesten, der ihn mit frischgeschöpftem Brunnenwasser begrüßen wollte, das Wasser samt der Schale ins Gesicht geworfen. Das Wasser sei verschmutzt gewesen, hatte er behauptet, weil ein paar Sandkörner am Grund der Schale lagen. Nun weigerte sich nicht nur dieses Dorf, die Gesellschaft zu versorgen.
Der Mehemander half nicht viel. Der sonst so umgängliche Mann hatte nach dem Tod des Kisilbaschen alle Freundlichkeit verloren. Sie hatten gerade Derbent erreicht, da verließ er mitsamt den Treibern und ihren Kamelen die Reisegesellschaft.
Auch der Sultan von Derbent machte aus seiner Feindschaft keinen Hehl. Weder half er neue Transportmöglichkeiten zu besorgen, noch gab er einen einzigen Dinar für die Verpflegung.

Die Lage war verzweifelt.
Bildlich gesehen war Derbent der Punkt, wo noch gerade eben die Fingerspitzen des Schahs hinreichten. Zu ihrem Glück, denn wahrscheinlich rettete sie nur das davor, vom Sultan direkt als Feinde behandelt und vollends ausgeplündert zu werden.
Sie lagerten nördlich von Derbent, östlich lag das Kaspische Meer, westlich die Berge des Kaukasus und nördlich wohnten die wilden tatarischen und kaukasischen Völker, vor denen unter anderem auch der Sultan warnte.
Und vom persischen Gesandten war nichts zu sehen und nichts zu hören.
Das Schlimmste jedoch war, sie waren uneinig. Die Befehle Brüggemanns zur Befestigung des Lagers wurden nur widerwillig und mürrisch befolgt. Beim Latrinenbau warfen die Männer ihre Schaufeln in die Ecke, nachdem sie knapp eine Elle tief gegraben hatten.
„So lange wollen wir dich wohl nicht hier bleiben, bis wir alles vollgeschissen haben“, lachte einer, als Heinrich Schwarz auf eine tiefere Grube bestand.

Die Mannschaft spürte die Unentschlossenheit der Gesandten, bemerkte die Spannungen zwischen den beiden ersten Männern der Reisegesellschaft und begann eigene Vorstellungen darüber zu entwickeln, wie es weiter gehen sollte. Zurück nach Persien wollten die einen, sofort nach Rußland marschieren und die Bagage hier liegen lassen, die anderen, die dritten wollten den Sultan von Derbent einfach stürzen, wieder andere nach Armenien ziehen. Nur hier liegen bleiben, wollte keiner.

Crusius rief die vornehmsten Männer zu einer Beratung zusammen.
„Es wäre besser gewesen“, sagte Heinrich Schwarz, „wir wären mit den Barbaren rücksichtsvoller umgegangen, hätten mehr Geduld gehabt.“ Er sah Brüggemann an. „Statt dessen haben wir uns überall unnötig Feinde gemacht.“
Der Hamburger runzelte wohl die Stirn, holte tief Luft, aber er schwieg, warf einen langen Blick in die Runde und erkannte, daß der Greifswalder nur ausgesprochen hatte, was alle anderen dachten.
„Nun ist es aber so, wie es ist“, nahm Crusius das Wort. „Nun müssen wir unsere Zukunft in Gottes Hand stellen und standhaft bleiben und gut und gemeinsam fechten. Alles ist besser, als bei den Barbaren in Sklaverei und in Gefahr für Leib und Seele zu leben.“
Sie schworen sich noch einmal gegenseitig Treue und setzten dann ihre Bemühungen, Lebensmittel und Fahrzeuge zu erhalten fort.
„Die Tataren werden Euch ausrauben“, meinte der Sultan, als sie ihn um Karren angingen.
Als würden sie nicht schon hier in Derbent ausgeraubt. Die Händler, als sie merkten, daß der Reisegesellschaft die Vorräte fehlten, sie also kaufen mußten, und überzeugt, die Herren seien unermeßlich reich, trieben die Preise schamlos in die Höhe. Unverschämt grinsten sie, wenn jemand sich beschwerte. Crusius sprach mit dem Sultan darüber. Dieser lachte freundlich und zuckte die Achseln.
„Ich mache die Preise nicht“, antwortete er heuchlerisch und er machte sich gar nichts daraus, daß niemand ihm glaubte. Jeder wußte auch längst, die Händler beteiligten ihn an dem Raub.

Da standen sie nun an der Küste, an der sie vor eineinhalb Jahren - war es schon so lange her? - ihr Schiff verloren hatten. Hätten sie doch nun die ‘Friedrich’.
Nach und nach bekamen sie einige Karren und Gespanne zusammen, packten ihre Habseligkeiten drauf und zogen los, durch Dagestan bis Boinak. Als sie dort im Namen des Schahs Lebensmittel verlangten, fragten die Männer dreist:
„Ist das hier nicht unsere Erde?“
Sie sahen nicht so aus, als würden sie sich mit Gewalt etwas nehmen lassen.
„Seid Ihr vielleicht schon Untertanen des Zaren?“ fragte der russische Dolmetscher.
Irgendeines Herrschers Untertanen mußten diese Menschen doch sein.
Aber diese lachten nur.

„Ob Schah, ob Zar, Uns ist es gleich. Wir fragen weder nach dem Einen noch nach dem Anderen. Wollt ihr Lebensmittel kaufen? Gut! Dort ist der Markt. Kauft und bezahlt. Ohne Bezahlung gibt es hier nichts."
Brüggemann tobte.
Wie kamen die Barbaren dazu, der Gesandtschaft des Herzogs, den Gästen des Schahs und des Zaren, den Tribut zu verweigern?

Olearius jedoch konnte seine Bewunderung für die stolze Haltung des weißhaarigen Mannes, der ihnen dies sagte, nicht verhehlen.
Da stand der Alte am Markt, das Krummschwert an der Seite, stützte sich auf seinem langen Stock und beobachtete das Marktgeschehen.
Gegen diese Haltung hätten wahrscheinlich auch Mehemander oder Pristaff wenig ausgerichtet. Sie mußten kaufen und zahlen.

Der Sekretär sprach den Alten noch mal an.
„Warum so viel reden?" meinte dieser. „Der da", und er wies, ohne die Hände von seinem Stock zu nehmen, nur mit einer knappen Kopfbewegung, zu Brüggemann hin, der an einem der Stände laut und ungeduldig feilschte, „der da will Geschenke von uns. Wir wollen ehrlichen Handel."
„Der Gesandte meint, weil wir Gäste des Schahs und des Zaren seien, hätten wir Anspruch auf Nahrungsmittel."
„Die sollen ihre Gäste gefälligst selbst versorgen. Wir hatten euch nicht eingeladen."
Brüggemann war hinzugetreten.
„Dieses Gebiet gehört entweder dem Schah oder dem Zaren. Beide erheben jedenfalls Anspruch darauf", warf er mit grimmigen Gesicht ein.
„Das sind zwei verschiedene Dinge. Was man haben will, ist das Eine, und was man tatsächlich hat, ist ein Anderes."
Alles, was sich auf die beiden übermächtigen Nachbarn dieser Bergregion bezog, schien der Alte mit einem Achselzucken abtun zu wollen.
„Der Schah und der Zar können euch ihren Willen aufzwingen", gab Olearius dem Manne zu bedenken. „Sie sind euch militärisch überlegen, haben viele Soldaten und Kanonen. Und was habt ihr?"
„Wir haben unsere Heimat", blieb der Patriarch gelassen. „Da", er wies gegen Norden, „da ist die weite Steppe. Wo die Russen nur Salzsümpfe finden, wissen wir, wo klares Wasser sprudelt. Da sind die Berge", er wies gegen Westen. „Die Russen zittern schon, wenn sie nur daran denken, dort hochklettern zu müssen. Wir aber freuen uns über den Halt, den uns unsere Felsen geben. Und während unsere Männer glücklich sind über jedes Gebüsch am Wege, weil es ihnen

Deckung gibt im Kampf, schielen Russen und Perser voller Angst hinüber; könnten dort nicht einige Inguschen, Nogayer, Tschetschenen lauern, die Muskete im Anschlag? Wir haben hier unsere Heimat, darum sind wir stark und unabhängig."

Auch Olearius ließ seine Blicke über den Markt schweifen.
Wieso fand man auf diesem kleinen Fleckchen Erde so viele verschiedene Völker? Perser und Russen, Tschetschenen, Tscherkessen, Dagestaner, Georgier, Armenier, Nogayer, Inguschen, Kosaken, Abchasen, Thadschiken und mehr Nationen waren zu finden. So muß es in Babylon gewesen sein, ging es ihm durch den Kopf.
Rubel, Dinare, Kopeken, Tumaine wechselten ihre Besitzer genau so wie Fisch, Kaviar, Schaffleisch, Häute und Felle, Metallarbeiten, Stoffe, Gewürze.
Das war am 15. April 1638.

Sie kauften das Nötigste, zogen weiter und kamen zwei Tage später in Tarku an. Hier lagen sie jedoch nicht viel besser als vor Derbent. Ein General, hier nennt sich alles General, kam aus der Stadt, forderte unverhohlen ein Geschenk für seinen Fürsten und eines für sich, anders würde man die Fremden nicht mehr fortlassen.

Als nächstes kam ein Bote vom Khan Suchow. Am Flußübergang des Koisus würde Sultan Mahmud mit seinen Kriegern auf die Reisenden warten. Er, Khan Suchow könne darum nicht verantworten, daß sie weiter reisten. Dann nahmen neben dem Lager der Holsteiner 20 Bewaffnete des Khans Platz.
Wurden sie nun beschützt oder waren sie Gefangene?
Auch Sultan Mahmud schickte einen Boten. Wenn sie durch sein Land weiter reisen wollten, würde er sie schützen.

Und dann kam endlich der erste Bote des persischen Gesandten. Den Brief, den der Bote überbringen sollte, hatte er angeblich mit einem Pfeil aus seinem Köcher gerissen. Es täte ihm leid.
Der nächste Bote hatte dann doch einen Brief. Der Wesir könne Derbent, das er zwischenzeitlich erreicht hatte, nicht vor einem Monat verlassen, er stelle den holsteinischen Gesandten anheim, ihn vor Tarku oder in Astrachan zu erwarten.
Kalt und naß war es im Lager, die Verpflegung war mies und die Stimmung der Mannschaft wurde täglich schlechter. Als nun drei vornehme Männer des Sultans Mahmud kamen und sich als Geiseln für eine ungehinderte Durchfahrt zur Verfügung stellten, zogen die Gottorper los.

Zwei Tage schon waren sie die Koisu aufwärts gezogen um eine Furt zu finden. Hatten auch Kundschafter ausgesandt, um so einen Übergang zu suchen. Der Fluß war ungefähr so breit wie die Elbe und hatte eine starke Strömung, war auch für ihre Karren zu tief. Als am anderen Ufer Tataren auftauchten, rückten sie enger zusammen. Waren sie freundlich oder feindlich gesonnen? Zwei Männer kamen herübergerudert und erboten sich, die ganze Karawane gegen Bezahlung überzusetzen. Sie begannen auch sofort mit dem Bau von Flößen. 70 Karren sollten befördert werden und für jede Karre wollten die Tataren zwei Reichstaler haben. Als die Gesandten versuchten, den Preis herunter zu handeln, setzten sie sich auf ihre Flöße, legten ab und ließen die Deutschen stehen. Am Tage darauf kamen die Kundschafter unverrichteter Dinge zurück und die Gesandten waren gezwungen, die Verhandlungen wieder aufzunehmen.
Endlich, nach zähen Verhandlungen wurden sie einige Tage später handelseins.

Nun lag bis Astrachan nur noch die weite Nogayer Steppe vor den Holsteinern.
Wie sie hörten, sollte vor ihnen eine Karawane ebenfalls nach Astrachan reisen. Also beeilten sie sich, um sich dieser Karawane anzuschließen, sahen aber immer nur die Spuren, die die Karawane hinterließ. Die Lagerstellen, zugeschüttete Aborte, anfangs auch Kamelmist. Den fanden sie bald nicht mehr. Dafür eine Frau, die einen mageren Esel vor sich hertrieb. Sie trug ein langes Hemd oder Kleid, vorne bis zum Nabel offen. Welcher Unterschied zu den tiefverschleierten Frauen, an deren Anblick sich die Deutschen schon gewöhnt hatten. Zwei Körbe trug der Esel. Auf der einen Seite saß ein Kind, das mit schnodderigem Mund heulte, in den anderen Korb warf die Frau mit geschicktem Schwung den Kameldung, den einzigen Brennstoff in dieser Einöde.
Ein reichgekleideter Karakalbake kreuzte mit zwei Begleitern den Weg, sah hochmütig auf die Männer herab und ritt weiter.
Lang war der Weg durch die Heide. Lang und beschwerlich. Aber gefährlich? Nein. Sie folgten der Spur der Karawane und hofften immer noch, diese einzuholen.
Dann stießen sie auf die ersten Dörfer der Terek-Kosaken. Noch die Warnungen vor diesen Menschen von der Herreise im Ohr, baten die Herren den Gesandten Brüggemann, um Himmels willen keinen Streit vom Zaune zu brechen.
Nichts von dem, was über die Kosaken erzählt worden war, schien zu stimmen. Eine hübsche, sauber gekleidete junge Frau empfing die müden Reisenden, und führte sie zum Brunnen. Sie sprach russisch und bat darum, ein wenig zu warten. Dann kam ein älterer Kosak in seiner landesüblichen Kleidung. Bis auf eine Haarlocke war sein Kopf kahlgeschoren. Von den Mundwinkeln hingen die

langen Enden seines schwarzen Bartes herunter. Er sah trotz seines Alters verwegen aus, war aber, wie die übrigen Dorfbewohner auch, sehr gastfreundlich. Abends am Feuer wurde gesungen, getanzt und getrunken.

Ein anderer alter Kosak erzählte von ihrem Leben.
„Wir wollen in Ruhe gelassen werden“, sagte er. „Aber alle wollen was von uns. Der erste will Frondienste, der zweite will Steuern, der dritte will Soldaten, der vierte will unsere Pferde.“
„Und dann wollen sie uns vorschreiben, wie wir zu beten haben“, warf ein anderer ein. „Der Zar sagt so, der Türke so.“
„Man soll uns gefälligst leben lassen, wie wir wollen“, nahm der Alte wieder das Wort. „Wer das nicht versteht, kriegt was auf die Nase. Ist doch so, Mischa, nicht?“ sprach er einen riesigen jungen Mann an, dessen blonde Haarlocke besonders prächtig war.
Der lachte, vergewisserte sich mit einem schnellen Blick, daß genug Zuhörer in der Nähe waren und zog seinen Chalet aus Kaschmir glatt. Stolz war er, daß einer der Alten ihn ansprach.

„Ich war gerade mit meinem Sotnik* auf einem Zug. Was sollen wir machen? Uns, die Anhänger der rechtgläubigen alten Kirche verfolgt man, also müssen wir uns doch wehren.“
„So ist es“, nickte der Alte.
Aber der junge Held war noch nicht fertig.
„Voriges Jahr war ich mit in Asow. Da haben wir es den Türken gegeben. Wir haben die Festung eingenommen und gehalten. Uns ist es gleich, ob wir es mit polnischen Schlachtschitzen, russischen Strelitzen oder türkischen Janitscharen zu tun haben“, prahlte er.
„Uns bleibt auch nichts anderes übrig, als zu kämpfen. Wenn sie uns unser Land wegnehmen, nennen sie es ‘neue Ordnung’. Tun wir ihnen Abbruch, wo immer wir können, nennen sie es ‘Räuberei’“.
„So ist es“, bestätigte der Alte wieder.
Es dauerte, bis am anderen Morgen alle Gastgeschenke ausgetauscht waren.

* Sotnik = Hundertschaftsführer

Endlich, am 4. Juni 1638 holten sie doch noch die Karawane ein. Perser, Türken, Griechen, Armenier, Russen. Ungefähr zweihundert Wagen, mit denen sie 70 Meilen durch die Steppe zogen.
Elf Tage weder Dorf noch Stadt, weder Baum noch Hügel, weder Tier noch Vogel. Nicht einmal Geier gab es im kalten Blau des Himmels. Daß aus dieser kalten Bläue soviel Glut niederprasseln konnte?
Irgendwo sollte die Kuma fließen. Sie aber sahen nur Salzwasserlachen und Sumpf.
Das Trinkwasser wurde knapp, denn sie hatten die Warnungen nicht ernst genommen. Einige der Männer begannen schon, bei der Karawane Wertgegenstände und Waffen gegen Wasser einzutauschen.
Bereits im Februar war der Buxtehuder Maler Dieterich Niemann durch ein Fieber hinweggerafft worden, nun erkrankte hier in der Öde Heinrich Krebs an Ruhr.
„Nehmt mich mit bis Astrachan", bat er. „Laßt mich nicht hier in diesem gottverlassenen Land liegen."
Und dann endlich, am 14 Juni, erreichten sie die Wolga. Heinrich Krebs war so schwach, er konnte sich nicht mehr aufrichten. Jemand stützte ihn, so daß er den Strom sehen konnte. Am anderen Morgen war er tot.
Traurig, krank und schwach setzte die Gesandtschaft über und zog in die Stadt ein.

*

Die Karawane wurde bereits vom Kaufmann Andreas Reußner erwartet. Sie wollte am nächsten Morgen unter seiner Leitung nach Moskau weiterreisen.
Da rief Brüggemann den Gesandten Crusius, den Marschall und den Sekretär zu einer Beratung zusammen.
„Die allerbeste Gelegenheit, schnell nach Moskau zu kommen. Ich denke, ich ziehe mit der Karawane voraus, dann kann ich in Moskau schon einiges vorbereiten."
„Was wollt Ihr denn vorbereiten?" wollte v. Staden erstaunt wissen.
„Was weiß ich. Gemeinsame Gespräche, eine Audienz beim Zaren, die Weiterreise. Da gibt es doch genug zu tun."
„Wir fahren mit dem Schiff. Alle." Crusius wurde Brüggemann gegenüber nun zum Ende der Reise immer energischer. Der persische Gesandte rechnete fest damit, sie in Astrachan zu treffen. Was bewog den Hamburger Gesandten, nun wieder neue Vorstellungen zu entwickeln? „Wir hatten vereinbart, auf den Wesir zu warten."

„Auf die Perser warteten wir bereits in Derbent vergebens“, brummte Brüggemann.
„Das war ärgerlich genug, daß wir sie dort nicht trafen. Um so wichtiger ist es, sie hier abzuwarten, damit wir gemeinsam beim Zaren ankommen.“
Widerwillig fügte sich Brüggemann. Aber er hätte nicht Brüggemann sein müssen, wenn er nicht am gleichen Abend dem Kaufmann Reußner Briefe an den Zaren und an Gottorp zur Weiterbeförderung gebracht hätte. Von dieser Post erzählte er seinen Reisegefährten einige Tage später, als die Karawane längst über alle Berge war.
Da die anderen nichts mehr ändern konnten, schwiegen sie zu dem Vorfall. Ungeduldig warteten sie auf den persischen Gesandten, der am 6. August in Astrachan eintraf.

*

Dicht gedrängt standen die Menschen um die Basilius-Kathedrale. Viele weinten und klagten. Die Popen schwangen ihre Weihrauchfässer. Vom Kreml kam ein langer Zug. Die Familie des Zaren, Fürsten, hohe geistliche Würdenträger, Bojaren, ausländische Gesandte. Unter ihnen in Trauerkleidung die Gesandten Herren Crusius und Brüggemann und der Marschall v. Staden.
Der Achtjährige Sohn des Großfürsten Knees Ivan Michailowitsch, des Mannes, der den Holsteinern bei ihrem letzten Moskauer Aufenthalt so viel Aufmerksamkeit schenkte, wurde zu Grabe getragen.

Sie waren einen Tag nach Neujahr in Moskau angekommen. Der Teil der Mannschaft, der mit den Pferden die Karawane begleitet hatte, hatte sie bereits erwartet. Andreas Reußner aber war nicht mehr in der Stadt. Sofort nach seiner Ankunft war er nach Holstein weitergereist, um Brüggemanns Post zu besorgen. Dieser schien den Treueschwur, den auch er in Derbent geleistet hatte, völlig vergessen zu haben. Schon am 11. Januar 39 hatte er eine geheime Audienz beim Zaren.
Dem Gesandten Crusius aber wurde nur kurz mitgeteilt, daß der Zar nach der Beisetzung des Zarewitsch, als erstes die Perser sprechen würde. Man mußte sich also gedulden.

Einem fiel es besonders schwer, sich in Geduld zu üben. Johann Christof v. Uechteritz, der sich nur langsam von einer Krankheit erholte, die ihn in der Nogayer Steppe befallen hatte.
Uechteritz hatte um Urlaub gebeten. Weniger aus gesundheitlichen Gründen, vielmehr, weil ihn in Moskau eine Botschaft erwartet hatte. Ihm war ein naher Verwandter gestorben und er hatte in der Heimat die Erbschaft zu regeln.
Obgleich v. Uechteritz in Moskau durchaus abkömmlich war, wandte sich Brüggemann gegen eine vorzeitige Abreise des Kammerherrn.
„Wir haben versucht, ihn umzustimmen“, sagte Olearius dem jungen Mann. „Er weigert sich, die Reisegenehmigung zu erteilen, ohne uns einen triftigen Grund dafür zu nennen. Ich weiß nicht, was er will. Will er uns nur seine Stärke zeigen, uns beweisen, wieviel Macht er in der Gesandtschaft hat, welche wichtige Bedeutung ihm zukommt? Sprecht selbst noch einmal mit ihm, vielleicht hilft das weiter.“

Uechteritz versuchte sein Glück. Obwohl er etwas von oben herab behandelt wurde, nahm er seinen Stolz zurück und erklärte noch einmal die Gründe für den Wunsch nach vorzeitiger Abreise.
Brüggemann schien aufmerksam zu lauschen und zu überlegen, blieb aber kühl.

“Ihr versteht. Solche Entscheidungen können nur gemeinsam gefällt werden. Wenn einer von uns ‘Nein’ sagt, dann ist es ‘Nein’.“
Uechteritz blieb unschlüssig stehen. War diese Antwort nun der Beginn einer Unterhaltung oder ihr Abschluß? Brüggemann beobachtete den jungen Mann genau um dann fortzufahren:
„Ich habe nur den Erfolg der Reise im Kopf. Wenn ich nun ‘Ja’ sage, wie hilft das, unseren Auftrag zu erfüllen? Jeder weiß, Herr Crusius und ich sind nicht in allen Punkten einer Meinung. Wenn Ihr voraus fahrt, bringt Ihr vielleicht Crusius Gedanken als erstes dem Herzog nahe. Da ich seine Überlegungen aber nicht alle für richtig halte, würde das doch negativ für die Gesandtschaft sein.“
Es war das erste Mal, daß der Hamburger so offen von Meinungsverschiedenheiten zwischen den Gesandten sprach.
‘Worauf will er hinaus?’ überlegte v. Uechteritz und ‘Wozu höre ich mir das alles an?’
Dann spitzte er doch die Ohren.
„Ich sehe nur eine Möglichkeit für eine Beurlaubung.“
v.Uechteritz sah fragend auf.
„Wenn Ihr Euch verpflichtet, nur meine Briefe für den Herzog mitzunehmen. Wenn Ihr alle andere Post, die man Euch vielleicht anvertraut, vor der Abreise mir überlaßt, dann werde ich zustimmen. Überlegt es Euch, Herr v. Uechteritz. Eure Zustimmung zu meinem Vorschlag wäre gut für die Gesandtschaft, gut für den fürstlichen Auftraggeber, sie wäre auch gut für Eure Erbschaft.“
Ein Diener betrat den Raum.
„Überlegt es Euch und kommt heute nachmittag wieder“, verabschiedete der Gesandte schnell den Kammerherrn.

Unglücklich spazierte Johann Christof v. Uechteritz am Ufer der Moskwa entlang. Die Regelung der Erbschaft lag ihm am Herzen, genauso wie die Sorge um seine nächsten Anverwandten. Aber darum konnte er doch nicht das Vertrauen enttäuschen, das ihn die Herren Crusius, v. Staden und Olearius zu jeder Zeit entgegengebracht hatten. Daß Brüggemann ihn zum Verrat anstiften wollte, empörte ihn.

Laute russische Zurufe erklangen vom Fluß her. Auf dem Eis standen Männer und hielten ihre Angelgeräte in das Wasser. Mit Eisbrocken verscheuchten sie die Hunde, die versuchten, ihren Anteil an der frisch gefangenen Beute zu erhaschen. Ansonsten sah er kaum Menschen. Wer nicht unbedingt draußen zu tun hatte, hielt sich bei diesem Frostwetter hinterm Ofen auf.

Nun erst spürte der Spaziergänger die Kälte. Sie kroch von den Füßen hoch und breitete sich langsam über den ganzen Körper aus.

Zitternd kam v. Uechteritz im Quartier an und bat Crusius und Olearius um eine vertrauliche Unterredung. Er schüttete ihnen sein Herz aus.

Ganz verstand Olearius seinen Gefährten und dessen Nöte wohl nicht. Brüggemann hatte bereits mit Andreas Reußner Briefe an den Herzog abgesandt. Daß sich der Hamburger Gesandte allerdings die Post der anderen Gesandtschaftsmitglieder aneignen wollte, war unverschämt.
Ohne weiter groß darüber nachzudenken in welche Gewissenskonflikte er seinen Freund v. Uechteritz brachte, sagte er:
„Wir haben in der Tat Botschaft an den Herzog und ich kann mir gut vorstellen, daß Brüggemann diese gerne kennen möchte. Wir würden ja auch gerne wissen, was der Hamburger dem Fürsten schreibt. Das geht wohl nicht. Na, das wird ja ohnehin zuerst der Kanzler lesen. Aber den Brüggemann legen wir auf's Kreuz. Ihr geht zum Schein auf seine Vorschläge ein. Wir geben Euch zwei Postsäcke mit. Den richtigen Beutel für den Herzog geben wir Euch heimlich und einen anderen Beutel öffentlich. Den letzteren könnt Ihr dann Brüggemann überreichen. Ihr habt Euren Urlaub, Brüggemann seinen Willen und der Herzog seine Briefe."
„Nein!" entfuhr es v. Uechteritz. „Nein, ich kam voll Vertrauen zu Euch, um nicht zum Verräter zu werden. Nun soll ich Brüggemann hintergehen? Nein, das kann ich nicht."
„Wir wissen Euer Vertrauen in uns zu schätzen", sagte Crusius. „Wir werden Euch zu nichts drängen. Verraten jedoch hat Brüggemann sich ganz alleine. Es ist ganz klar, er verfolgt andere Interessen als wir."
„Wir wollen dich nicht quälen, Johann Christof, aber du mußt dich entscheiden. So oder so. Aufschub kann es nicht geben." Olearius legte dem Reisegefährten vertraulich den Arm um die Schulter.
„Ach, hätte er doch nie versucht, mich zum Verrat anzustiften", kam es kläglich über Uechteritz' Lippen, und nach einer kleinen Weile: „Nun hat er es sich selbst zuzuschreiben."
Und dann fest und deutlich:
„Ich mache es!"
Pünktlich war er bei Otto Brüggemann, gab seine Zustimmung zu dem Kuhhandel und schlug vor, bei seiner Abreise dem Gesandten eine halbe Meile vor der Stadt alle Post zu übergeben und Brüggemanns Briefe in Empfang zu nehmen.
Am nächsten Tag trafen sich am vereinbarten Ort die beiden Männer. Wortlos reichte v. Uechteritz dem Reiter einen Postbeutel aus seinem Wagen, wortlos

nahm er den Packen von Brüggemann entgegen, grüßte kurz und fuhr davon in Richtung Schleswig-Holstein.

Ungeduldig wartete Brüggemann darauf, alleine zu sein. Nun lernte er die Pläne Crusius kennen und konnte sie um so besser durchkreuzen. Gutes, das ahnte er, würden die anderen Herren über ihn nicht an den Herzog berichten. Er öffnete den Packen, zog die Briefe hervor, las flüchtig die Seiten, nahm andere Bögen und überflog auch diese.

Lauter uninteressantes Zeug. Kein einziges Wort über ihn. Er überlegte. Sollten sie den Inhalt chiffriert haben?
Aufmerksam studierte er Bogen um Bogen. Private Vermerke, Hinweise auf das Wetter, sonst nichts. Irgendwie hatte man ihn hereingelegt, nur wußte er nicht, wie.
Hatte v. Uechteritz gar keine Post mitgenommen und sich auf diese Art nur den Urlaub erschwindelt? Oder hatte er doch Post mitgenommen, in der man sich über den Gesandten Brüggemann beklagte? Er fühlte sich auf unsicherem Boden, aber fragen konnte er hier niemanden.

Nun wurde er wieder in seiner alten Weise aktiv.
Einen Tag, nachdem der persische Gesandte vom Zaren empfangen wurde, machte auch Brüggemann wieder einen seiner heimlichen Besuche beim Herrscher aller Reußen. Und noch einen Tag später, am 12. Februar 1639 reisten, nachdem alle russischen Soldaten und Matrosen mit Geschenken entlassen waren, die Holsteiner ab nach Reval.

Der Prozeß

Christoff fieberte Reval entgegen.
Ob Ännchen Karbek auf ihn gewartet hatte? Wie lange war es denn nun schon her? Moment. Es war im Sommer 35 gewesen, ganz genau Mittsommer 35. Wie viele andere waren sie in der hellen Mitternacht spazieren gegangen. Ihre Eltern hatten es Ännchen erlaubt, hatten dem Kaufmannssohn mit ernsten Worten ihr Kind anvertraut. Ja, ein Kind war Ännchen noch gewesen. 15 Jahre alt. Ein Kind wohl auch noch Christoff, mit seinen 17 Jahren. Aber das waren nun drei Jahre her. Immerhin war er sich auch schon damals seiner Verantwortung bewußt gewesen. Sein Vater hätte sich gewundert. Pünktlich zur angegebenen Stunde hatte er seine Liebste ihren Eltern zurückgegeben. Heil und unversehrt. Und ihm war der anerkennende Blick ihres Vater Lohn genug. In den vergangenen drei Jahren hatte Christoff kaum Mädchen angesehen. Obwohl es schöne Frauen gab, in Moskau, in Ispahan und auch unterwegs. Andere hatten ihre kleinen Abenteuer. Ihm aber hatte es genügt, an Ännchen zu denken und sich auf die Rückkehr zu freuen.

Und nun fuhren und ritten sie Reval entgegen. Schnell ging die Reise, denn nicht nur Christoff hatte es eilig. Auch der Gesandte Crusius drängte. Wie man hörte, wollte er Maria Müller, eine Tochter aus angesehenem Kaufmannshaus ehelichen. Und der Leibarzt, Hartmann Graman aus Ilmenau und der Oberdolmetscher, Hans Arpenbeke aus Dorpat, wollten ebenfalls heiraten. Und nicht zu vergessen, Paul Fleming aus dem Vogtland, den Poeten. Auch er hatte in Reval ein Mädchen, dem er Minnelieder singen wollte.
Man sah, ganz ohne Folgen war der einjährige Aufenthalt in dieser Stadt nicht geblieben.
Die Nachricht von der Ankunft der Gesandtschaft war ihnen vorausgeeilt und so wurden sie bereits vor den Toren der Stadt von den Freunden und Bekannten erwartet. Brüggemann hatte allen eingebleut, den Zug nicht zu verlassen, bevor sie nicht der Bürgermeister auf dem Rathausplatz empfangen hatte.

Ännchen stand neben ihren Eltern und winkte, erst zaghaft, dann als sie Christoff winken sah - winken hatte der Gesandte Brüggemann nicht verboten - lebhafter.
Noch am gleichen Tag hielt er um ihre Hand an. "Du bist uns lieb geworden, Christoff", sagte Franz Karbek. „Ännchen hat auf dich gewartet. Meine Frau und ich haben keine Einwände. Wir haben vielmehr deinen Antrag erwartet. Zwischendurch, wir hatten ja einige Jahre Zeit, haben wir uns auch nach deiner Familie erkundigt. Heiraten könnt Ihr beiden erst, wenn auch dein Vater

zustimmt. Ich habe mir folgendes gedacht: Wir laden unsere Verwandten hier, den Herrn Olearius und deinen Vetter Thomas zu einer Verlobungsfeier ein. Dann fährst du nach Hause und wenn dein Vater 'Ja' sagt, kommt ihr zusammen her. Es gibt ja noch genug zu bereden, und ihr heiratet."
Christoff war mit allem einverstanden.
„Wir haben bei meinem Schwager eine Unterkunft für dich besorgt für diese Tage. Das ist schicklicher."

Während der Hochzeitsfeierlichkeiten der anderen Paare die dann folgten, kamen der Gesandte des Schahs, der Wesir Imanueli Sultan Eschik Agasi, der länger in Moskau geblieben war, zusammen mit dem russischen Gesandten in Reval an. Gemeinsam mit den Holsteinern wollten sie Herzog Friedrich III. ihre Aufwartung machen.

Diese persische und russische Gesandtschaft, die im Auftrage ihrer Herrscher die begonnenen Verhandlungen fortsetzen und zu einem Abschluß bringen sollten, machten den Mannschaftsverlust bei den Holsteinern wieder wett. Der Tod hatte Lücken gerissen, einige Männer hatten offen, andere heimlich die Gesandtschaft verlassen.
Auch Olearius war bereits auf dem Weg nach Gottorp, während der Kern der holsteinischen Gesandtschaft mit den Persern und Russen in Reval auf brauchbare Reisegelegenheiten warteten.
Am 11. Juli legten vier Schiffe mit Deutschen, Persern und Russen in Reval ab und nahmen Kurs auf Schleswig-Holstein.

Sie machten eine schnelle Fahrt über die Ostsee, konnten allerdings wegen widriger Winde nicht wie geplant Kiel anlaufen sondern nahmen Kurs auf Lübeck. Bereits am Eingang der Lübecker Bucht, die Inseln waren steuerbords noch in Sicht, kamen ihnen Boote aus der Hansestadt entgegen, deren Besatzungen aufgeregt winkten. Als sie auf Rufweite heran waren, erfuhren sie, Lübeck war von der Pest heimgesucht. Die Boote waren überfüllt. Die Lübecker flohen mit Frauen und Kindern vor der Seuche auf das offene Wasser. Gemeinsam mit den Schiffern beschlossen Crusius und Brüggemann die herzogliche Insel Fehmarn anzulaufen, und von dort über Land weiter zu reisen. Sie landeten auf der Insel und ließen sich in Booten über die Meerenge setzen. Dann ritten die Herren voraus, während die Mannschaft die Bagage auf Karren nachbeförderte.

In Kiel nahmen die Holsteiner gegenüber dem neuen Markt und den 'Persischen Häusern' Quartier, die Russen und Perser wurden im Schloß untergebracht. Dort warteten sie auf die Einladung des Herzogs in das Schloß Gottorp.

Nun, da sie in der Heimat waren, schrumpfte die Gesandtschaft schneller als in der kaukasischen Wildnis. Aus dem Dienst entlassen wurden auch der Küchenjunge Hans Lück, der in Kiel sein Elternhaus hatte, Siegfried Derbruch aus Holstein und Christoff Glantz. Auch Iven Bartelsen aus Schleswig, der Trompeterjunge und Nicolaus Goschke aus Drage, wollten sofort nach Hause, waren kaum noch zu halten.
„Warte!“ riefen sie Christoff zu, der bereits sein Bündel gepackt hatte und sich auf den Weg machen wollte. „Warte, wir wollen mit.“
Und sie schafften es tatsächlich, beim Marschall vorgelassen zu werden und ihre Bitte um Entlassung vorzutragen.
Hermann v. Staden lachte.
„Ach, Jungs“, sagte er. „Sechs Jahre seid ihr unterwegs. Kommt es nun wirklich auf diesen einen letzten Tag an. Morgen abend sind wir in Schleswig, dann könnt ihr gehen.“

*

Kanzler Kielmann geleitete die beiden Gesandten Crusius und Brüggemann zur Berichterstattung zum Herzog. Sie hatten viel zu erzählen, je mehr sie jedoch erzählten, um so tiefer wurden die Falten auf der Stirn des Herzogs. Und Crusius und Brüggemann merkten auch selbst, Konkretes hatten sie wenig zu vermelden. Brüggemann malte die Möglichkeiten, mit den Moskauern weiter zu kommen, in den leuchtendsten Farben aus. Crusius berichtete lieber von den guten Kontakten zu der Revaler Kaufmannschaft. Aber dadurch trat das magere Ergebnis ihrer Reise nur um so deutlicher hervor. Einzig die Tatsache, daß eine russisch-persische Gesandtschaft in Kiel auf die Einladung des Herzogs wartete, konnte man positiv bewerten. Und so kamen beide immer wieder auf diese Gesandtschaft zu sprechen.

Kielmann hatte seinen alten Freund Olearius zu einer Flasche Wein zu sich gebeten.
„Es ist ja viel geschehen in der langen Zeit. Vor sechs Jahren seid ihr losgefahren. Hier hat sich allerhand verändert. Einiges zum Guten, anderes ist nicht so erfreulich. Euer Ergebnis scheint mir dagegen eher mager. Da mögen Brüggemann und Crusius reden was sie wollen. Ich hatte doch erwartet, daß das eine oder andere schon mal unterschriftsreif vorbereitet wäre. Aber alles ist offen. Ist dieser Wesir oder Sultan Agasi überhaupt befugt, Verträge zu unterzeichnen? Und darf das der russische Gesandte? Wird es zu Verträgen kommen? Was meinst du?“

Olearius zuckte die Achseln.
„Es war wohl ein Fehler, zwei Gesandte zu bestimmen. Wer von den beiden hatte denn nun das Sagen? Einen dritten Mann dazu, und man hätte immer Entscheidungen herbeiführen können. Aber zwei? Das ist entweder einer zuwenig oder einer zuviel. Hinzu kam der schwierige Charakter Brüggemanns. Wir konnten beraten, was immer wir wollten, für ihn war das nie verbindlich. Und seine Alleingänge. Was machte er mit den Schweden ab, was mit den Russen? Wir wissen es nicht. Und genau wissen wir auch nicht, warum er uns beim Schah immer wieder in die Suppe spuckte.“
„Ja, wir haben euren Bericht gelesen, den ihr mit v. Uechteritz schicktet. Aber wir wollen noch nichts gegen ihn unternehmen. Erst mal anhören, was die beiden Gesandten uns zu sagen haben. Vielleicht kommt ja doch noch Vernünftiges dabei raus. Mit dem Hamburger können wir uns dann immer noch befassen.“

Man schrieb den 8. August 1639. Die blaue Schlei zeigte sich von ihrer schönsten Seite. Vor der Möveninsel lagen zwei Fischerboote. Der Turm des Domes glänzte in der Sonne. 1.500 Mann und die gesamte Ritterschaft ritten und marschierten auf der Straße in Richtung Eckernförde, vorbei an der kleinen Kirche, die vor Jahrhunderten von Ansgar erbaut wurde, um den persischen Wesir und den russischen Poslanik einzuholen. Mit großem Pomp wurden sie später auf dem Schloßplatz empfangen. In prächtigen Häusern vor dem Schloß

wurden die Gäste einquartiert. Weder Mühe noch Kosten wurden gescheut. Zuviel war bereits in das Projekt Persienhandel investiert worden, um es jetzt durch unangebrachte Knausrigkeit aufs Spiel zu setzen. Es wurden eine Unzahl von Gesprächen geführt.
Brüggemann, der nun die Möglichkeit gehabt hätte, offen und ehrlich die Absichten des Herzogs und seines Kanzlers zu unterstützen, der nun uneigennützig seine vielfältigen Kenntnisse hätte zur Verfügung stellen können, zog es vor, weiter zu intrigieren. Außerhalb des Schlosses und der Gärten traf er sich mit den Russen, auch vereinzelt mit Persern, ohne daß irgendeiner wußte, was und worüber verhandelt wurde.

Und dann leistete er sich noch ein tolles Stück, dem niemand Verständnis entgegenbringen konnte. Einige Perser hatten beschlossen, nicht nach Ispahan zurückzukehren. Unter ihnen der Wesir Pakwirdi und ein angesehener Mann namens Hatzi. Der persische Gesandte war darob sehr böse, sah aber keine Möglichkeit, diese Leute zur Rückkehr zu zwingen. Anders bei dem Armenier Georgie. Als Nichtperser, aber doch Untertan des Schahs, hatte er natürlich weniger Rechte. Ihn wollte der Gesandte nicht gehen lassen.
Georgie nun war ein Mann, der den Deutschen in Ispahan bei dem Kampf gegen die Inder große Hilfe geleistet hatte und so war es ihm nicht schwer gefallen, mit Hilfe der Gottorfer einige Geschäftsbeziehungen aufzunehmen. Er hatte bereits ausgezeichnete Kontakte in Kiel, Kopenhagen und Hamburg und einige Abschlüsse getätigt.
Da kamen eines Abends spät Soldaten des persischen Gesandten und klopften an Georgies Tür.
„Mach auf, Georgie! Du hast doch noch Geld zu bekommen. Wir wollen mit dir die Reisekosten abrechnen."
In der Tat hatte der Mann noch Forderungen an die Gesandtschaft. Aber wieso hatte der Gesandte es so eilig mit dem Zahlen? Es war dunkel, bald brach die Nacht an. Georgie wurde mißtrauisch, er sprang, noch in seinen Schlafkleidern, aus dem Fenster und floh zu seinen Geschäftsfreunden, die ihm behilflich waren, weiterzukommen.

Und nun tat Brüggemann geradeso, als wären die ganzen Verhandlungen in die Sackgasse geraten, eben wegen dieses Armeniers. Er beließ es nicht bei wüstem Geschimpfe, sondern er lieferte die Waren dieses Mannes dem persischen Gesandten aus, machte den Armenier so zum armen Mann und vergalt die Hilfe, die dieser den Deutschen geleistet hatte schlecht.

Etwa zwei Wochen später wurden die Russen und Perser nach einem großen Abschiedsfest aus Gottorp entlassen. Große Reden wurden auf diesem Fest gehalten, herrliche Bilder des zukünftigen gemeinsamen Handels entworfen, die freundschaftlichen Beziehungen zwischen den drei Völkern beschworen, nur Verträge wurden nicht abgeschlossen und obwohl für die nächste Zeit viel versprochen wurde, den meisten war klar, fürs erste hatte der Persien-Handel eine Niederlage erlitten.

*

Die Schütte Stroh, die sie ihm in das Verlies nachgeworfen hatten, lag immer noch unausgebreitet vor seinen Füßen. Brüggemann stand, sich mit den Händen an der kalten, nassen Mauer, die aus großen unbehauenen Feldsteinen errichtet war, abstützend, und suchte durch das kleine Fenster, hoch oben unter der Decke, ein bißchen Himmelsblau zu entdecken.

Der Herzog hatte die beiden Gesandten, den Sekretär und den Marschall zur Abrechnung zu sich beordert. Streng und gezielt waren die Fragen des Kanzlers gewesen. Beim Herzog gab es nicht mehr die kleinste Spur von Leutseligkeit. Ganz offenbar war bereits vor Beginn dieser Abrechnung der Schuldige für den Mißerfolg der Reise gefunden worden.

Brüggemann hatte Schritte und Stimmen vor der hohen Saaltür gehört. Das war nicht das leise und unauffällige Auftreten der Schloßdiener. Das waren Soldaten. Ganz plötzlich hatte der Herzog das Gespräch mit einem Wink zu seinem Adjutanten beendet. Die Flügeltüren gingen weit auf. Soldaten traten ein, nahmen Brüggemann fest und warfen ihn kurz danach in dieses Loch. Und nun stand er an der Wand. Die Zeit verging. Waren es Minuten, Stunden? Er wußte es nicht.
Die Stille bedrückte ihn, hinderte ihn daran, seine Situation zu durchdenken.

Brüggemann hörte die Schlüssel, die schweren Riegel. Begleitet von einem Soldaten trat der Kanzler in die Tür, blieb dort stehen, ersparte sich den Gruß und verkündete kurz:
„Gegen Euch, Herr Otto Brüggemann aus Hamburg, wird vor dem Schleswiger Criminalgericht Anklage erhoben wegen Veruntreuung, Verrat, Ehebruch und Totschlag. Ihr könnt einen ehrlichen Prozeß erwarten."
Grußlos ging er hinaus und die Tür fiel hinter ihm zu.
Brüggemann war müde. Er schüttelte das Stroh auf, legte sich hin und schloß die Augen. Tief atmete er ein.

'Eigentlich riecht Stroh nach nichts', dachte er. 'Heu, ja Heu, das duftet.' Und nach einer kleinen Weile: 'Aber dieses Stroh ist ja wenigstens trocken und frisch. Wenn ich immer rechtzeitig trockenes, frisches Stroh bekomme, mag es mit der Haft ja noch angehen.'

Bei der leisesten Bewegung raschelte das Stroh - und es beruhigte. Brüggemann konnte seine Gedanken ordnen.
'Welcher Teufel hat mich geritten', so dachte er, 'hier im Schloß zu warten, bis es zu spät war?'
Gelegenheiten, sich einfach aufs Pferd zu setzen, wegzureiten, ohne daß irgend jemand auch nur versucht hätte, ihn aufzuhalten, solche Gelegenheiten hatte es genug gegeben. Und dabei hatte er doch ganz genau gewußt, daß die Würfel gegen ihn fielen. Er hatte es gewußt, seit er die Briefe gelesen hatte, die er v. Uechteritz abnahm. Und trotzdem kam er hierher, trotzdem blieb er und wartete mit den anderen auf die Perser und Russen, trotzdem blieb er bis zuletzt. Was hatte ihn eigentlich getrieben, den Becher bis zur Neige zu leeren?

'Angefangen', dachte Brüggemann, 'angefangen hat es schon damals, als der Herzog so beiläufig sagte: „Den Herrn Philipp Crusius, den will ich als Gesandten!".
Er, Otto Brüggemann, Kaufmann aus Hamburg, hatte die Idee gehabt, mit Persien und Rußland Verträge über die Öffnung der neuen oder alten, wie man will, Handelswege abzuschließen. Und dann sagte der Herzog: „Der Crusius kennt die Menschen dort, ihre Sprache, ihre Gebräuche, den Handel. Der wird Gesandter."
Warum hatte er damals nicht gleich laut protestiert? Warum nicht seine Teilnahme abgesagt? Weil er den Herzog brauchte. Kein Privatmann konnte seine Pläne realisieren. Er war dazu ganz einfach auf den Herzog angewiesen, auch, wenn dieser ihn noch so sehr zurücksetzte. Und eine Zurücksetzung war das. Dieses Gefühl, hinter Crusius nur zweiter Mann zu sein, hatte ihn während der ganzen Reise zu den seltsamsten Entscheidungen getrieben. Die geheimen Beratungen mit den Schweden und den Russen geschahen, weil er, Brüggemann beleidigt worden war. Zusätzlich hatte sein rascher, aufbrausender Charakter ihn in Gegensatz zu den anderen Gesandtschaftsmitgliedern gebracht.

Ja, und dann Ispahan, die Geschichte mit seinem Schwager. Die hatte ihm zwar nicht bei seinen Leuten geschadet, aber doch bei den Persern.
Jedenfalls, als er in Moskau versuchte, alles wieder ins rechte Lot zu bringen, als er Sondergespräche führte mit dem Zaren, mit den Bojaren, da hatte man ihn wieder vor den Kopf gestoßen. Mit Uechteritz und den Postpaketen.

Schon während der Abrechnungsgespräche, als der Kielmann ihn so hart anfuhr, war ihm der Gedanke gekommen, hatte er nun der Gesandtschaft ihre Pläne verdorben, oder hatte nicht die Gesandtschaft ihn daran gehindert, in Moskau Erfolge zu erzielen?
Aber diesen Gedanken hatte er nicht geäußert. Es sprach ohnehin alles gegen ihn.

Ob man ihm erlauben würde, seinen Eltern zu schreiben?
Ob er, nach einigen Jahren Haft freigelassen, in Hamburg noch mal anfangen könnte?
Würden seine Brüder ihm dabei helfen?
Über seine Gedanken schlief er ein.

*

Auch im schleswig-holsteinischen Herzogtum Gottorf hatte man es eilig. Brüggemann dachte an seinen Schwager Stadler, der hingerichtet wurde, bevor ein Gnadengesuch den Schah erreichte. Andererseits, je eher der Prozeß, je kürzer die Haft, um so früher die Freiheit.
Man hatte ihm morgens etwas mehr Wasser gebracht, damit er sich waschen konnte. Dann hatte man ihm die Haare kurz geschnitten und für den Transport Ketten angelegt, die im Gericht aber abgenommen wurden.
Es waren erst wenige Tage vergangen, seit man ihn ins Loch geworfen hatte, trotzdem war er blaß und aufgeregt. Olearius hatte einige vergebliche Versuche unternommen, ihn zu besuchen, aber das wußte Brüggemann nicht. Er fühlte sich verlassen. Zwar sah er einige seiner Reisegefährten unter den Zuschauern, aber sie waren ihm fremd.
Einige Tage Haft hatten genügt, um sich in einer anderen Welt zu fühlen. Mit jeder Stunde wuchs die Distanz zu dem Leben draußen und es bedurfte äußerster Konzentration, um sich dieser anderen Welt und ihren Fragen zu stellen.

Er alleine stand vor dem Richter.
Anfangs antwortete er mechanisch auf die Fragen.
„Hattet Ihr nicht den Auftrag des Herzogs, in allen Dingen gemeinsam vorzugehen?“
„Ja.“
„Aber Ihr habt trotzdem geheime Verhandlungen gepflegt?“
„Ja.“
„Habt Ihr Briefe, die an den Herzog gerichtet waren, geöffnet und gelesen?“
„Ja.“

„Habt Ihr Gelder, auch für andere, als in den Abrechnungen angegebene Zwecke verwendet?"
„Ja."
„Und habt Ihr in der persischen Hauptstadt Eigentum der Gesandtschaft an Fremde für eigene Rechnung verkauft?"
Brüggemann überlegte, nickte dann mit dem Kopf.
„Antwortet! Habt Ihr mit den Lebensmitteln, die der Schah lieferte, einen privaten Handel betrieben?"
„Ja", kam es gequält über Brüggemanns Lippen.
Aber es gab keine Ruhe vor den bohrenden Fragen.
„Habt Ihr gegen das 6. Gebot verstoßen und Ehebruch begangen?"
Jetzt zum ersten Mal während der Verhandlung sah Brüggemann auf, blickte wie hilfesuchend in die Runde. Daran hatte er gar nicht mehr gedacht. Das hatte er verdrängt. Er war ein frommer Christenmensch, auch, wenn er mit dem Prediger Salomon Streit vom Zaune gebrochen hatte und infolge des Zanks einen Feldgottesdienst versäumte. Er hatte sich nach dem Ehebruch vor Gott geschämt. Dann hatte er nach Entschuldigungen gesucht. War das denn überhaupt Ehebruch, wenn er mit einer unchristlichen Person zusammengelegen hatte. Galten Gottes Gebote denn auch für Moslems und andere Heiden? Er hatte ja auch dieser Frau gegenüber von Gott gesprochen, hatte sie wegen ihres Unglaubens gescholten. Hob das nicht ein klein wenig den Verstoß wider das Gebot wieder auf? Und dann hatte er einfach nicht mehr daran gedacht.
Aber nun, heute, wurde ihm sein unchristliches Tun in aller Öffentlichkeit vorgehalten. Ja, er mußte, ohne wenn und aber, vor Gott bekennen, er hatte Schuld auf sich geladen.

Dann aber, als ihm im letzten Punkt der Anklage seine Gewalttätigkeiten vorgehalten wurden, setzte er sich zur Wehr.
„Wir waren von lauter Feindseligkeiten umgeben, Herr. Rundherum Heiden, Feinde, die nur darauf warteten, nur eines im Sinn hatten, uns zu berauben, uns zu töten. Da ging es oft, sie oder wir! Wer weiß, wie weit die Gesandtschaft gekommen wäre, Herr, wenn ich nicht immer entschlossen gehandelt hätte."
„Und galt das auch für den Kisilbaschen, einem Untertan des Schahs, den Ihr ohne den geringsten Anlaß getötet habt? Wollte der Euch berauben, oder gar erschlagen? Wir wissen, der Schah war traurig und böse wegen dieser Tat."
Einen Moment schwieg Brüggemann. War es tatsächlich wahr, führte man einen toten Kisilbaschen gegen ihn an? Galt denn ein Christenmensch so wenig in diesem Land?

„Herr, der Kisilbasche wurde frech und herausfordernd, als wir ihn um Lebensmittel angingen. Gerade als Untertan des Schahs hätte er uns entgegenkommen sollen. Er wurde unverschämt und hatte den Tod verdient."
„Und wenn er den Tod verdient hatte, Otto Brüggemann, hätte ihn dann nicht der Schah bestrafen sollen?"
Brüggemann wußte genau, nicht einen Dreier hätte der Richter für das Leben des toten Kisilbaschen gegeben. Wäre die Reise nur halbwegs erfolgreich gewesen, kein Mensch hätte nach diesem Totschlag gefragt. Nun aber, da er ohnehin schon als Schuldiger verurteilt, der Prozeß nur noch eine Formsache war, gab gerade diese Tat dem Prozeß den nötigen moralischen Schein.

Die Verhandlung ging zu Ende.
„Wir werden beraten", sagte der Richter und verließ den Raum.
Brüggemann kam zurück in sein düsteres Verließ.
Am Nachmittag kamen zwei Richter und ein Schreiber. Sie verkündeten das Urteil:
„Tod durch den Strang!"

*

„Während des Prozesses erlaubte man mir keinen Besuch bei Euch, Brüggemann. Nun ist der Anlaß leider - wie soll ich sagen? - nicht schön."
„Vor allem nicht für mich, Olearius." Brüggemann schien ganz ruhig. „Nicht mal einen Stuhl kann ich Euch anbieten. Aber Ihr seht mich überrascht, daß Ihr zu mir kommt. Einen Grund, mir freundlich zu begegnen, gab ich doch niemandem von Euch. Dennoch seid Ihr hier. Danke!"
„Ich soll Grüße ausrichten von Crusius und dem Marschall."
„Ihr wollt mir was Nettes sagen, ja?"
„Das ist es nicht. Ich sag Euch, was ich von Euch will. Das Urteil ist gefällt, Eure Schuld ist offenbar. Aber warum das alles, Brüggemann? Ich möchte verstehen, warum."
„Und das ist alles?"
„Nein. Ich möchte Euch auch fragen, was ich für Euch tun kann. Braucht Ihr etwas? Wollt Ihr Euren Eltern eine Nachricht zukommen lassen? Habt Ihr irgendeinen Wunsch?"
„Darüber muß ich nicht lange nachdenken. Ich habe zwei Wünsche. Ihr habt Einfluß auf den Kanzler, Olearius, der Herzog mag Euch. Sprecht mit ihm. Nein, nein. Ich will nicht begnadigt werden", sagte er schnell, als fürchtete er, falsch verstanden zu werden. „Nicht begnadigt, aber doch eine Gnade. Der Strang, Olearius, ist was für Ehrlose, für Lumpen. Ich habe Schuld auf mich geladen, aber muß ich dafür mit meiner Ehre zahlen? Ich möchte durch das Schwert gerichtet werden. Darum lasse ich den Herzog bitten. Der andere Wunsch ist bescheidener. Ich brauche Papier, um meinen Eltern zu schreiben."
„Das Letztere kann ich Euch sofort fest zusagen. Das andere, Brüggemann, will ich versuchen. Ich werde für Euch sprechen."
„Danke. Ich danke Euch. Ja, und das, was Ihr zuerst sagtet. Ihr wollt mich verstehen? Verstehe ich mich denn selbst?"
„Wir können darüber reden. Vielleicht lernen wir beide verstehen. Aber nicht mehr heute. Ich will sofort zum Kanzler um einen Termin für den Herzog zu erbitten. Ich komme wieder. Keine Angst, ich komme wieder."
„Ich habe keine Angst, Olearius. Aber ich würde mich freuen, wenn Ihr wieder kommt."

*

Olearius hatte Erfolg.
Durch einen Gnadenakt des Herzogs wurde das Urteil geändert. Brüggemann sollte durch das Schwert gerichtet werden. Als Olearius ihm die Botschaft brachte, atmete er befreit auf.

„Ich danke Euch, mein Freund. Nun kann ich mich getrost auf meinen letzten Gang vorbereiten. Wenn alles vorbei ist, besorgt bitte diesen Brief für meine lieben Eltern."
Obwohl Olearius den Kaufmann bisher nur als bissigen, aufbrausenden Mann kannte, überraschte ihn dieser Wandel nicht.
'Vielleicht hatte er Zeit seines Lebens nur Angst, seinen wahren Charakter, seinen Hunger nach Liebe, nach Anerkennung zu zeigen? Und nun, an der Schwelle des Todes, hat er diese Furcht überwunden.'
Die letzte Nacht verbrachte Olearius bei Brüggemann in der Zelle. Sie hatten nun alles gesagt und beteten gemeinsam.

Singend betrat Brüggemann am Morgen den Richtplatz. Laut und heiser klang seine Stimme, übertönte das Arme-Sünder-Glöcklein, aber sie zitterte nicht.

„Ach Gott und Herr,
wie groß und schwer
sind mein begangne Sünden.
Da ist niemand, der helfen kann,
in dieser Welt zu finden.

Lief ich gleich weit zu dieser Zeit
bis an der Welten Ende.
Und wollt los sein des Kreuzes mein,
so würd ichs doch nicht wenden.

Zu Dir flieh ich,
verstoß mich nicht,
wie ichs wohl hab verdienet.
Ach gehe nicht, Gott ins Gericht,
Dein Sohn hat mich versühnet." *

* von Martin Rutilius, 1550 - 1618

Er verbeugte sich in Richtung des Herzogs, ließ seinen Blick umhergehen, über die vielen Zuschauer, über das Schloß, die Gärten, den Wald, die Wasser der Schlei.
Dann sagte er zum Scharfrichter:
„Seid nicht gar zu zaghaft. Schlagt vielmehr wacker zu, damit Ihr mich, wenn nicht beim ersten, so doch beim zweiten Schlag zu Tode befördert."
Der nickte ruhig und wollte Brüggemann die Binde um die Augen legen.
„Wozu?" sagte der. „Ich sehe doch bereits die Engel auf meine Seele warten."
Dann legte er bereitwillig seinen Kopf auf den Block und hörte nicht mehr das Sausen des Schwertes.
Es war vorbei.

*

Der Speicher

Olearius arbeitete an der neuen Ausgabe seines Buches über die 'Moskowitische und persische Reise' als der Kanzler Kielmann eintrat. Respektvoll erhob sich der Gelehrte vor dem neugebackenen Adeligen. Seinem alten Studienfreund, schon vor Jahren vom Kaiser mit der Pfalzgrafenwürde bedacht, war nun aus Wien die Namenserweiterung verliehen worden: 'Kielmann von Kielmannsegg', so lautete sein neuer Name.

„Bleib sitzen, Adam, bleib sitzen. Ich will dich nicht von der Arbeit abhalten, aber vielleicht interessiert es Dich. In einer halben Stunde ist Johannes Mejer aus Husum bei mir. Er bat um ein Gespräch und ich hätte dich gerne als Fachmann auf dem Gebiet der Kartographie dabei."

„Geht es um die 'Neue Landesbeschreibung' von Danckwerth?"

„Ja. Es gibt da bösen Streit, obwohl beide aus einer Stadt sind und Danckwerth den Mejer selbst empfohlen hatte, oder vielleicht auch gerade darum. Komm in einer halben Stunde zu mir rüber."

Der Sekretär und Bibliothekar des Herzogs nahm schnell noch mal das neue Buch zur Hand. Vierzig handgezeichnete Karten von Mejer waren mit einem Text Danckwerths darin verarbeitet, sauber in Kupferplatten gestochen und gedruckt. Der König aber und der Herzog, die beide die Arbeit in Auftrag gegeben hatten, waren unzufrieden mit dem Ergebnis. Vor allem die komplizierten Verhältnisse zwischen König, Herzog und 'abgeteilten Herren' waren ungenügend dargestellt. Und trotz der Ungenauigkeiten hatte das Ganze mal eben 7.000 Taler gekostet.

Das war viel Geld.

Kein Wunder, daß man für ein Exemplar vier Taler auf den Tisch legen mußte.

Verärgert hatte der König dem Geographen seinen Lohn bereits um ein Drittel gekürzt.

„Man könnte das Buch auch verbieten", hatte er dabei boshaft vermerkt. "Wo da so viele Fehler drin sind."

Johannes Mejer war schon anwesend, als Olearius beim Kanzler eintrat. Bescheiden stand der Mann vor dem mächtigen Schreibtisch.

„Herr Graf, Ihr seht mich in großer Not. Die Schulden wachsen mir über den Kopf. Es war der ausdrückliche Befehl des Königs und des Herzogs, vor allem Wassertiefen und Strömungsverhältnisse von Stör, Eider, Treene, Hever und Schlei zu vermessen, festzustellen, wie hoch die Flutwelle reicht. Das hat viel Geld gekostet für Boote, Rudermannschaften und andere Knechte. Von meiner eigenen Arbeit ganz zu schweigen. Und mir waren 12 Schilling für jede vermessene Hufe zugesagt worden, die habe ich auch noch nicht erhalten. Könnt Ihr, Herr Graf, nicht mit dem König und dem Herzog reden, daß ich mein Geld bekomme und meinen Verpflichtungen nachkommen kann?“

„Die Herren sind nicht zufrieden, Mejer. Danckwerth und Ihr habt Euch einiges zu leicht gemacht, und Danckwerth gibt es, wahrscheinlich ungewollt, auch zu, wenn er sagt: ‘ihm sei das Buch gleichsamb zugewachsen’. Schon auf den ersten Blick sieht man ja die Fehler bei der Darstellung der Westküste. Die Insel Strand gibt es nicht mehr. Oder in unserem Landesteil. Da habt Ihr noch den Meggersee auf der Karte, nicht den Koog. Vor allem aber habt Ihr die politischen Gegebenheiten nicht richtig dargestellt, was den Herren ärgerlich ist.“

„Ich weiß, ich weiß, Herr Graf. Zuviel ist ungesund; wäre es nur eine Chorographie* geblieben, so hätte man es besser verantworten können. Aber warum soll ich für Fehler zahlen, die Danckwerth einbrachte?“

„Ihr hättet Euch mit einer Chorographie weniger Ärger eingeheimst, das ist richtig“, nahm Olearius das Wort. „Die Westküste jedoch, ist unabhängig von allem anderen falsch, weil die Insel seit anderthalb Jahrzehnten nicht mehr in seiner alten Größe vorhanden ist. Der gesamte Küstenverlauf hat sich doch geändert. Und auch der Meggersee besteht seit zehn Jahren nicht mehr. Diese einfachen, aber wichtigen geografischen Veränderungen hättet Ihr berücksichtigen müssen.“

„Auch das hat im wesentlichen Danckwerth zu verantworten, der es plötzlich eilig hatte. Und da nahm er einfach alte Karten, ich wollte neue zeichnen. Schon die Veröffentlichung der Karte vor zwei Jahren war wohl falsch. Vielleicht wäre es besser gewesen“, wandte er sich direkt an Olearius, „Ihr hättet Euch an dieser Arbeit beteiligt, Herr Sekretarius. Ich glaube, es wäre alles besser geworden.“

„Ich muß ja doch erst lernen, wo an der Westküste das Festland aufhört und das Meer beginnt“, lachte dieser.

„Und ich werde mich trotz der Fehler dafür verwenden, daß Ihr Euer Geld vom Herzog bekommt“, sagte Kielmann. „Ich hoffe, Euch ist dann erst einmal geholfen.“

Einigermaßen zufrieden ging Mejer.

Wenn der Kanzler etwas versprach, war es zumeist sicherer, als die Zusagen von König und Herzog. Von Kielmannsegg hatte große Macht im Land. Als Geheimer Rat, als Amtmann in fünf Ämtern, als Domherr und Probst und als Grundbesitzer, als Herr über vier Güter.

*

* Chorographie = Beschreibung von Ländern und Gegenden

Nervös marschierte Friedrich im Globussaal an den Wänden entlang, blieb hin und wieder vor den wundervollen Kupferstichen, vor gelungenen Karten, vor einem Globus stehen.
Mit welchen kühnen Ideen hatte er vor drei Jahrzehnten die Herzogswürde übernommen. Und was war geblieben von all seinen großen Träumen? Ein täglicher Kampf ums Geld. Manchmal kam er sich vor wie ein Krämer.
Immer wieder hatte es an Mitteln gemangelt und an Weitblick bei etlichen seiner Untertanen.
Er hatte bei Regierungsantritt Schulden von seinem Vorgänger übernommen, hatte selber neue Schulden gemacht, hatte im Krieg tüchtig für seine Neutralität zahlen müssen, die reiche Einnahmequelle Strand bei der Sturmflut verloren, die Kosten der Persien-Gesandtschaft hatten sich nie amortisiert. Die Gründung von Manufakturen lief nur spärlich an und beim Kanal-Bau, der den Handel beleben würde, traten immer neue Schwierigkeiten auf.

Kielmann würde gleich über die Finanzen sprechen wollen und das machte den Herzog unruhig.
Er baute sich vor dem Tisch auf, hinter dem der Kanzler Kielmann und der herzogliche Rat, Mathematiker, Astronom und Bibliothekar Adam Olearius standen.
„Welche Punkte sind heute zu beraten, Kielmann?"
„Der Kämmerer soll einen Bericht über die Finanzen geben."
Der Herzog verzog die Mundwinkel. Wie er es sich gedacht hatte.
„Dann wollte ich kurz über den Abschluß beim Meggerkoog referieren und als umfangreichsten Punkt dann die Kanalfrage besprechen."
„Wieso umfangreich?"
„Da ist die Vorbereitung des Gesprächs mit den Vertretern aus Kopenhagen, die Frage der Eigentumsverhältnisse an den möglichen Trassen - wem gehört da was? - ja, und die Kosten für den Landvermesser."
„Was meint Ihr mit Kosten für den Landvermesser? Dafür haben wir doch wohl ausreichend gezahlt, sollte man meinen."
„Johannes Mejer war bei mir, Durchlaucht. Er hat noch Geld zu erhalten."
„Für das, was wir bestellten, hat er doch seinen Lohn bekommen. Oder hat er noch Ansprüche?"
„Er hat in unserem ausdrücklichen Auftrag die Flußläufe vermessen und jede Hufe. Dabei hatte er Auslagen, Durchlaucht."
„Na, gut, regelt das. Ruf den Kämmerer!" befahl er dann einem Lakaien.

„Na, das hört sich doch gut an“, bemerkte Friedrich nach dem Bericht zufrieden. Er blickte den Kanzler an, dessen grantiges Gesicht nicht zu übersehen war. „Steigende Einnahmen sind doch immer gut“, ergänzte er schnell. „Warum dann ein so brummiges Gesicht, Kielmann?“
„Nicht nur die Einnahmen stiegen, Durchlaucht. Auch die Ausgaben nahmen zu - und damit auch die Schulden.“ Er wandte sich dem Kämmerer zu:
„Nun mal ohne Umschweife und Schönreden die Zahlen auf den Tisch, Kaspar Bendler. Wieviel Minus haben wir in der Kasse?“
Der Kämmerer Bendler hatte schon gehofft, das Ärgste hinter sich zu haben. Er wußte, wie launisch der Herzog reagierte, wenn es ums Geld ging. Aber der Krach war wohl nicht zu vermeiden. Kaspar holte tief Luft und nahm einen eng beschriebenen Bogen zur Hand.
„Wieviel Bargeld, Bendler, haben wir?“ kam der Herzog ihm zuvor.
„Wir sind flüssig, Durchlaucht“, stotterte dieser. „Die laufenden Ausgaben können wir gut bestreiten.“
„Na, das ist doch ausgezeichnet, Bendler. Wir brauchen in der nächsten Zeit viel Geld. Geld für solche Projekte wie den Meggerkoog. Projekte, die was einbringen. Der Koog hat doch was eingebracht, Kielmann, ja? Na, gebt schon den Schlußbericht darüber, Kanzler.“
Dieser schien zu überlegen. Olearius beobachtete ihn gespannt. Kielmann war verstimmt, das war nicht zu übersehen.
Erst drückte sich der Kämmerer um einen klaren Bericht, gerade so, als hätte er die schlechte Finanzlage zu verantworten, und dann beendete der Herzog abrupt die Aussprache über dieses, sicherlich heikle Thema, bevor sie überhaupt begonnen hatte. Würde der Kanzler protestieren, trotz der Worte des Herzogs einfach weiter über Geld reden, oder würde er klein beigeben?

Seltsam, dachte Olearius. Der Herzog, klug, gebildet, auch in der Kameralistik bewandert, mußte doch den Finanzbericht richtig verstanden haben. Nach diesem Bericht mußte man einfach über Sparmaßnahmen und Einnahmeverbesserungen nachdenken. Aber der Herzog drückte sich, drückte sich immer, wenn es ums Geld ging. Er lebte von der Hand in den Mund, weigerte sich, der Wahrheit ins Auge zu sehen. Hauptsache, für die nächsten Aufgaben war Bares vorhanden.
Der Herzog, der Kanzler, der Sekretär und der Kämmerer, alle vier wußten um den miesen Zustand der herzoglichen Finanzen und jeder kannte dabei die Gedanken des Anderen. Aber es war ja nicht Olearius Aufgabe, darüber zu reden. Der Kämmerer hatte nicht gewagt, klaren Wein einzuschenken, der Herzog hatte sich geweigert, darüber tiefer nachzudenken. Was würde Kielmann nun tun? Irgendwie knisterte es im Raum, wie immer und überall, wenn es um Geld geht.

Der Kanzler blickte lange den Kämmerer an, der bereits seine Unterlagen zusammenpackte und schien zu überlegen...
„Danke, Bendler. Ihr könnt dann gehen."
Es war einfach nicht möglich, in Gegenwart des Kämmerers dem Herzog zu widersprechen. Seinen Ärger aber mußte er irgendwie Luft machen.
„Ich beziehe mich auf die Endabrechnung der reinen Bauarbeiten vom...". Er blätterte in einer schweinsledernen Mappe. „Na, jedenfalls anno 39. Die Kosten des Projektes sind dort exakt aufgezeichnet. Beim Verkauf der einzelnen Felder wurde jeweils ein Zwischenbericht gegeben."
Der Kanzler leierte diese Sätze herunter, um auch im Tonfall seiner Mißstimmung Ausdruck zu verleihen. „Vor einer Woche nun wurde das letzte Feld vergeben. Die Erlöse und die noch vorhandenen Außenstände wurden im Finanzbericht benannt. Sind noch Fragen, Durchlaucht, oder können wir zum nächsten Punkt, der Kanalfrage übergehen?"
Nun war es an dem Herzog, die Stirn zu runzeln. Was fiel dem Kanzler ein, ihm mit gleicher Münze heimzuzahlen, einfach ein Thema, ein interessantes, dankbares Thema abzuschließen?
Olearius hatte sich seine Notizen gemacht und beobachtete die beiden. Einen Moment schien es, als wollte der Herzog auffahren, aber dann schwieg er, nickte Kielmann zu:
„Na, gut. Wie wollen wir dabei verfahren?"
„Vielleicht erst das Gespräch mit den Kopenhagenern? Ein Herr Schack vom Seefahrtsministerium bittet um eine persönliche Unterredung mit Euch, Durchlaucht. Interesse am Kanal besteht in Kopenhagen nach wie vor. Zwei Dinge liegen bei ihnen anders, als bei uns; Sie haben den Sundzoll, und den wollen sie behalten, und sie haben Rendsburg. Beides führt dazu, daß für Kopenhagen nur eine Trasse in Betracht kommt: Die Eider, aufwärts an Rendsburg vorbei, die Obereider, soweit es geht und dann einen Kanal bis zur Holtenau. Dazu gäbe es auch die Unterstützung der Kieler. Da der König die seegehenden Schiffe durch den Sund haben will, ist er mit einem kleinen Verbindungsgraben schon zufrieden. Alternativ dazu ist ein Kanal oben in Jütland in der Überlegung des Hofes. Das alles bestimmt auch die Höhe seiner finanziellen Leistungen. Ganz sicher will er uns die Ehre überlassen, den Löwenanteil zu zahlen."
„Ich frage mich immer, ob Adolf vor fast hundert Jahren nicht recht hatte, als er sich wegen des Kanalbaus lieber an den Kaiser wandte."
„Der Kaiser wäre auch bei dieser Trasse geblieben, Durchlaucht. Und es scheint auch die vorteilhafteste Lösung zu sein."

„Ich wäre zu gerne von Hollingstedt oder Treia in die Schlei gegangen. Aber, wenn der König denn zustimmt, ich kann auch mit einem Eider-Kanal einverstanden sein. Was gibt es da also für Probleme?“

„Die Frage der anliegenden Grundstücke, Durchlaucht. Wir müßten von der Ritterschaft Ländereien kaufen, sonst könnte es uns so gehen, wie bei dem Beske-Kanal.“

„Richtig. Bereitet also das Gespräch mit dem Schack gut vor, Kielmann. Ich danke.“

Das hatte Olearius nun bereits einige Male erlebt beim Herzog. Sowie eine Sache konkrete Behandlung verlangte, vor allem wenn dabei das liebe Geld eine Rolle spielte, sprang der Fürst einfach weiter, beendete das Gespräch oder nahm ein anderes Thema auf, das ihm besser behagte. Irgendwie würde die unangenehmere Sache schon eine Lösung finden. Und die Kanalgeschichte war schon einige hundert Jahre alt, kam es denn da auf ein paar Jahrzehnte noch an?

Auch Kanzler Kielmann kannte diese Ausweichmanöver des Herzogs, nahm sie zumeist hin und leitete das Notwendige in die Wege. Den Kanal jedoch baute er nicht mehr.

*

Schleswig - Holstein

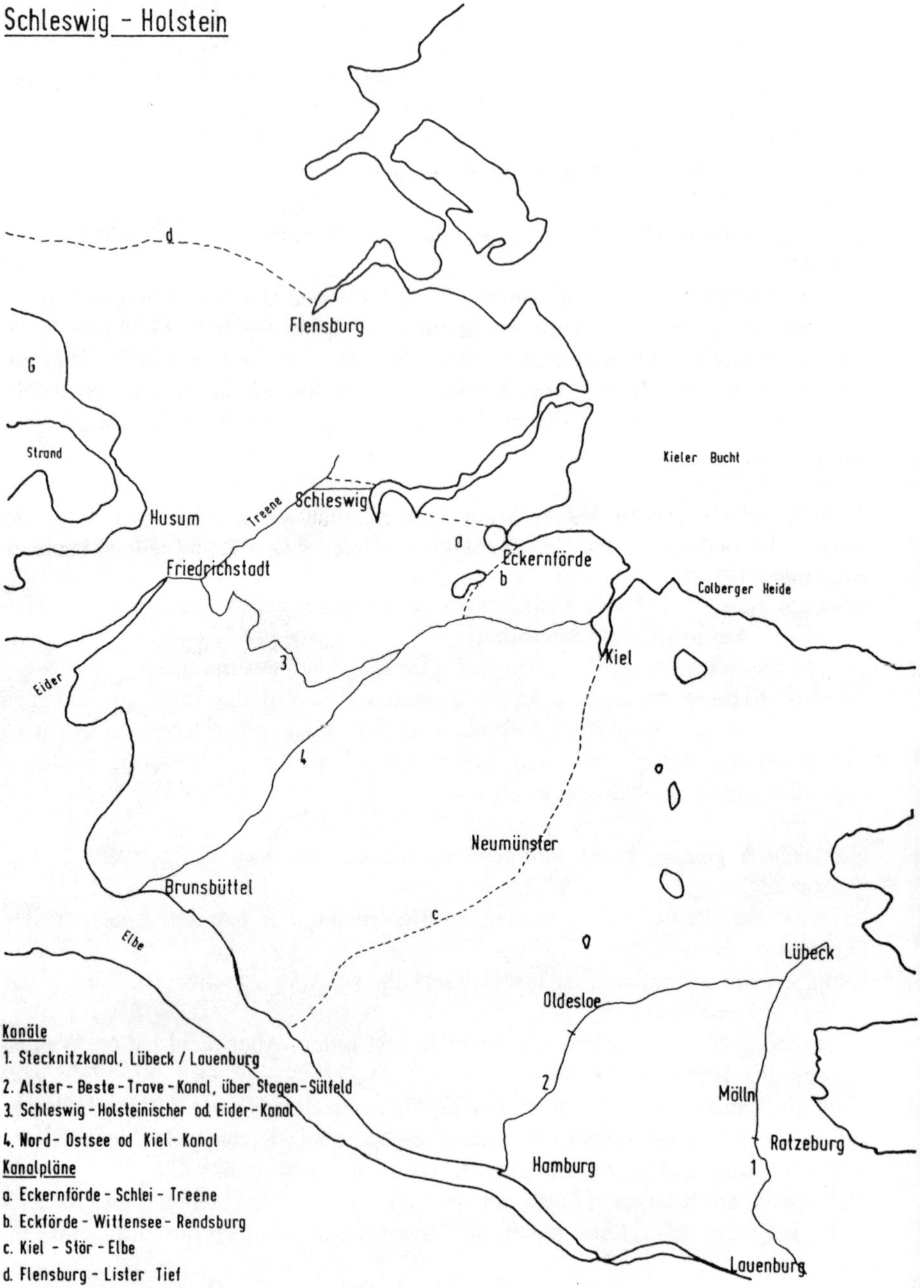

„Kommt, setzt euch zu mir.“
Garbsens Stimme klang immer noch voll durch den Raum. Die Stimme und die wachen Augen waren jung geblieben beim ehemaligen Steuereinzieher. Er saß vor einer Kanne Kakebille und winkte die eintretenden Otten und Glantz an seinen Tisch. Die beiden Kaufleute setzten sich und bestellten.
„Wie geht es, Garbsen?“
„Ach, das Bier schmeckte mir früher besser. Liegt das nun am Braumeister oder an meinem Alter?“
Er war immer noch dick. Aber es war nicht mehr die alte Prallheit früherer Jahre. Irgendwie hing alles an ihm in Falten herunter. Die Kinnbacken, die Schultern. Ja, und wenn er aufstand, was auf Anraten seines Arztes mindestens einmal täglich geschah, dann sah man; Jacke, Hose, Bauch und Arsch hingen auch an ihm herunter.

Jeden Vormittag gegen halb zehn, er hatte dann gerade seinen ersten Krug Bier geleert, kam seine Schwester.
„Komm hoch Bruder, raus mit dir an die Luft zum Ausstinken. Sieh zu, was an der Brücke los ist.“
Anfangs hatte Garbsen versucht, mit Stöhnen und Ächzen den Spaziergang zu umgehen. Martha aber war unerbittlich.
„Keine Ausreden. Du weißt genau, es tut dir gut. Also raus mit dir.“
Und mittlerweile hatte der alte Zolleinnehmer sich daran gewöhnt, morgens seinen schweren Körper zur Schiffbrücke zu schleppen, mit diesem und jenem zu schnacken, die Schiffe zu begutachten, Leute zu befragen und, gefragt oder ungefragt, gute Ratschläge zu erteilen.

Nun war er gerade wieder reingekommen und hatte sich seine zweite Kanne genehmigt.
Lavrenz, der Gastwirt, brachte den Kaufleuten ihr Bier und setzte sich zu den Dreien.
„Nun, erzählt schon, was ist los in Kiel? Ihr seht doch, Schwager Hans platzt gleich vor Neugierde.“
„Von deiner Neugier wollen wir gar nicht erst reden. Aber recht hat er. Was ist mit dem Persienhandel, Glantz?“
„Schöne Speicher sind das da am Markt, die persischen Häuser.“ Etwas bedrückt schien Glantz dabei zu sein. „Schöne Speicher, aber sie stehen fast leer. Nichts ist da mit dem Persien-Handel. Und kleiner glaubt mehr dran.“
„Ich sprach mit Kaufmann Lück, der ist ja an den Häusern beteiligt“, mischte sich Otten ins Gespräch. „Lück meint, sie hätten das in Gottorp falsch angefangen.

Erst hätten sie den Kanal bauen sollen, und dann zum Schah reisen. Er meint, und da ist ja was dran, die Waren aus dem Orient kämen schneller über Venedig hierher, oder mit den Holländern, die ja direkt zu den Gewürzinseln fahren, als wenn sie erst über die Ostsee müssen. Wir werden erst interessant, sagte er, wenn der Kanal gebaut ist."

Die beiden Eckernförder Kaufleute waren nach Kiel gereist, in Sorge, sie könnten vom Persien-Handel abgehängt werden. Obwohl die persische Gesandtschaft damals ohne jede Vereinbarung wieder abfuhr und wohl auch auf höchster Ebene keinerlei Kontakte mehr zu Persien bestanden, tauchten von Zeit zu Zeit Gerüchte von beginnenden Handelsbeziehungen auf.

Allen war bekannt, wie sehr Brüggemann dem Handel mit dem Schah Abbruch getan hatte. Aber Brüggemann war lange tot, und niemand wollte glauben, daß wirtschaftliche Beziehungen mit nur einem Mann stehen oder fallen könnten.

Lück hatte es verstanden; die Verbindung Ostsee-Westsee könnte entscheidend sein.

„Ihr solltet dankbar sein, daß es diesen Kanal noch nicht gibt", nahm Garbsen wieder das Wort.

„Aber Lück hat doch recht, wenn er..."

„Natürlich hat Lück recht. Aber woran denkt der Kieler Kaufmann Lück, wenn er vom Kanal spricht...?

Richtig! Er denkt an den Kanal Eider-Holtenau-Kieler Förde. Immer schön im weiten Abstand an Eckernförde vorbei, obwohl es an unserer Küste kaum einen besseren Hafen und eine schönere Reede geben kann, als die unseren."

„Daß so ein Kanal bei Kiel beginnt, ist ja auch noch lange nicht raus." Wie alle Kaufleute kannte auch Otten sich in den Kanalplänen aus und hatte seine besonderen Vorstellungen.

„Ich erfuhr erst kürzlich, daß sie die Treene vermessen haben." Auch Glantz wußte Bescheid. „Das kann doch nur bedeuten, daß der Herzog die Verbindung Ostsee - Westsee über Schleswig will. Und von der Großen Breite kann man doch nach Eckernförde rüberspucken."

„Ja, oder von der Eider über den Goossee zur Eckernförder Bucht", warf Otten wieder ein.

„Aber die Treene meinte Lück sicher nicht, und nicht den Goossee, und wenn ein Kanal Eider-Holtenau in der Kieler Förde endet, dann sind die Kieler Kaufleute fein raus. Aber Eckernförde ist in den Arsch gekniffen."

Etwas verdutzt aber aufmerksam hörten die beiden Kaufleute zu. Garbsen wußte zumeist, wovon er sprach.

„Mensch, wie freuten sich damals die Schleswiger, als der Stecknitz-Kanal versandete und dieser von und zu - wie hieß der noch gleich? - den Beste-Kanal einfach zuschüttete. Und als dann noch der König den Sundzoll erhöhte - von 1 % auf 1,5 % des Frachtwertes von jedem Schiff - ja, da war der Weg Schlei - Schleswig - Hollingstedt - Treene - Friedrichstadt die beste Verbindung zwischen Ost- und Westsee. Ich sage euch eines, wenn denn irgendwann zwischen Eider und Holtenau ein Graben gebuddelt wird, wenn ein Kanal bei Kiel beginnt, dann freuen sich die Kieler ein Loch in den Hintern, Eckernförde aber liegt dann abseits. Selbst die Rendsburger werden ihren Speicher hier aufgeben und wir werden unsere Heringe fressen, bis sie uns zum Halse heraushängen. Hoffen wir also, daß König, Herzog und die Grundbesitzer sich noch recht lange streiten und daß unsere Stadträte endlich munter werden und unsere Vorstellungen beim Herzog zu Gehör bringen. Prost!"
Nachdenklich tranken sie ihm zu.
„Recht hast du, natürlich."
Für Otten war diese Geschichte von größerer Wichtigkeit als für Glantz, dessen Geschäfte dank der Revaler Anverwandschaft zufriedenstellend liefen.
„Recht hast du, Garbsen. Aber Du predigst tauben Ohren. Unser Bürgermeister, Christian Mecklenburg, ist nicht der Mann, so weit vorauszudenken."
Er ließ noch eine Runde Kakebille kommen.

„Was ist denn nun besser in Gang gekommen", brachte Lavrenz wieder den Speicher ins Gespräch, als er die vollen Krüge auf den Tisch stellte, „die persischen Häuser in Kiel, oder dein Speicher hier bei uns, Glantz?"
„Mein Speicher, ganz klar. Der ist zwar nicht ausgelastet, aber er wird gebraucht", antwortete dieser ohne zu zögern. „Hätte ich den Speicher in Kiel gehabt, ich hätte schon lange und fast zu jedem Preis verkauft."
„Und woran liegt das?" lachte Garbsen. „Weil sich mit der Persienreise nichts geändert hat."
„Hoho. Und meine Verbindungen zu Reval?!"
Garbsen grinste in sich hinein. Natürlich hatte sich für Glantz was geändert.
„Der Handel mit Reval geht doch gut", fuhr dieser auch fort. „Und wenn Christoff erst wieder hier ist, geht es erst richtig los."

Trotz seiner Abneigung gegen das Reisen war Glantz damals mit seinem Sohn nach Reval gefahren und hatte dort ganz offiziell den Brautwerber gemacht. Nicht nur über die Heirat waren er und Karbek einig geworden, sondern auch über manch andere Geschäfte. Schon auf seiner Rückreise hatte er eine volle Schiffsladung Waren mitgebracht. Und viele, viele Schiffsladungen waren

gefolgt. Nun war der alte Karbek gestorben und Sohn und Schwiegertochter, die zur Trauerfeier hingefahren waren, wurden täglich zurück erwartet.
„Ich hoffe, der Junge bringt Häute mit. Weiß der Kukuck, wieviel die Schuster und Sattler davon verbrauchen. Aber mir kann es ja recht sein."
„Hatte ich nicht kürzlich Häute und Leder in rauhen Mengen in deinem Speicher gesehen?"
„Ja, ja. Das ist beinahe alles verkauft und ich habe schon wieder neue Bestellungen. Die bauen nun ja überall neue Kaleschen, Kutschen, große Reisewagen. Da geht Leder weg."
„Siehst du, Glantz, darauf will ich hinaus. Häute, Buchweizen, Wachs, Pelze, Honig und was weiß ich, aus Reval, jede Menge Getreide aus Vorpommern, Mecklenburg und hier von den Gütern aus der näheren Umgebung..."
„Hoffentlich bleibt es so mit Reval. Junge Leute haben manchmal andere, neue Ideen", warf Glantz ein.
„Na Mensch, das bleibt doch Familie. Du hast doch Glück mit deinen familiären Verbindungen."
„Du bist ein kluger Mann, Garbsen. Aber von Geschäften hast du überhaupt keine Ahnung."

Garbsen widersprach nicht. Alle kannten ja den Kummer Glantzs. Die Maschopei war auseinander gelaufen und Schuld daran war ein Streit zwischen den beiden Vettern Glantz. Aber Glantz sprach zumeist wenig davon.
„Natürlich, man kann sich in der Familie schneller finden, wenn ein gutes Geschäft zu machen ist. So wie ich mich mit Karbek zusammen fand. Mit ein Grund, daß der Junge mit zur Trauerfeier ist. Aber das geht nur gut, solange beide Teile Gewinne erwarten können. Klappt das mit den Gewinnen nicht, ist man in der Familie schneller und nachhaltiger auseinander, als mit anderen Partnern. Auch der Familie gegenüber muß ein Kaufmann zu allererst an seinen Vorteil denken."
„Ich glaub es dir ja. Aber selbst bei der Auflösung der Maschopei fiel für dich was ab. Getreide aus Schwansen und dem Wohld lagern in deinem Speicher. Du stehst gut da, aber nur solange keiner den Kanal baut."

Während Lavrenz neues Bier zapfte, Garbsen über den Kanalbau, Otten über den Getreidehandel und Glantz über seinen Speicher nachdachten, rollte ein Wagen auf den Hof.
„Das könnte Jürs sein", überlegte Glantz laut. „Er sollte mit heute einige Laibe Käse bringen."

„Kääse, Kääse", Garbsen schüttelte sich, daß seine wabbelige Masse in Bewegung kam.
„Seit einigen Jahren höre ich immer wieder 'Kääse'. Wer frißt das Zeug denn bloß, das der Schröder da produziert?"
„Käse aus Angeln ißt man auf der ganzen Welt", lachte Jürs, der gerade über die Schwelle trat.
„Ja, und es ist gut, daß du nun kommst", ergänzte Glantz, „ich werde etliche Laibe mit nach Reval schicken und", wandte er sich direkt an Garbsen „auch einige Fass Kakebille, damit die Revaler den Käse runterspülen können."
„Das schöne Bier", konnte Garbsen sich nicht verkneifen, zu bemerken.
„Ja, gutes Bier braut ihr, das muß der Neid euch lassen. Überall lobt man es." Jürs trank seine Kanne mit Genuß.
„Aber überall rätselt man auch über den seltsamen Namen: 'Kakebille'. Kann mir einer von euch sagen, warum euer Bier so heißt?"
„Ach, Jürs." Garbsen lachte dröhnend, so wie er meistens auch sprach.
„Da gibt es die unterschiedlichsten Deutungen in der Stadt. Fragst du ein Ratsmitglied, so wird er dir wahrscheinlich antworten, das Bier sei nach der Quelle benannt, und die Quelle heiße seit Menschengedenken eben 'Kakebille'. Man bloß, das ist falsch. Ich kenne die Wahrheit und ich will sie dir sagen.
Das ist wohl über hundert Jahre her, oder noch länger, da kam einer nach Eckernförde, der hatte sich lange Zeit im Frankenreich aufgehalten und daher die Angewohnheit, bei jedem Schnack ein paar französische Brocken einzumischen. Dieser Mann hatte nun eines Abends in der Gesellenstube gewaltig dem Bier zugesprochen. Als er dann am nächsten Morgen gefragt wurde, wie es ihm denn bekommen sei, hat er über das ganze Gesicht gestrahlt: 'Oh, Kacke belle!' Er war gerade vom Abtritt gekommen und würdigte mit diesen Worten die milde abführende Wirkung des Bieres.
Ja, und seit dieser Zeit heißt das Eckernförder Bier 'Kacke-belle', 'Kakabelle', 'Kakebille', wie es so kommt. Nur - das mit dem Abtritt wollen einige Herren nicht wahrhaben, es ist jedoch die lautere Wahrheit. Nach dem Bier wurde die Quelle, dessen gutes Wasser zum Brauen genommen wurde, benannt und später dann auch der kleine Weg, der zu dieser Quelle führt."
Etwas mißtrauisch beäugte Jürs die Männer, sah aber nur ernste, glaubwürdige Mienen.

Am nächsten Morgen begleitete Glantz Jürs Wagen zum Speicher. Durch ein großes Giebeltor fuhren sie in das Gebäude. Vier Stockwerke hoch, aus gelben Ziegelsteinen gemauert, rote Simse liefen wie Bänder rund um das Haus, an den Seitenfronten waren in jedem Geschoß eine Reihe grüner Luken eingebaut, über denen auf blankgescheuerten Rollen einfache Seilzüge liefen. Das ganze wurde gekrönt durch ein großes, rotes Ziegeldach mit einer doppelten Reihe von Gauben. Das war der persische Speicher, direkt an der Schiffbrücke gebaut.

Kühl war es in dem Raum, in dem der Käse gelagert wurde, kühl im Sommer und frostfrei im Winter. Breite Regale waren eingebaut, auf denen die Laibe auf den Weitertransport warteten. Hier roch es eindeutig nach Käse, aber vor dieser Kammer roch es wie auf einem Basar. Jürs zog die fremden Gerüche tief durch die Nase ein. Käse, Häute, Malz, Bier, Fisch, Getreide, Gewürze, alles zusammen strömte einen eigenen Duft aus, der, hatte man sich daran gewöhnt, gar nicht so unangenehm war.
Hier auf der unteren Etage wurden vor allem Waren zwischengelagert, die schnell umgeschlagen werden sollten. Gerste, Malz, Buchweizen, Hafer. Auf der Rückseite Salz aus Lüneburg und das teurere Bayensalz. Ein Stockwerk höher lagerten in verschiedenen Kammern Erbsen, Bohnen, Linsen, Flachs, Werg. Noch wieder höher stapelten sich Häute, Felle, Wolle und dergleichen und ganz oben, unter dem Dach und unter Verschluß die kleineren Dinge, Wachs, Honig, kleine kostbare Pelze.

Glantz fühlte sich immer eine Handbreit größer, wenn er im Speicher war. Der gutmütige Spott der anderen Kaufleute störte ihn nicht. Sicher, 'persischer Speicher' und kein Stück aus Persien drin, natürlich konnte man da lachen. Aber was kümmerte es Glantz. Im Grunde war er ja froh über die Entwicklung, die die Dinge genommen hatten. Reval war ihm gerade weit genug. Was sollte er in Persien?
Wenn der Herzog die Niederlage mit dem Persien-Handel verkraften konnte, er, Glantz, konnte es allemal.

„Ein Schiff kommt!"
Ganz aufgeregt stürzten drei Jungen in den Speicher hinein und sausten zu Glantz hin. Natürlich wußten sie ganz genau, welche Schiffe jeweils unterwegs waren und mit wieviel Sorgen die Eigner auf deren Ankunft warteten. Vor knapp fünf Wochen hatte die 'Fortuna' den Hafen mit dem Ziel Reval verlassen. Was konnte in diesen Wochen alles passiert sein. Stürme, Nebel, Sandbänke. Seuchen an Bord oder im Zielhafen. Meuterei und Seeräuberei. Konnten sich die Piraten - Türken, Engländer, Holländer - die seit Jahrzehnten in der Westsee ihr Unwesen trieben, nicht durch das Kattegatt, den Sund oder den Belt an des Königs Schiffe vorbei gemogelt haben? In der Ostsee mit seinem regen Handelsschiffsverkehr winkte schließlich reiche Beute.

Selbst der sparsame Glantz, der bei den Bengels den Ruf eines Geizhalses hatte, würde in seine Geldkatze langen bei dieser Nachricht. Und er warf den Jungen auch einen Sechsling hin.
„Wenn ihr mir genau sagen könnt, ob es die 'Fortuna' ist, bekommt ihr noch einen", versprach er.
„Macht hier weiter", sagte er dann zu seinem Speichermeister Johann und zu Jürs. „Ich werde schon die Leute zum Löschen zusammentrommeln."

Jürs hatte es plötzlich eilig, den Käse in die Regale zu stapeln und mit seinem Wagen aus dem Speicher raus zu kommen.
Viel hatte er gesehen in seinem Leben, aber die Ankunft eines seegehenden Schiffes lockte sogar die Eckernförder auf die Brücke, wieviel mehr einen Mann, der vom Lande kam. Auch Johann hatte keine Zeit mehr.
„Hier", sagte er zu Jürs. „Das ist der Korl, der Festmacher. Halt dich an ihn. Er wird dir alles erklären. Ich habe noch zu tun."
Und er verschwand im Speicher.
War dort genug Platz für die ankommende Ware? Konnten sie nachher überall ran kommen? Klemmten die Luken auch nicht, oder gar die Winde?
Jürs stand bei Korl. Dieser war früher selbst Jahrzehnte zur See gefahren und kannte sich aus.
„Du büs ni vun hier?"
„Nee, ick kom ut Angeln."
„Bi Sailscheep kennst di ni ut?"
„Nee, ick kom beeter mit Peer un mit Ossen klor."
Johann schob seinen Priem von einer Backe zur anderen. Der braune Saft lief ihm dabei in seinen grauen Bart.
„Datt dor buten", er wies auf die braunen Segel, die nun schon vor der Steilküste liefen und stetig näher kamen. „Datt dor buten, is de 'Fortuna'. De schall hier anleggen."
Die Bengels von vorhin hatten nach dem Kaufmann Glantz gesucht, um sich den nächsten Sechsling zu verdienen. So spendabel hatten die den 'Geizkragen' noch nie gesehen.

Die Schiffbrücke war bereits voller Menschen und es kamen immer mehr hinzu. Der Brückenmeister sprach mit Korl und mit Johann, dann, als Glantz mit einigen Männern ankam, auch mit ihm. Sie steckten den Zeigefinger in den Mund und hielten ihn hoch. Konnte die 'Fortuna' bei dem anstehenden Wind ohne Hilfe in den Hafen einlaufen?

Sicherheitshalber wurden zwei Boote bemannt, die sich, sollte es erforderlich werden, vorspannen konnten.
Und dann wartete man wieder.
Und näher und näher kam das Schiff.
Schon erkannte man einzelne Leute, die dort auf ihren Positionen standen.
Nun kam es drauf an. Das Gelingen oder Nichtgelingen des nächsten Manövers entschied darüber, ob die 'Fortuna' noch genügend Fahrt behielt, um in den Hafen einzulaufen.
Es schien zu klappen.
Die Menschen auf der Brücke winkten Verwandten und Bekannten an Bord zu.
Neben dem Ruder, direkt neben dem Steuermann stand eine Frau, winkte zurück.
Ännchen Glantz.
„De dor opp datt Vörscheep, de mit de Peek, datt is min Söhn", sagte Korl. Jürs gab darauf gar nicht mehr acht. Zu sehr hatte ihn das ganze Manöver in den Bann gezogen.
Korl, der ja auch sonst nicht gerade viel erzählt hatte, stand mit zwei weiteren Männern an den Pollern, um gleich die von Bord zugeworfenen Trossen zu belegen. Er hatte keine Zeit mehr, sich um Jürs zu kümmern. Und Jürs überlegte schon, wie er das später alles zu Hause seiner Wiebke und Schröder und dessen Frau erzählen sollte.

Als erstes half Christoff Glantz seiner Frau Ännchen an Land, die herzlich ihren Schwiegervater begrüßte.
„Bin ich froh, daß ich wieder zu Hause bin!" Der Alte freute sich, hatte aber keine Zeit für Frauenangelegenheiten.
„Wie steht es in Reval?" wollte er wissen. „Alles in Ordnung, Vater. Hoffentlich habt Ihr genug Platz im Speicher", scherzte der junge Kaufmann. „Und Bestellungen bringe ich auch mit."
Vater Glantz lachte. An Platz sollte es nicht fehlen.

Lautes Rufen auf der Brücke und an Bord. Überall Begrüßungsszenen.
Johann kam und meldete, im Speicher sei alles bereit.
Dann wurden die Ladeluken des Schiffes und die grünen Pforten am Speicher geöffnet und das Löschen der Fracht begann.
Ein geschäftiges Treiben entwickelte sich auf der Brücke.
Jürs verstand. Das war ein besonderer Tag, so, als wenn auf dem Lande der letzte Erntewagen eines Jahres eingefahren wurde, oder so was wie Viehmarkt. Wenn in einer Hafenstadt ein Handelsschiff einlief, war das auch eine Sache, die die ganze Stadt bewegte.

Er schlenderte langsam zu seinem Fuhrwerk rüber, wo der dicke Garbsen sich an das Hinterrad lehnte.
Und beide sogen die Geräusche und Gerüche, die bei der Arbeit im Hafen entstanden, mit allen Poren ein.
'Nun müßte Frieden bleiben' dachte Garbsen. 'Lange, lange Zeit Frieden. Das wäre das, was wir brauchen.'
Da standen die Schuppen verschiedener Kaufleute, dort der Rendsburger Speicher, hier der 'persische' von Glantz. Und wie viele Handelsschiffe hatten hier ihren Heimathafen? In Gedanken zählte er durch. Ja, richtige, seegehende Schiffe gab es wohl neun, zählte man das Kroppzeug dazu, waren es aber bestimmt über zwanzig.
Und die Handelshäuser hatten Verbindungen über die ganze Ostsee und bis in die Westsee hinein. Und das Handwerk florierte und die Fischerei und die Menschen hatten Lohn und Brot.
Es war schön, in dieser Stadt zu leben.
Was aber geschah, wenn der Kanal über die Holtenau Wirklichkeit würde?
Kiel würde gedeihen und Rendsburg. Und wohl auch Friedrichstadt und Tönning.
Und also würde ein Kanal gut sein für Schleswig-Holstein.
Aber Eckernförde?
Der Rendsburger Speicher würde sofort verschwinden. Würde Glantz sich halten können oder würden die Revaler Kaufleute nicht lieber die Nähe des Kanals suchen?
'Was solls?', dachte Garbsen dann. 'Bis dahin wird noch manches Schiff hier anlegen und unsere Stadt wird erblühen. Und dann sollen die Jungen sich damit befassen, mein Bier ist es nicht.'
Und bei dem Gedanken 'Bier' verspürte er plötzlich so eine Trockenheit in der Kehle. Kein Wunder, seine zweite Kanne war längst fällig, viel länger als sonst hatte er sich hier heute aufgehalten.
„Moin!" verabschiedeter er sich von Jürs und ging schwerfällig in die Richtung 'Zum Ochsen'.

REISEROUTE

GOTTORP - MOSKAU

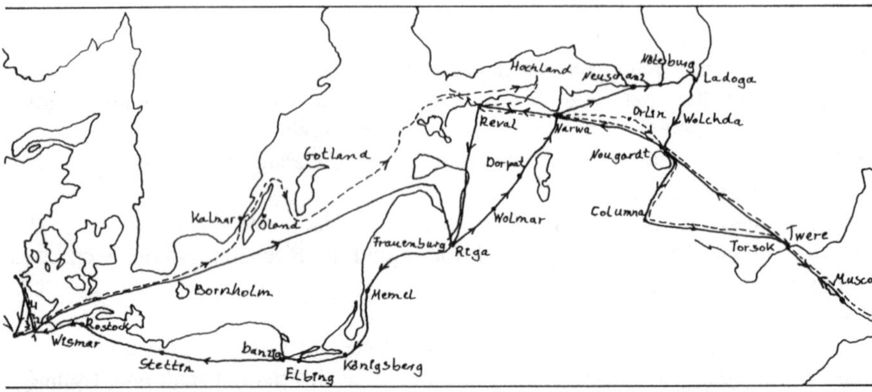

1 Lübeck
2 Travemünde
3 Arensböck
4 Preetz
5 Olearius und die Gesandtschaft getrennt zurück

0 100 200 300 400 500 km

——>	Gottorf - Muscow	22.10.1633 - 14.8.1634
	Muscow - Gottorf	24.12.1634 - 6.4.1635
	Hamburg - Muscow	22.10.1635 - 29.3.1636
-->--	Muscow - Gottorf	5.3.1639 - 1.8.1639

Reiseroute
Moskau - Ispahan

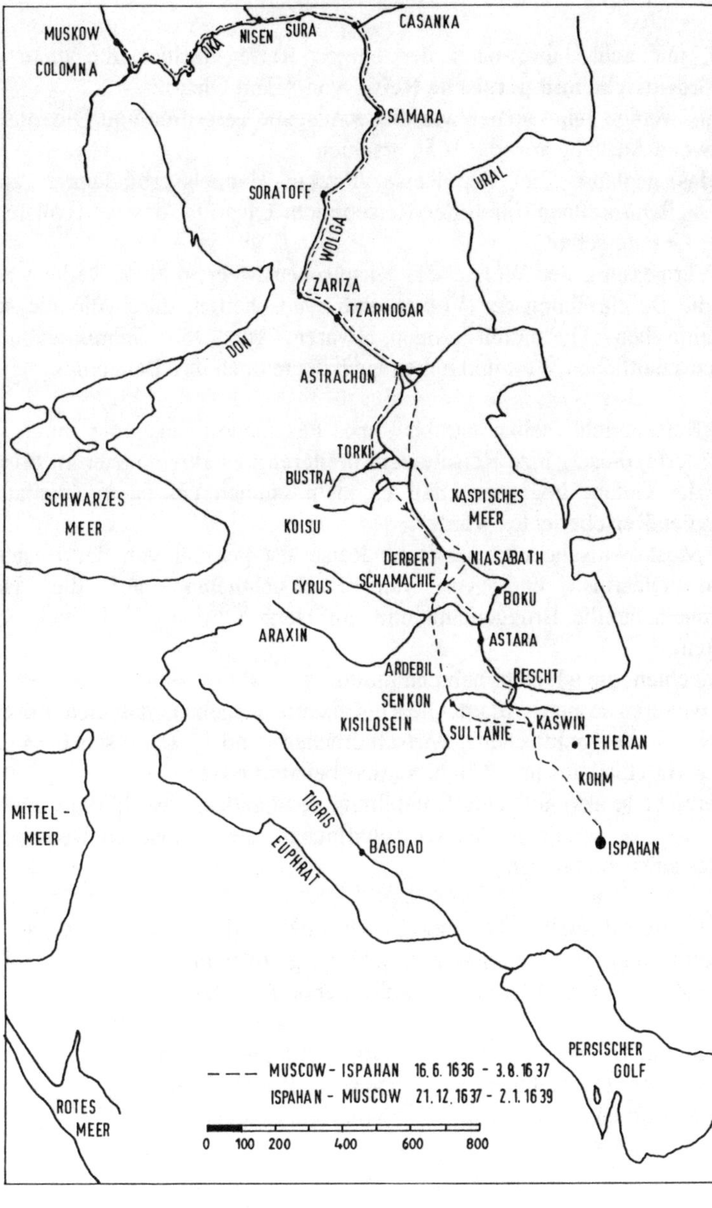

Zu diesem Buch

1647, nur acht Jahre nach der langen Reise erschien die erste Ausgabe: **'Moskowitische und persische Reise'** von Adam Olearius.
Bereits wenige Jahre später war diese Ausgabe vergriffen und Olearius bereitete die zweite Ausgabe vor, die 1656 erschien.
Da das geplante Ziel der Reise, direkte Handelsverbindungen zu Persien herzustellen, mißlang, blieb der Reisebericht Olearius' das wertvollste Ergebnis dieser Gesandtschaft.
Die Vermessung der Wolga, des Kaspischen Meeres, einer Reihe von Städten und die Beschreibung der Völker und Landschaften, durch die die schleswig-holsteinischen Gesandten zogen, waren vor 350 Jahren von großem wissenschaftlichen Wert und haben auch heute noch ihre Bedeutung.

Der Reisebericht selbst strahlt eine Faszination aus, die mich geradezu aufforderte, diese ganze Reise einem breiteren Leserkreis näher zu bringen. Wie aber der Gefahr begegnen, daß es nicht einfach ein fader Zweitaufguß des originalen Reiseberichtes würde?
Die 'Moskowitische und persische Reise' ist geprägt von der Bescheidenheit Adam Olearius' und von der Rücksichtnahme auf die Hamburger Kaufmannsfamilie Brüggemann und auf Herzog Friedrich III. von Schleswig-Holstein.
Rücksichten, die ich nicht nehmen mußte.
Des weiteren konnte Adam Olearius davon ausgehen, daß den Lesern seines Berichtes die politischen, wirtschaftlichen und geografischen Verhältnisse Schleswig-Holsteins im 17. Jahrhundert bekannt waren.
Er verzichtete also auf eine Darstellung des Landes, obwohl die Gründe für die Persien-Reise gerade in den wirtschaftlichen und politischen Bedingungen des Landes zu suchen waren.

Ich stellte deshalb die 'moskowitische und persische Reise' in den Zusammenhang mit Ereignissen in Schleswig-Holstein.
Dabei stützte ich mich vor allem auf folgende Arbeiten:

- Sorge und Treene — von Gerd Quedenborn
- Eiderstedter Heimatbuch — von Dr. Rudolp Koop
- Die Nordfriesischen Inseln — von Henry Koehn

Weitere Quellen waren für mich:

- Estnische Märchen gesammelt von Fr. R. Kreutzwald
- Herren der Steppe von Albaum und Brentjes

Zeittafel

1390 - 1398		Bau der ersten 'Watervardt' Trave-Elbe (Stecknitz-Kanal)
1525 - 1529		Bau des Trave-Beste-Kanals
1624		die 'Landbede'
1632		Reisepläne für Persien
1633	26.10.	Abreise aus Schleswig-Holstein
1634	14.08.	Ankunft in Moskau
	22.10.	die 2. 'große Manndränke'
	24.12.	Abreise aus Moskau
1634 - 1639		Trockenlegung des Meggersees
1635	06.04.	Ankunft der Gesandten in Gottorp
	22.10.	Abreise aus Hamburg
	10.11.	Schiffbruch auf der Ostsee
1636	29.03.	Ankunft in Moskau
	16.06.	Abreise aus Moskau
	30.07.	Abreise aus Nisen
	15.11.	Schiffbruch im Kaspischen Meer
1637	Neujahr 36/37	Aufenthalt in Scharmachie
	10.04.	Aufenthalt in Ardebil
	03.08.	Ankunft in Ispahan
	21.12.	Abreise aus Ispahan
1638	Neujahr 37/38	in Kaschan
	15.04.	in Derbent
	Mai	in Dagestan
	15.06.	Ankunft in Astrachan
1639	02.01.	Ankunft in Moskau
	05.03.	Abreise aus Moskau
	01.08.	Rückkehr nach Gottorp
	08.08.	Russen und Perser in Gottorp
1640	02.05.	Urteil gegen Brüggemann
	05.05.	Hinrichtung Brüggemanns
1652		die 'neue Landbeschreibung' erscheint
1784		der Schleswig-Holstein-Kanal wird eingeweiht
1895		der Nord-Ostsee-Kanal wird eingeweiht

Historische Personen

	geb.	reg.	Gest.
Herzog Friedrich III.	1597	1616	1659
Adolf Kielmann	1612		1676
Zar Michael	1597	1613	1645
Schah Sefi		1629	1642
Philipp Crusius	1597		1676
Adam Olearius	1599		1672
Otto Brüggemann	1600		1640

Maße, Gewichte, Währungen

1 Fuß	=	12 Zoll = 28,6 cm
1 Elle	=	2 Fuß = 57,2 cm
1 Faden	=	ca. 6 Fuß
1 Meile	=	7,5 km
1 Werst	=	ca. 1,0 km

1 Last = 2 to = 2.000 kg
1 Pud = 16 380 gramm

1 Dreiling	=	3 Pfennige kurant	
1 Sechsling	=	6 Pfennige „	
1 Schilling	=	12 Pfennige „	
1 Taler lübsch	=	48 Schillinge	= 576 Pfennige
1 Reichstaler (kurant)			= 360 Pfennige
1 Rubel	=	je nach Metallreinheit etwa 1 Taler kurant	
1 Tumain	=	16 Reichstaler	

Dinar = Scheidemünze mit unterschiedlichen Werten
kurant = der Wert der Münze entspricht ihrem Metallwert

Wir danken der Stadt Eckernförde

sowie

der Kreis-und Stadtsparkasse Eckernförde

für die Mithilfe

bei der Herausgabe dieses Buches

Rudi Jürgensen
Autor

Gisela Eichhorst-Kaltenbach
Mohland Verlag

Spa

Rudi Jürgensen
Die Schnittker

In den Fußstapfen der großen Meister wie Albrecht Dürer und Tillmann Riemenschneider wanderten auch schleswig-holsteinische Handwerksmeister.
Hans Brüggemann aus Husum und die Gudewerdts aus Eckernförde gehörten der Zunft der Schnittker an.
Altäre, Kanzeln, Kirchenstühle und Epitaphe von diesen Künstlern zieren noch heute viele Kirchen des Landes. In dieser großen kunstvollen Zeit des Handwerks gab es aber auch Aberglauben, Hexenverbrennungen, Bauernlegen, Krieg und Pest.
Von den Menschen in einer kleinen Stadt des siebzehnten Jahrhunderts vermittelt der Autor Rudi Jürgensen, ein ehemaliger Maurer, auf 135 Seiten ein lebendiges Bild.

MOHLAND VERLAG

"Jürgensen erzählt über drei Generationen die Geschichte der Gudewerdts, beginnend mit Hans Gudewerdt, der nach der damals vorgeschriebenen Wanderschaft als Bilderschnitzer- und Tischlergeselle - eben als Schnittker - 1590 in seine Heimatstadt Eckernförde zurückkehrt und endet 1709 mit dem Verschwinden des gleichnamigen Enkels. Vater, Sohn und Enkel, alle mit dem Namen Hans Gudewerdt, haben das Bild der Stadt Eckernförde geprägt, ihre Spuren sind noch heute zu finden, nicht nur, weil es dort immer noch eine Gudewerdtstraße gibt......
Jürgensen geht nicht nur auf die Schützenvereine und ihre historische Bedeutung ein, er erzählt darüber hinaus die Entstehung der Eckernförder Beliebung und gestaltet vor den Augen des Lesers ein Bild der alten Handwerkszünfte.
Selbst der 30jährige Krieg und die Besetzung durch kaiserliche und dänische Truppen werden nicht ausgespart. Ein Kapitel ist dem düsteren Zeitabschnitt der Hexenverfolgung gewidmet, das Jürgensen am Beispiel der Abel Laverentzen erzählt, die auf der Folter starb."

dacapo magazin, April 1994

"Die angerissenen Themen lesen sich aus der Sicht eines heutigen Eckernförder Bürgers fast schon wie ein Horrorszenario: 30jähriger Krieg, die Besetzung Eckernfördes durch kaiserliche Truppen, Hexenverfolgung-und Verbrennung, Folter und Pest. In diese Zeit fällt beispielsweise die Gründung der Eckernförder Beliebung, die 1629 in bitterster Not die Bestattung der Pesttoten übernommen hat. Auch die Verbrennung der Abel Kruse als vermeintliche Hexe wird in Jürgensens Erzählung aufgegriffen. Im Jahre 1635, so der Schreiber, wurde die bereits unter der Folter verstorbene Bürgerin verbrannt. "Sie wurde einfach am Strand untergescharrt, der Mob scharrte sie wieder aus und verbrannte die Tote.", berichtet Rudolf Jürgensen. Eine weitere Hexenverfolgung soll es 1605 in Altenhof gegeben haben.
Die historische Erzählung, festgemacht am Leben der Gudwerdts - eine vortreffliche Idee."

Eckernförder Zeitung 23.09.92